Frank Schmitter

Späte Ruhestörung

Zu diesem Buch:
In einem Waldstück in der Nähe der sumpfigen Niepkuhlen fällt einem Spaziergänger der Wagen des Krefelder Oberbürgermeisters ins Auge – und dessen Leiche auf dem Fahrersitz. »Herzstillstand« erfährt die Öffentlichkeit, und Kommissar Tristan Lage sucht nach dem Mörder, der diesen durch eine Überdosis an Medikamenten gewaltsam herbeiführte. Wer wollte Dr. Hasso Schorrberg aus dem Weg räumen, den vorbildlichen Politiker, der seit mehr als drei Jahrzehnten die Stadt prägte und schon Oberbürgermeister war, als Tristan noch zur Schule ging? Wollte ein politischer Gegner seine Wahlchancen verbessern? Oder ist der Täter in der Vergangenheit zu suchen, wie ein anonymer Brief vermuten läßt, den Schorrbergs Frau nur wenige Tage zuvor in der Tasche ihres Mannes fand: »Haben Sie vergessen, wie alle alles vergessen haben?«
Auch in der »Stadt wie Samt und Seide« ist nicht jede Weste weiß, und so führt der Tod von Krefelds Oberbügermeister Kommissar Tristan Lage sehr schnell von den Villen der Textilbarone in einen düsteren Sumpf des Verbrechens.

Frank Schmitter,
geboren 1957 in Krefeld, war dort als Bibliothekar im Stadtarchiv tätig, bis er aus beruflichen Gründen nach München zog. Heute leitet er das Literaturarchiv der Monacensia in Bogenhausen und lebt mit seiner Frau und seinem Sohn in Ismaning. »Späte Ruhestörung« ist sein erster Roman, zu dem ihn eine Krefelder Erinnerung inspirierte.

Frank Schmitter

Späte Ruhestörung

Ein Krefeld-Krimi

Piper
München Zürich

ISBN-13: 978-3-492-04930-6
ISBN-10: 3-492-04930-3

Umschlaggestaltung: creativ connect
Karin Huber, München
Umschlagkonzeption: R. Eschlbeck, München
Umschlagabbildung: BVA Bielefelder Verlag (Kartenausschnitt aus der ADFC-Regionalkarte Niederrhein Nord) – *oben;*
Karin Huber, München – *unten*
Autorenfoto: Peter von Felbert
Gesetzt aus der Adobe Garamond
Satz: Filmsatz Schröter, München
Druck und Bindung: Pustet, Regensburg
Printed in Germany

www.piper.de

Meiner Mutter gewidmet, die in ihren Erinnerungen an den persönlichen Kontakt zu Fremdarbeitern Fragen aufwarf, die – über viele Umwege und Verfremdungen – schließlich zum Schreiben dieses Romans führten.

Rückenwind und Flankenschutz gaben: R. Güldner, P. Reimann, S. Knorr, U. Mathieu, Elke, J. Busche. Und natürlich L. und N. C. Bartmuss gab bereitwillig Antwort auf medizinische Fragen.

1

Als Tristan Lage den Kopf unter dem Fön bewegte, fiel sein Blick auf die Frau am Ende des Ganges. Sie ließ gerade ihre Sporttasche auf den gefliesten Boden fallen und kramte in ihrer Geldbörse. Vorhin, im Becken, war er von einer Frau mit einer schwarzen Badekappe überholt worden. Er hatte, da er zur anderen Seite ausatmete, zunächst nur gehört, wie die Hände gleichmäßig durch die Wasseroberfläche schnitten, hatte ein blumiges Parfüm gerochen und dann die gelassenen, kraftvollen Bewegungen einer geübten Schwimmerin vor sich gesehen. Sie glitt mit dem Wasser, er kämpfte sich hindurch. Tristan hatte einen Stich in seinem Nervenzentrum gespürt, dort, wo die Rivalität beheimatet sein mußte, und nach dem Anschlag auf eine andere Bahn gewechselt.

Der Fön stellte wimmernd seine Arbeit ein, und Tristan schaute in sein Spiegelbild. Mittelblonde, kurzgeschnittene Haare (sie waren zu dünn, um sie länger wachsen zu lassen), blasse Gesichtshaut, blaue und ins Blaue fragende große Augen, ein weicher Mund, zu dem die Nase zwei haardünne Linien hinabschickte. Sie hatten sich noch nicht in die Haut gefräst. Im kommenden Jahr würde er vierzig werden, aber er hatte noch das Gesicht eines Dreißigjährigen, der zehn Jahre älter geworden war. Anderen, fand er, war es schlimmer ergangen.

Die Frau schlenderte an ihm vorbei, sie hatte leuchtend grüne Augen und trug eine Lederjacke. Sie stellte sich unter den übernächsten Fön in der Reihe und schüttelte die langen Haare. Tristan zog ihr im Geiste einen Badeanzug an, aber er war sich nicht sicher, ob es die Schwimmerin mit der schwarzen Badekappe war. Oft wirkte dieselbe Person in Straßenkleidung verändert, massiger oder schlanker, beweglicher oder steifer, als besäße der menschliche Körper zwei verschiedene Identitäten, eine mit und eine ohne Kleidung.

Beim Gang zum Parkplatz schloß er den obersten Knopf seines Trenchcoats. Es regnete, ein schwerer, träger Regen, der nach Schnee roch. Wann hatte es in Krefeld das letzte Mal im Dezember geschneit? Der Rasen auf der weiten Liegewiese war kurz geschnitten. Hier hatte er als Jugendlicher viele Nachmittage verbracht, obwohl es elend weit gewesen war mit dem Fahrrad von seinem Elternhaus nach Bockum. Damals war er nur ins Wasser gegangen, wenn es zu heiß gewesen war. Er hatte auf einer breiten Decke gelegen, manchmal mit Freunden, meist aber allein und zu weit weg von den Mädchen.

Tristan überquerte die Straße. Er schaute nach Osten;

tiefhängende Wolken verschluckten die Schornsteine der Fabriken, die sich am Rheinufer angesiedelt hatten. Davor ein Geflecht aus Landstraßen und Autobahnauffahrten – die Stadt franste aus.

Als er über die Friedrich-Ebert-Straße in Richtung Stadtmitte fuhr, spürte er die Müdigkeit, die langsam und gleichmäßig seinen Körper ausfüllte. Sie war der eigentliche Grund, warum er ins Schwimmbad ging. Er mochte diesen Sport, da gab es kein Hetzen nach einem schwer zu zähmenden Ball, kein Schreien und Fluchen, keine Zweikämpfe, keine Männerrangeleien und keinen Punkteehrgeiz. Aber am meisten liebte er die Stunden danach, wenn die Mattigkeit seine Muskeln und Gedanken anästhesierte. Abends ging er dann meistens früh zu Bett, viel zu müde, um mit der Frau zu reden, die seit einem Jahr nicht mehr an seiner Seite schlief.

Die Bäume entlang der Straße hatten ihr Laub längst verloren. Der Regen glänzte unter der Straßenbeleuchtung auf den nackten Ästen. Am Bismarckplatz ging es rechts zu seiner Wohnung. Er legte den Leerlauf ein, führte sich die Endlosschleife Überstunden vor Augen und träumte sich in einen langen, ruhigen Abend mit gutem Jazz in seinen vier Wänden. Vergebens, ein Pflichtgefühl, das ihm selbst manchmal unheimlich war, lenkte den Wagen in der Spur, in Richtung Polizeipräsidium. Eine seltsame Ahnung sagte Tristan, daß an diesem Tag noch etwas passieren würde.

Einige Minuten später hielt er seinen Dienstausweis vor das Sichtfeld und fuhr in das Untergeschoß des Parkhauses. Die Scheibenwischer zogen murrend über die mittlerweile trockene Windschutzscheibe. Tristan stellte den Wagen auf den reservierten Parkplatz, warf den Mantel auf die Rückbank und drückte im Aufzug auf die Drei.

Hartmann saß an seinem Schreibtisch, Menges am runden Besuchertisch am Fenster neben einem älteren Paar. Der Mann schüttelte mehrmals den Kopf, schob seine Hornbrille auf dem Tisch vor und zurück, der Stuhl war schräg abgerückt, so daß die Oberschenkel nicht unter der Tischplatte verschwanden. Dieser Mann will hier nur weg, überlegte Tristan, während die Frau ununterbrochen redete und Fotos wie zu einem Memoryspiel vor sich ausbreitete. Tristan sah nur ihren Rücken, sie war klein und sehr rundlich und trug einen merkwürdig geschwungenen Hut aus der Kollektion »britische Königin«. Menges hatte ein Blatt Papier vor sich und einen Kugelschreiber in der Hand. Den legte er in diesem Moment weg und beugte sich – unwillig, wie es schien – über die Fotos.

Tristan schaute in sein Postfach und entnahm ihm eine Broschüre, die die Presseabteilung erstellt hatte. Sie sollte die Bürger über die Leistungen der Polizei informieren. Richtig, im nächsten Jahr sind Wahlen, dachte Tristan, und blätterte darin. Auf der Innenseite ein großes Foto des Oberbürgermeisters Dr. Hasso Schorrberg. Es zeigte das Halbprofil eines circa siebzigjährigen Mannes. Der Mund schmal und gerade, ein Bleistiftstrich. Der Blick klar, beinahe stechend. Dichte graue Haare mit buschigen Koteletten, die dem Mann etwas Dynamisches, beinahe Verwegenes verliehen. Hasso Schorrberg war schon Oberbürgermeister von Krefeld gewesen, als Tristan zur Grundschule ging und danach aufs Gymnasium; Schorrberg blieb Stadtoberhaupt, als Tristan ziellos studierte, zwischen verschiedenen Jobs taumelte und schließlich Kommissar wurde. Und Hasso Schorrberg würde zur nächsten Wahl erneut antreten. Und sie gewinnen.

Tristan hatte sich gerade hingesetzt, als das Telefon läutete.

»Die Lage war noch nie so trist, mein lieber Tristan Lage.«

Er drückte den Rücken in die Lehne, atmete tief durch und sagte gereizt: »Wie sehr liebe ich deinen Sinn für Wortspiele. Was ist los? Geht es um die Reisekostenabrechnung? Du wirst es nicht glauben, aber just in dieser Sekunde habe ich das Formular ...«

»Dr. Zoll möchte dich sprechen«, unterbrach ihn Monika Bergmann, die Sekretärin des Polizeipräsidenten.

»Warum? Jetzt sofort?«

»In vierzehn Tagen«, sagte sie und legte auf.

Das war die Quittung dafür, daß sie bei der letzten Betriebsfeier leicht angeschickert den Kommissaren vom K9 (Mord, schwere Gewalttaten, Brandstiftung und Sexualdelikte) das Du angetragen hatte, dachte er. Sie galt als das verlängerte Ohr des Chefs, die meisten Kollegen hielten einen Sicherheitsabstand zu ihr, aber zu der späten Stunde hatten Hartmann, Menges und er sich überrumpeln lassen und büßten es täglich, indem sie ihren patzigen Tonfall und die penetrante Neugier ertragen mußten.

Als Hartmann gerade in seine Richtung schaute, formte Tristan aus Daumen und Zeigefinger der rechten Hand ein »O« und streckte dann den Finger nach oben. Hartmann nickte.

Tristan betrat das Vorzimmer im fünften, dem obersten Stock. Monika Bergmann blickte nur kurz vom Bildschirm auf und deutete auf ihre Kopfhörer. Tristan nickte und ging an ihr vorbei ans Fenster. Der Regen hatte nicht aufgehört, das Licht der Ampel vor dem Polizeipräsidium spiegelte sich in den Pfützen. Die Rush-hour hatte begonnen, eine Raupe aus Fahrzeugen quälte sich langsam vorwärts.

»Monika, haben Sie Kommissar Lage ...«

Der Polizeipräsident hatte die Tür heftig aufgerissen und nahm mitten im Satz den Kommissar am Fenster wahr. Tristan zuckte mit den Schultern, normalerweise wartete er, bis die Sekretärin ihn hineinschickte. Dr. Zoll bedeutete Tristan mit einem ungeduldigen Handzeichen, in sein Büro zu kommen.

Eine schlanke Frau von vielleicht sechzig Jahren saß in einem der schwarzen Ledersessel. Sie trug eine elegante klassische Kombination aus knielangem Rock und Jacke. Ein dunkelrotes Seidentuch bedeckte, locker gefaltet, ihren Halsausschnitt. Ihre Gesichtszüge waren wie modelliert. Sie war schön in einer Weise, die sich gelassen über ihr biologisches Alter erhob.

»Sie kennen Frau Dorothea Schorrberg?«

Tristan verbeugte sich leicht und setzte sich ihr gegenüber.

Dr. Zoll hüstelte kurz und drehte das Blatt Papier, das auf dem Glastisch lag, so, daß Tristan lesen konnte, was darauf stand.

> Februar 1945. Haben Sie verrgessen? Wie Alle
> Alles vergessen haben? Ich nicht und ich werde
> ihnen strafen, sehr hart strafen. Bald schon.

»Ich nehme nicht an, daß es an Sie adressiert war«, sagte Tristan.

Sie öffnete ihre Handtasche und legte ein silbernes Zigarettenetui und ein Feuerzeug auf den Tisch.

»Vorgestern hat mich mein Mann aus dem Rathaus angerufen, aus einer wichtigen Besprechung heraus. Er hatte vormittags zu Hause gearbeitet, mit mir gegessen und ist um vierzehn Uhr von seinem Fahrer abgeholt worden.

Seine Aktentasche hatte er vergessen. Manchmal (ein ironisches Lächeln umspielte ihren Mund) gibt es eben sogar bei ihm Anzeichen dafür, daß ein dreiundsiebzigjähriger Mann ein dreiundsiebzigjähriger Mann ist, der gelegentlich etwas vergißt. Jedenfalls war die Angelegenheit zu eilig, um den Fahrer zu schicken, und so bat er mich, ein bestimmtes Schriftstück aus seiner Aktentasche zu nehmen und es ihm zu faxen. Mein Mann hat in unserem Haus ein Büro eingerichtet, mit eigenem Telefonanschluß und Faxgerät.«

»Und dabei haben Sie dieses Schreiben gefunden«, sagte Tristan Lage.

Sie nickte und zündete die Zigarette an.

»Ich habe seine Tasche, nachdem ich diese Drohung gelesen hatte, aufmerksam durchgeschaut, aber weiter nichts gefunden.«

»Haben Sie eine Vorstellung, wie lange sich das Schreiben schon in der Aktentasche befand?« fragte Dr. Zoll.

Sie schüttelte den Kopf. Zigarettenrauch umspielte sie. Sie inhalierte jeden einzelnen Zug tief und hob dabei den Brustkorb. Eine maskuline Art zu rauchen, die im Widerspruch zu ihrer eleganten Erscheinung stand.

»Das Leben meines Mannes ist strikt zweigeteilt. Er arbeitet zu Hause ausschließlich in seinem Büro, das ich nie betrete. Er redet mit mir auch nicht über seine Arbeit, weder über die als Politiker noch die als Anwalt und Wirtschaftsberater. Ich respektiere das, wie er respektiert, daß ich ihn nur dann in der Öffentlichkeit begleite, wenn es wirklich unerläßlich ist.«

»Könnte das Schreiben in der Post gewesen sein, die an Ihre Privatadresse gesandt wird?«

»Ich fürchte, ich bin ein Abgrund an Nichtwissen«, sagte sie. »Mein Mann läßt sich durchaus Post an unsere Privatanschrift schicken, und es ist so viel, daß ich nie einen längeren Blick auf die Absender oder die Umschläge werfe. Aber genausogut kann es an das Rathaus oder an seine Anwaltskanzlei gerichtet gewesen sein.«

Das Telefon klingelte. Der Polizeipräsident erhob sich unter leichtem Stöhnen, und Tristan sah, daß sich zwei Hemdknöpfe direkt über dem Gürtel geöffnet hatten. Dr. Zoll war mittelgroß, fast kahl, mit hängenden Schultern und dünnen Beinen. Sein Bauch erschien grotesk unförmig: ein Mann im neunten Schwangerschaftsmonat. Zwei Wochen zuvor hatte der Präsident seinen sechzigsten Geburtstag begangen und bei den diversen Feierlichkeiten einige Pfunde zugelegt. Seitdem behandelte er seine Mitmenschen, als hätte man ihn an einen Stuhl gefesselt und zwangsernährt.

Während Dr. Zoll sprach, betrachtete Tristan den anonymen Brief näher. Er war offensichtlich an einem PC geschrieben worden, in einer gewöhnlichen Schrifttype, fett, mittig gesetzt, in doppeltem Zeilenabstand. Der Schreiber beherrschte also die Grundregeln der Formatierung, aber nicht die der deutschen Grammatik. Tristan hob den Blick vom Papier und schaute Dorothea Schorrberg an. Sie hatte ein markantes Muttermal über der rechten Augenbraue. Die feinen Linien um die Augen bewiesen, daß noch kein Chirurg die Spuren der Zeit getilgt hatte.

»Ist das eigentlich das Original?« fragte Dr. Zoll und setzte sich wieder. Er hatte den Zustand seines Hemdes nicht bemerkt.

»Ich habe im Arbeitszimmer meines Mannes eine Kopie gemacht und das Original zurück in die Tasche getan.«

»Kann ich daraus schließen, daß Sie mit Ihrem Mann

nicht über das Schreiben gesprochen haben?« fragte Tristan Lage.

»Nein. Ich meine, ja, das können Sie daraus schließen. Es schien mir wie das Ergebnis eines Vertrauensbruchs, wie der Fund eines Schnüfflers. Vielleicht handelt es sich ja nur um einen schlechten Scherz von gelangweilten Schülern oder um die Provokation eines politisch anders Orientierten.«

»Das kommt natürlich vor«, sagte Dr. Zoll ohne Überzeugung.

»Haben Sie Ihren Mann 1945 eigentlich schon gekannt?« fragte Tristan.

Sie griff nach dem Zigarettenetui, öffnete es, strich mit den Fingerkuppen der linken Hand über die Zigaretten und schloß das Etui wieder. Die Bewegung wirkte auf Tristan automatisiert, als versuche sie auf diese Weise, ihren Nikotinkonsum zu begrenzen.

»Flüchtig. Hasso hatte sein Jurastudium in Bonn gerade beendet und in Krefeld den Referendardienst am Landgericht begonnen. Nebenbei schrieb er seine Doktorarbeit. Ich habe zu dem Zeitpunkt eine Ausbildung zur Kauffrau gemacht – wie man heute sagen würde – und abends und an den Wochenenden seine Arbeit getippt. Er kam nach seinem Arbeitstag am Gericht gelegentlich in mein Elternhaus und hat weitere Kapitel gebracht.«

»Hat er denn – Verzeihung – wenigstens damals etwas über seine Arbeit erzählt, über bestimmte Gerichtsprozesse vielleicht, Verurteilungen von Regimegegnern oder etwas in der Art?«

»Ich glaube nicht, daß er als Referendar eine so große Verantwortung zu tragen hatte«, sagte Dorothea, und ihre Stimme klang unsicher, beinahe brüchig. Außerdem waren wir darauf bedacht, nur unverfänglich und verklausuliert miteinander zu sprechen. Im Februar 45 – darauf spielt das Schreiben ja an, hat jeder gewußt, was die Uhr geschlagen hatte. Aber offen reden konnte man nicht, schon gar nicht in Hassos Position und angesichts der Tatsache, daß er mich und meine Eltern kaum kannte.«

Eine Pause trat ein. Der Polizeipräsident lehnte sich zurück und bedeckte endlich mit der linken Jackettseite die Knopfleiste des Hemdes.

»Ich gebe zu bedenken«, sagte er, »daß wir nur wissen, daß sich dieses Schreiben in Dr. Schorrbergs Tasche befand. Daß er auch der Adressat ist, ist zunächst einmal nichts als eine Vermutung. Aber wenn wir Ermittlungen aufnehmen sollen, liebe Frau Schorrberg, werden wir ohne die Mithilfe Ihres Mannes nicht weit kommen. Was wiederum Sie ins Spiel bringt, denn wie sollten wir sonst von dem Drohbrief erfahren haben?«

Sie schüttelte den Kopf.

»Ich müßte in diesem Fall zuerst selbst mit ihm reden. Offen gestanden hatte ich gehofft, mein Mann hätte sich bereits an Sie gewandt. Es hätte zu ihm gepaßt, mich und unsere Tochter nicht beunruhigen zu wollen.«

In einer raschen unerwarteten Handbewegung steckte sie das Etui und das Feuerzeug in ihre Handtasche und stand auf.

»Lassen Sie mir bitte noch einige Tage Zeit. Auf der einen Seite möchte ich die Entscheidung meines Mannes respektieren, in dieser Angelegenheit auf polizeiliche Hilfe zunächst zu verzichten. Vielleicht ist es ja wirklich nur ein Spuk, etwas, das von selbst wieder verschwindet. Auf der anderen Seite erscheint es mir fahrlässig, gar nichts zu unternehmen. Wir wissen schließlich nicht, was vor diesem Schreiben passiert ist oder danach. Vielleicht ist er wirklich in Gefahr. Wie dem auch sei – ich danke Ihnen für das Gespräch. Ich werde mich bald wieder mit Ihnen in Verbindung setzen.«

Sie ging mit schnellen Schritten zur Tür. Tristan nahm ihren Mantel von der Garderobe und begleitete sie hinaus. Im Aufzug fingerte er in der Brusttasche seines Jacketts nach einer Visitenkarte. Eine der beiden Deckenlampen war seit ein paar Tagen kaputt und hinterließ ein dämmriges Halbdunkel, in dem Dorothea Schorrberg so entrückt und unantastbar wirkte wie eine Statue.

»Wenn er zu Ihnen gekommen wäre«, sagte sie unvermittelt, und ihr Blick flackerte nervös, »wäre ich absolut sicher, daß er damals nichts getan hat, was jemanden zu einer derartigen Drohung veranlassen könnte. Nun fühle ich mich deprimiert und ratlos. Muß ich jetzt nicht den Schluß ziehen, daß damals wirklich etwas Schlimmes vorgefallen ist?«

Bevor Tristan antworten konnte, öffneten sich die Aufzugtüren. Er trat zur Seite, um Frau Schorrberg den Vortritt zu lassen. Sie beschleunigte plötzlich ihren Schritt und verließ, ohne sich umzudrehen, das Gebäude. Tristans Visitenkarte schwebte in der Luft.

Als er sein Büro betrat, saßen Menges und Hartmann am Besuchertisch an der Fensterfront. Hartmann zerdrückte gerade einen Plastikbecher. Das ältere Paar war gegangen.

Tristan nahm die Glaskanne aus der Halterung und versuchte anhand des Geruchs und der Farbe zu erahnen, wie abgestanden der Kaffee sein würde. Gerade noch trinkbar, entschied er, verzichtete aber auf die Kaffeesahne aus den Miniplastikverpackungen, weil die vom Morgen geflockt hatte.

»Warst du vorhin planschen? Hundert Meter oder, als besonderen Kick, sogar hundertfünfzig?« fragte Hartmann und grinste. Sommer wie Winter trug er gemusterte Baumwollhemden, deren Ärmel er bis zum Ellbogen aufkrempelte, so daß das Fell seiner Unterarmbehaarung sichtbar wurde. An Hartmanns Schultern konnte man eine Wasserwaage justieren. Er war drei Jahre jünger als Tristan und schon Oberkommissar.

»Ich weiß, daß Distanzen unter fünf Kilometern für dich unter die Rubrik ›duschen‹ fallen. Nach den fünftausend Metern fährst du noch hundert Kilometer Fahrrad und läufst, bis du in Hawaii ankommst.«

»Logo«, sagte Hartmann und stellte den Daumen hoch.

Tristan wandte den Kopf in Menges' Richtung.

»Was war mit dem älteren Paar?«

Menges schabte mit dem Plastiklöffel in seinem Becher.

»Sie gehen abends mit dem Hund spazieren und sehen im Stadtwald jeden Abend auf derselben Parkbank einen Mann sitzen. Allein. Mit einem, ich zitiere: finsteren Gesicht wie ein Zigeuner. Wie jemand, der Hunde vergiftet.«

»Ich wußte nicht, daß in letzter Zeit Tiere vergiftet wurden.«

»Sind sie auch nicht. Die Frau ist aber der festen Überzeugung, daß, wenn irgendwann Hunde und Katzen vergiftet werden sollten, nur er der Täter sein könne. Sie hat ihn sogar aus der Distanz fotografiert (»Unter Todesgefahr«, warf Hartmann ein) und wollte uns die Fotos überlassen. Der Bürger als Freund und Helfer der Polizei.«

»Der Mann ist eine armes Würstchen«, sagte Hartmann und warf den Becher über Menges' Kopf hinweg in Richtung Papierkorb. Wie so oft traf er nicht. »Er schämt sich für seine Frau, kriegt aber das Maul nicht auf. Wie kann man sich von so einer übergewichtigen Xanthippe ein Leben lang unterbuttern lassen?«

Menges erhob sich, leicht stöhnend. Er schwitzte in

seinem sandfarbenen Rollkragenpullover, die Haarspitzen schimmerten feucht.

»Was soll's schon.«

In seinem eigentümlich eiernden Gang bewegte sich Menges zu seinem Schreibtisch und legte zwei Zeitschriften über Gartenbepflanzung in den Ablagekorb. Er hatte nur noch wenige Monate bis zu seiner Pensionierung.

»Was soll's schon«, sagte er wieder, »ich mache Feierabend.«

Tristan schaltete seinen Computer aus. Sein Blick fiel auf das Rundschreiben, in dem Monika Bergmann die Kollegen vom K9 daran erinnerte, daß in drei Tagen eine Kommissarin z. A. in ihrer Abteilung hospitieren würde. Tristan prägte sich den Namen ein und verließ das Büro.

2

Der Anruf kam um kurz vor halb sieben.

Tristan war bereits seit fünf Uhr wach und trank gerade in seinem Arbeitszimmer eine Tasse Kamillentee. Sein Schlaf hatte in den letzten Monaten ein merkwürdiges Eigenleben entwickelt. Wenn er spät zu Bett ging, etwas getrunken hatte, wachte er früh auf, wie gerädert, jedoch unfähig, wieder einzuschlafen. Ging er früh ins Bett, wachte er spät auf, ohne sich erholt zu fühlen. Es war, als hätte der Schlaf seinen Körper verlassen und ihn mit geballten Fäusten zu einem Zweikampf aufgefordert. Tristan akzeptierte mittlerweile seine Grenzen, setzte sich ins Arbeitszimmer und schaute in den Innenhof.

Es klingelte zweimal, dann stand Tristan in der Diele.

»Göhring, Spurensicherung. Einen wunderschönen

guten Morgen.« Die Stimme klang aufgekratzt munter. »Kann ich dich zu einem romantischen Waldspaziergang einladen?«

Tristan schloß die Augen und rief sich den Dienstplan ins Gedächtnis.

»Falsch verbunden, Kollege. Ich habe keine Bereitschaft.«

»Das sieht der Chef leider anders. Dr. Zoll will, daß du kommst.«

Eine Ahnung kroch Tristans Rückgrat hoch, langsam und sehr kalt.

»Eine Leiche?«

»Ja.«

»Männlich?«

»Ja.«

»Anfang Siebzig?«

»Ja.«

»Hasso Schorrberg?«

»Ja.«

Tristan schloß die Augen. Ein Gedankengewitter aus Selbstvorwürfen, Fassungslosigkeit und der Ahnung von langwierigen, komplizierten Ermittlungen unter dem Druck der Öffentlichkeit explodierte in seinem Kopf. Sein Blick fiel auf den Kalender an der Pinnwand über dem Telefon. Es war Montag, der 13. Dezember 1993.

Fünf Minuten später fuhr er stadtauswärts in nördliche Richtung. Die Scheiben waren von innen noch beschlagen, obwohl er den Strom warmer Luft direkt nach oben leitete. Tristan griff in seine Tasche und half mit einem Taschentuch nach.

Bald hatte er den Stadtwald erreicht, die edelste, traditionsreichste Wohngegend Krefelds. Dort hatten die Seidenbarone ihre repräsentativen Villen gebaut. Der Stadtwald selbst war die Schenkung eines reichen Kaufmanns an die Stadt.

In der größten aller Villen, mit Blick auf den Park, wohnte Schorrberg oder besser: hatte er gewohnt. Das Grundstück war im neunzehnten Jahrhundert von einem mächtigen Seidenfabrikanten erworben worden, in einer Zeit, als sich Krefeld von einer unbedeutenden niederrheinischen Kleinstadt zu einer international bedeutenden Seidenwebermetropole entwickelte. Es gab einige Familien, die ihren Wohlstand über mehrere Generationen so geschickt vermehrten, daß Friedrich II. zu Besuch kam und um einen Kredit verhandelte. Im späteren neunzehnten Jahrhundert begann der Abstieg, der sich, je nach Familie, in Bankrott und Selbstmord oder im allmählichen, würdevoll ertragenen Ausglühen vollendete. Schorrbergs Kanzlei hatte Anfang der siebziger Jahre die Insolvenz jenes Familienunternehmens verwaltet. Er betrat die Villa als Anwalt und verließ sie mit dem Schlüssel in der Hand. Niemals, erzählte man in Krefeld, sei eine höhere Vergütung geleistet worden, die nicht aus Geld bestand.

Dort hatte Schorrberg zwar die letzten beiden Jahrzehnte gelebt, aber dort war er nicht gestorben. Tristan fuhr auf der Moerser Straße stadtauswärts, bis sie ihren Namen in Nieper Straße eintauschte, und versuchte, die in Eile notierte Wegbeschreibung zu entziffern. Die Scheinwerfer entgegenkommender Fahrzeuge blendeten ihn, er fuhr in Gegenrichtung zum Berufsverkehr. Schließlich hielt er an einer Bushaltestelle. Als er das Innenlicht einschaltete, bemerkte er, daß er sich nicht rasiert hatte. Am Kinn und über der Oberlippe sprossen hellbraune Stoppeln, sehr dicht sogar, während sein übriges Gesicht praktisch bartlos war.

Eigentlich ganz einfach zu finden, hatte Göhring gemeint, ein kleines Waldstück in der Nähe der Niepkuhlen, keine zweihundert Meter hinter dem Steeger Dyk. Ein unbeleuchteter Feldweg, dennoch kaum zu übersehen. Was in aller Welt hatte Schorrberg dort nur verloren?

Tatsächlich sah er bald den Weg, der zu den Auen führte. Tristans Wagen scheuchte einige Krähen auf, die sich nahe der Straße niedergelassen hatten. Dichter Nebel kauerte über den Feldern. Kein Haus weit und breit. Der Feldweg war breit genug, daß man im Ernstfall einem entgegenkommenden Fahrzeug ausweichen konnte. Endlich sah er den Waldstreifen; gleich links lag eine kleine Lichtung, in der mehrere Autos parkten. Tristan erkannte sofort den VW-Transporter der Spurensicherung. Zwei Scheinwerfer waren davor postiert und richteten ihre Lichtkegel auf einen hellblauen Mercedes. Tristan parkte dicht neben einigen breiten, sehr hohen Tannen, der am besten geschützten Stelle in der Lichtung. Dort stellte man den Wagen ab, wenn man vom Feldweg aus nicht gesehen werden wollte, und dort lehnte der Kopf des Fahrers am Seitenfenster, als schliefe er. Schorrberg. Tristan seufzte und schaltete den Motor aus.

Der Boden war steinhart, die Temperaturen waren am Vorabend deutlich unter Null gesunken. Wenn Hasso Schorrberg erst am späteren Abend hierhergefahren war, würde es keine Fußabdrücke geben.

Göhring, der Kollege von der Spurensicherung, saß auf der Rückbank und bepinselte die Türgriffe, die Aschenbecher und die Konsole mit Rußpartikeln, um später Fingerabdrücke nehmen zu können. Er war älter als Tristan und sehr dick. Wenn er sich nach unten oder zur Seite beugte, stöhnte er auf und murmelte etwas, das Tristan nicht verstehen konnte, das aber wie ein mantraartiger Fluch auf seinen Körper klang. Schließlich bemerkte Göhring ihn und mühte sich aus dem Wagen.

»Ist der Arzt schon wieder weg?«

Göhring nickte und wischte sich mit dem Unterarm über die Stirn.

»Bist du mal so nett und nimmst meine Zigaretten aus der Brusttasche?«

Tristan steckte dem Spurenermittler eine Zigarette in den Mund und zündete sie an. Er wußte aus Erfahrung, daß Göhring problemlos rauchen und sich unterhalten konnte, ohne mit seinen Plastikhandschuhen die Zigarette anzufassen. Tristan wartete, bis sein Kollege ein paarmal tief inhaliert hatte, und ging neben der Fahrertür leicht in die Hocke.

»Es sieht aus, als machte Schorrberg nur ein Nickerchen.«

»Wenn alle meine Leichen so aussähen, würde ich meinen Beruf richtig lieben.«

Tristan spürte plötzlich die Kälte, als wäre sie erst beim Betrachten der Leiche in seinen Körper gekrochen. Er hatte sich vorhin in der Eile die falschen Schuhe genommen, Slipper mit glatter Sohle.

»Herzstillstand, vermutet der Doc.«

»Wann ungefähr?«

»Zwischen zweiundzwanzig Uhr gestern abend und ein Uhr heute morgen. Genaueres werden wir im Obduktionsbericht lesen.«

»Wer hat die Leiche entdeckt?«

Göhring öffnete den Kofferraum, der wie geleckt aussah und lediglich einen Erste-Hilfe-Kasten und ein Warndreieck enthielt, die in Netzen an den Seitenwänden hingen. Im Vergleich dazu ist meiner eine archäologische

Ausgrabungsstätte, dachte Tristan. Er erinnerte sich nicht, in welchem Jahr er ihn zuletzt aufgeräumt hatte.

Der Spurenermittler deutete auf die andere Seite des Parkplatzes. Erst jetzt sah Tristan einen älteren Mann in einem verschlissenen Parka, eine Baseballkappe auf dem Kopf, und einen riesigen Hund, vermutlich ein Rottweiler. Der Hund saß auf den Hinterpfoten und schaute zu ihm herüber. Tristan hatte den Eindruck, als lege das Tier die Ohren an und nehme seine Witterung auf. Es war nicht angeleint. Neben dem Mann stand ein Streifenwagen, der Beamte auf dem Beifahrersitz füllte ein Formular aus.

»Er geht hier jeden Morgen mit seinem Ungeheuer von Hund spazieren. Normalerweise schert er sich nicht um Autos, die hier parken. Er sei ja kein Spanner, meinte er. Aber sein Vierbeiner war von Schorrbergs Auto nicht wegzubringen, er sprang an der Tür hoch und bellte wie verrückt. Der Mann hat einige Male gegen die Scheibe geklopft, gerufen und dann die Polizei verständigt.«

»Hat er Schorrberg erkannt?«

»Sofort, behauptet er. Willst du selbst mit ihm reden?«

Tristan schüttelte kurz den Kopf. Zwei Gründe sprachen dagegen: Erstens lag der Zeitpunkt von Schorrbergs Tod (beziehungsweise des Verbrechens, wenn es ein solches war) zu viele Stunden zurück, als daß der Spaziergänger Relevantes hätte bemerken können; zweitens hatte Tristan Angst vor großen Hunden. Er hielt sie für letztlich nicht beherrschbar, und sein auf Angst dressiertes Gedächtnis hatte alle Fälle abgespeichert, bei denen hüfthohe, seit Jahren friedliche Vierbeiner kleine Kinder oder einkaufende Omas totgebissen hatten. Wenn Tristan einen großen Hund sah, wechselte er vorsichtshalber die Straßenseite.

»Wie ist deine erste Einschätzung?«

»Es gibt nichts, was der Diagnose des Arztes widersprechen würde«, sagte Göhring und zog die Handschuhe von den Fingern. Keinerlei Anzeichen von Gewalt, keine Indizien für einen Raub. Der Tote hatte seine Geldbörse im Jackett mit einer erheblichen Menge Bargeld darin. Außerdem eine Brieftasche mit Schecks und Kreditkarten. Der Wagen war offen, der Schlüssel steckte im Schloß. Ich habe keine Anzeichen entdeckt, daß überhaupt eine zweite Person im Wagen gesessen hätte.«

»Hast du etwas Persönliches gefunden? Eine Aktentasche? Oder vielleicht einen Brief?«

»Das einzig Persönliche ist ein Familienfoto im Handschuhfach. Davon abgesehen hätte der Wagen in diesem Zustand vom Band rollen können. Der klassische Fall eines Dienstwagens, in dem man viele verschiedene Leute mitnimmt und der mitunter auch von anderen gesteuert wird.«

Tristan zog vor Kälte die Schultern zusammen und schaute zu den Bäumen hinüber. In wenigen Schritten Entfernung schimmerte etwas, eine Kette vielleicht. Sie lag auf einem geschälten Holzstamm, der verhindern sollte, daß die Autos zu nah an den Sträuchern parkten. Tristan ging zu der Stelle und beugte sich hinunter: ein silbern glänzendes Armband, an dem ein drei bis vier Zentimeter großer Tannenbaum aus dem gleichen Material hing. Die Kette lag auf dem Holz wie in der Auslage eines Schaufensters, als hätte sie jemand gefunden und so präsentiert, daß sie sofort ins Auge fiel.

»Du hast sie nicht dahin gelegt, nehme ich an?«

Göhring zuckte mit den Schultern. »Das war sicher ein ehrlicher Finder. Ich würde sie auch nicht unbedingt im Zusammenhang mit unserem Toten sehen. Irgendwer wird die Kette hier auf dem Parkplatz verloren haben, und ein netter Zeitgenosse hat darauf verzichtet, sie in die eigene Tasche zu stecken.«

»Nimm sie bitte trotzdem mit.«

»Beunruhigt dich eigentlich der Promi-Faktor?«

»Es gibt da ein anderes Motiv, über das ich mich jetzt nicht auslassen kann.«

Der Spurenermittler zuckte erneut mit den Schultern.

»Ich werde die Jungs von der Streife bitten, die Umgebung abzusuchen, wenn es heller geworden ist. Aber wenn du mich fragst ...« – er machte eine Handbewegung, als wollte er etwas über die Schulter werfen.

»Trotzdem. Und laßt den Wagen anschließend in der Werkstatt noch einmal genauestens untersuchen. Habt ihr übrigens schon eure Fotos gemacht?«

»Natürlich. Ich bin mit Bernstein hier. Er sitzt schon im Wagen und säuft Kaffee aus meiner Thermoskanne, meinen Kaffee, weil du mich unnötigerweise aufhältst. Apropos Fotos, schau mal, wer da kommt.«

Tristan drehte sich um und sah zwei Autos, die mit zu hoher Geschwindigkeit auf dem Feldweg fuhren. Trotz der schlechten Sichtverhältnisse erkannte Tristan die beiden Fahrzeuge sofort.

»Sieh an, unsere Freunde von der Presse. Sie finden doch immer jemanden, der sie informiert, wenn unsere Leichen noch fast warm sind.«

Göhring grinste und rieb Daumen und Zeigefinger der rechten Hand gegeneinander.

»Ich mache mich schnell vom Acker«, sagte Tristan und öffnete die Tür seines Volvo. »Der Presse kannst du sagen, daß wir in zwei, drei Stunden eine offizielle Mitteilung rausschicken. Keine weiteren Auskünfte.«

Göhring ließ die Zigarette aus dem Mund fallen und

zerrieb sie demonstrativ langsam mit der Fußsohle, nur wenige Zentimeter von Schorrbergs Fahrzeug entfernt. Auf die Art kommentierte der Spurenermittler, was er von Tristans Gebot der absoluten Gründlichkeit hielt.

Als der Aufzug anhob, verspürte Tristan eine leichte Übelkeit. Sie hatte die Farbe gelb, gelb wie Kamille. Er hatte noch nichts gegessen an diesem Morgen, und der Tee spülte in unangenehmer Weise gegen seine Magenwände. Zuviel Gesundheit, dachte er, oder eine Leiche zuviel auf nüchternen Magen.

Monika winkte ihn durch. Ihr Blick verriet, daß auch sie mittlerweile Bescheid wußte. Tristan klopfte zweimal an die Zwischentür und betrat das Büro des Polizeipräsidenten.

Dr. Zoll schaute aus dem Fenster. Er saß, leicht eingesunken, mit weit gelockerter Krawatte, in seinem Ledersessel und spielte mit der Telefonschnur. Der Hörer lag wie ein schwarzes Kätzchen auf seinem Bauch.

»Dorothea Schorrberg«, sagte er, ohne Tristan dabei anzuschauen, »ich war Gott sei Dank schneller als einer der Geier von der Presse. Sie hat noch geschlafen.«

Tristan stand an der Tür und konnte dennoch das Freizeichen des Telefons hören.

»Wie hat sie es aufgenommen?«

»Sehr beherrscht«, sagte Hanswerner Zoll und rieb sich über die Augen, als wäre er plötzlich von einer großen Müdigkeit heimgesucht worden. »Sie wollte nur wissen, wann es passierte, wo und ob er allein war. Und ob es Anzeichen für ein Verbrechen gebe. Sie war so kontrolliert und sachlich, daß ich mich geradezu deplaziert fühlte, als ich meine Trauer und mein Mitgefühl ausdrücken wollte. Aber wir wissen beide, wie sehr das täuschen kann. Oft sind diejenigen, die zunächst distanziert reagieren, einem psychischen Zusammenbruch und einem Suizid im Affekt näher als die, die weinen und mit den Fäusten gegen die Wand schlagen.«

»Mein spontaner Eindruck vor drei Tagen war der einer bemerkenswerten und starken Persönlichkeit«, sagte Tristan.

Dr. Zoll nickte. »Ich habe sie nur bei wenigen offiziellen Anlässen erlebt, bei denen sie souverän, fast mit Grandezza, auftrat. Manchen sieht man an, daß sie die Regeln der feinen Gesellschaft so mühsam haben lernen müssen wie eine Fremdsprache. Sie war, um im Bild zu bleiben, Muttersprachlerin, obwohl sie aus ganz normalen bürgerlichen Verhältnissen kommt. Dorothea Schorrberg hatte diese Ausstrahlung offenbar in den Genen. Sie umgibt die Aura einer Respektsperson, aber auch von einer gewissen Unterkühltheit und Unnahbarkeit.«

»Haben sie Kinder?«

»Eine Tochter. Sie ist, glaube ich, Professorin an einer amerikanischen Eliteuniversität. Ich habe sie nie persönlich kennengelernt.«

Dr. Zoll legte den Telefonhörer neben die Schreibtischunterlage und nahm aus seiner Aktentasche eine Tupperwaredose und eine große Stoffserviette. Auf der Dose klebte ein gelber Post-it-Zettel: *»Wie versprochen, mein Schatz: nicht vor zehn Uhr!«* Er faltete die Serviette auseinander und breitete zwei mit Wurst und Tomatenscheiben belegte Graubrote, geschälte Karotten, Radieschen und Gurkenscheiben darauf aus.

»Dieses verdammte gesunde Zeug ist ekelhaft. Zu Weihnachten schenke ich meiner Frau ein Kaninchen.«

Dr. Zoll zerknüllte den gelben Zettel, faltete die Brothälften auseinander und klaubte sich die Wurtscheiben heraus, an denen Spuren eines hellen Dressings klebten. Die Karotte legte er auf die Serviette.

»Die Spurensicherung findet nichts, was der vorläufigen These eines Herzstillstands widersprechen würde«, sagte Tristan. »Es war definitiv kein Raub, es hat auch kein Kampf stattgefunden. Keine sichtbaren Hinweise auf eine weitere Person im Auto.«

»Hat er überhaupt sein Auto verlassen?«

Dr. Zoll legte zwei geschälte Radieschen neben die Karotte.

»Ich habe auf seine Schuhe und die Fußmatte geschaut, aber keine Blätter gesehen. Was freilich der Spurensicherung nicht vorgreifen soll.«

»Gut. Ich werde mit unseren Kollegen von der Pressestelle eine kurze Mitteilung abfassen. Den Obduktionsbericht lasse ich mir direkt zuschicken. Vielleicht wissen wir heute nachmittag schon mehr. Danke, Herr Lage.«

Tristan nickte und öffnete die Tür. Ein dumpfer Laut in seinem Rücken signalisierte ihm, daß Dr. Zoll seinen Papierkorb zur Bio-Tonne umfunktioniert hatte. Es war Viertel nach acht.

Tristan grüßte Menges und Hartmann und stellte verärgert fest, daß sie die Kaffeemaschine noch nicht eingeschaltet hatten. Tristan hängte seinen Trenchcoat auf und nahm die Dose aus dem Regal. In diesem Moment betrat eine junge Frau in einem halblangen Ledermantel das Büro. Sie schaute Tristan an und sagte mit heller, fester Stimme: »Guten Morgen, ich heiße Claudia Poschmann und soll ab heute beim K9 hospitieren. Ich bin Kommissarin z. A., freue mich auf die Arbeit mit Ihnen und kenne alle Witze über Polizistinnen und Kaffeekochen.«

Ein Hauch kalter Luft wehte Tristan entgegen, sie war

offenbar direkt von draußen gekommen. Sie hatte leuchtend grüne Augen, und Tristan erkannte sie sofort wieder: Es war die Frau aus dem Schwimmbad, mittelgroß, lange weißblonde Haare, kräftige Schultern. Als sie den Mantel auszog, entfuhr Hartmann ein Zischlaut, der dem galt, was ihr engsitzender Pullover verbarg. Sie gab den drei Kommissaren die Hand und blieb dann unschlüssig in der Mitte des Raumes stehen.

»Wir haben vor circa drei Jahrhunderten einen weiteren Schreibtisch mit PC beantragt«, sagte Tristan, »aber Sie sehen ja selbst, wie schnell unsere Verwaltung arbeitet. Ich weiß nicht, wie meine beiden Kollegen das sehen, aber wenn ich nicht da bin, können Sie sich selbstverständlich an meinen Schreibtisch setzen.«

Menges, der seinen Computer noch nicht eingeschaltet hatte, versteckte sein Gesicht hinter der Zeitung. Hartmann stellte seine Ohren auf taub und blätterte in einem Ordner.

Tristan schüttelte kaum merklich den Kopf und deutete auf den Besuchertisch. »Vorläufig müssen Sie mit diesem Tisch vorliebnehmen. Tut mir leid. Kaffee für vier, Kollegin?«

Sie lächelte, und in diesem Lächeln las er einen Sympathiepunkt für sich. Tristan fiel plötzlich ein, daß er sich an diesem Morgen nicht rasiert hatte. Ob sie ihm dadurch den Single ansah? Auch Hartmann lebte allein, aber er pflegte seinen Dreitagebart mit größter Sorgfalt.

Als die verkalkte Maschine die letzten Tropfen gurgelte, schaltete Tristan das Radio an.

»... vergangenen Nacht verstorben. Der Jurist wurde 1920 in einem Vorort von Krefeld geboren und 1961 zum ersten Mal zum Oberbürgermeister der niederrheinischen Großstadt gewählt. Dieses Amt bekleidete er ohne Unterbrechung bis zum gestrigen Tag. Der CDU-Politiker und Rechtsanwalt war auch langjähriger Vorsitzender des regionalen Wirtschaftsausschusses seiner Partei. Hasso Schorrberg wurde dem rechtskonservativen Parteiflügel zugeordnet und machte sich als konsequenter Verfechter der freien Marktwirtschaft weit über die Grenzen seiner Heimat hinaus einen Namen. Der Oberbürgermeister wollte sich ursprünglich mit dem Ende dieser Legislaturperiode aus der Politik zurückziehen. Seine in den letzten Wochen mehrfach bekräftigte Ankündigung, sich im kommenden Jahr doch noch einmal zur Wahl zu stellen, führte zu Irritationen innerhalb seiner Fraktion. Einige Ratsmitglieder stellten sich offen hinter seinen designierten Nachfolger, den amtierenden Oberstadtdirektor Wulf Frotscheck. In einer Sondersendung um zehn Uhr befassen wir uns mit dem Leben und Wirken Hasso Schorrbergs, der als einziger Oberbürgermeister in Nordrhein-Westfalen länger als drei Jahrzehnte amtierte. Nun zu weiteren Meldungen aus der Politik: Im Düsseldorfer Landtag …«

Tristan schaltete das Radio aus.

»Nun wißt ihr auch, warum ich zur Morgenbesprechung nicht da war.«

Er erzählte in knappen Sätzen von dem Leichenfund, ohne das Gespräch mit Dorothea Schorrberg drei Tage zuvor zu erwähnen.

»Kommt für mich völlig überraschend«, sagte Menges und strich mit beiden Händen über die ausgebreitete Zeitung, »trotz des Alters. Er war so ein Typ, den man sich außerhalb der Politik überhaupt nicht vorstellen kann. Dreiundsiebzig Jahre und nicht rasten und nicht ruhen. Ich bin zehn Jahre jünger und zähle meine Tage bis zur Pensionierung.«

»Die Kollegen zählen schon längst mit«, sagte Hartmann mit geringschätzigem Unterton. An Tristan gewandt, fuhr er fort: »Das wird ein ziemlicher Schlag sein für unseren Chef. Schließlich hat ihn Schorrberg vor zehn Jahren in das Amt gehievt. Vielleicht nimmt Zollsperre das zum Anlaß, früher als geplant abzutreten.«

»Zollsperre?« fragte Claudia.

Tristan Lage räusperte sich.

»Das ist ... nun ja, der interne Spitzname für unseren Polizeipräsidenten. Manche hier im Haus werfen ihm vor, daß er sich mit den Beförderungen zu viel Zeit läßt. In vergleichbaren Städten gibt es jedenfalls mehr höher dotierte Posten. Das spart natürlich Geld und freut die Politiker, aber einige meinen, daß er sich bei denen da oben zu sehr Liebkind macht.«

»Mich berührt das alles nicht mehr«, sagte Menges. Hartmann stöhnte auf und legte demonstrativ den Kopf in den Nacken.

»Entschuldigt, ich bin ja nicht von hier«, sagte Claudia erklärend, »aber war der Schorrberg wirklich so eine große Nummer?« »Logo«, sagte Hartmann. »Er war, sagen manche, der einzige demokratisch gewählte Alleinherrscher in unserem Bundesland. Wohin man auch blickt, alles ist mit ihm verbunden: die Industrieansiedlungen am Rhein, die neue Stadthalle, das Theater, das Einkaufszentrum am Bahnhof – es ist fast so, als hätte er jeden Ziegel gebrannt, der hier öffentlich verbaut wurde, und jeden Bauplan selbst gezeichnet. Durchaus auch zu seinem eigenen Vorteil. Er hat zwei Taschen in seinem Anzug, sagten die Leute, in die eine fließt das Geld für die Stadt, in die andere fließt das Geld für sein Konto.«

»Schorrberg war im Hauptberuf Anwalt und Wirtschaftsberater«, ergänzte Tristan. »In unserer Verfassung ist das Bürgermeisteramt ja offiziell eine ehrenamtliche Funktion. Schorrbergs Kanzlei hat viele Firmen beraten, die sich in Krefeld niedergelassen haben. Rechtlich war ihm nicht beizukommen, dazu war er viel zu clever, und politisch gesehen …«

»Fand eine Opposition nicht statt«, unterbrach Hartmann, »weil die Roten von Natur aus zu blöd sind und sich lieber selbst zerfleischen.« Er sprach das Wort »Rote« in einer Art aus, die keinen Zweifel an seinem persönlichen politischen Standort offenließ.

»Nur der liebe Gott war stärker«, sagte Menges, »und hat ihn zu sich geholt.«

In der Mittagspause entschlossen sie sich zu einem Spaziergang. Tristan nahm als einziger die Treppe und stand dennoch als erster auf dem Bürgersteig. Er schaute auf die Lichterkette am Friedrichsplatz. Weihnachten rückte näher, er brauchte Geschenke für seine Eltern. Geschenke zu kaufen war für ihn seit jeher mit großem Streß verbunden. Er hatte Beate, die vor einem Jahr noch seine Freundin war, um die Fähigkeit beneidet, irgendwann im Jahr, sei es Februar oder Juli oder Oktober, vor einem Schaufenster abrupt stehenzubleiben, mit ihrem Zeigefinger auf einen bestimmten Punkt der Scheibe zu picken und zu rufen: Das da ist das perfekte Geschenk für X, Y oder Z. Tristan hingegen war mit dumpfer Einfallslosigkeit geschlagen, sein Ringen um ein passendes, einfallsreiches Präsent führte alljährlich zu einer schmählichen Niederlage, indem er einen Buch- oder CD-Gutschein unter den Weihnachtsbaum legte.

Hartmann holte ihn mit einem Ellbogencheck in die Rippen in die Gegenwart zurück. Das Quartett setzte sich in Bewegung, Hartmann die handschuhlosen Hände in den Taschen seiner Jeans vergraben, Menges mit Jägerhut und Fäustlingen als letzter. Sie liefen am Theater vorbei in die Fußgängerzone. In der Luft hingen süße Gerüche nach frisch gebrannten Mandeln und die schwere Süße von Weihnachtsliedern, die von Kinderchören gesungen wurden. Der Mitarbeiter eines Zirkusses stand in einer abgeschabten, verstaubten Uniform neben einem Esel und rüttelte mit kälteroter Hand seine Sammelbüchse. Der Mann fror und trat von einem Bein aufs andere, das Tier neben ihm wirkte ruhig und gelassen. »Eine Spende für unsere Tiere« stand auf einem Pappkarton. »Offen gestanden sehen eher Sie so aus, als tue Ihnen eine Spende gut«, sagte Tristan und warf ein paar Münzen in den Schlitz.

In einer italienischen Bar tranken sie einen Espresso. Hartmann wollte Claudia Poschmann zu einem Likör überreden, aber sie lehnte ab.

»Wo kommst du her?« fragte Hartmann, wobei er einfach zum »Du« überging.

»Dortmund.«

»Doooortmund mit vier ›o‹«, sagte er und imitierte ihren Dialekt.

»Ihr Niederrheiner seid natürlich viel edler und vornehmer.«

»Logo. Und bessere Liebhaber.«

Sie nahm zwei Päckchen Zucker aus der Schale auf dem Tisch und warf sie vor Hartmanns Brust. Hartmann grinste und wollte von ihr wissen, wo sie in Krefeld abends hingehe. Tristan beteiligte sich nicht an dem Gespräch. Er dachte an Hasso Schorrberg und an die saloppe Sorglosigkeit des Spurenermittlers. Sie konnte Tristans Instinkt nicht beschwichtigen. Dorothea Schorrberg hatte in einer Weise auf den anonymen Brief reagiert, als nehme sie die Drohung sehr ernst, auch wenn sie keine Vorstellung hatte, auf welches Geschehen der Brief Bezug nehmen könnte.

Von der Logik her mußten sie beiden Ereignisse jedoch nicht unbedingt in Zusammenhang stehen: Hasso Schorrberg konnte anonyme Drohbriefe erhalten haben und dennoch eines natürlichen Todes gestorben sein.

»Im Dezember bin ich schon in der Mitte des Monats pleite«, sagte Menges unvermittelt. »Enkelkinder sind noch teurer als die Kinder. Früher brauchte man für die Kleinen ein paar Windeln und eine Strampelhose. Heutzutage ziehen die Mütter ihren Hosenscheißern sündhaft teure Lederschuhe an, wenn die noch nicht einmal krabbeln können.«

3

Eine halbe Stunde später bekam Tristan einen Anruf von Monika Bergmann. Als er das Büro des Polizeipräsidenten betrat, sah er auf den ersten Blick, daß die Dinge nicht gut standen.

Dr. Zoll saß am Schreibtisch, vor sich eine Packung Schokolade. Wenn er unter Streß stand, aß Dr. Zoll Brötchen, belegte Brote, Obst. Wenn er unter besonders großem Streß stand, holte er eine Tafel Schogetten aus dem Vorrat, den er in seinem Schreibtisch gebunkert hatte.

»Ist der vorläufige Obduktionsbericht da?« fragte Tristan.

Dr. Zoll kickte mit dem Bügel seiner Brille ein Stück Schokolade wie einen Puck über die kartonverstärkte Unterseite der Packung. Von den vierundzwanzig kleinen, rechteckigen Stücken waren nur noch drei Spielgeräte übriggeblieben.

»Eigentlich wie gemalt«, sagte der Polizeipräsident und deutete mit einer Kopfbewegung auf einen Umschlag, auf dem »Streng Vertraulich« stand. »Todeszeitpunkt zwischen dreiundzwanzig Uhr und Mitternacht. Todesursache: Herzstillstand. Geringe Mengen Alkohol im Blut, keine sonstigen Drogen, kein Aufputschmittel, keine Gifte. Keine Spuren eines Kampfes, keine Spuren von Gewaltanwendung. Bestimmte histologische Untersuchungen werden noch ein paar Tage dauern, aber sie werden aller Wahrscheinlichkeit nach die ersten Ergebnisse nicht revidieren. Eigentlich alles sehr schön, sehr sauber und sehr klar.«

»Und uneigentlich, Herr Dr. Zoll?«

Der Polizeipräsident schob mit dem Bügel ein Stück Schokolade quer über das ganze Spielfeld und wieder zurück.

»Hasso Schorrberg nahm ein Digitalispräparat, ein herzstärkendes Medikament. Für Leute seines Alters und seine beruflichen Belastungen nichts Ungewöhnliches. Man nimmt wenige Tropfen, wenn das Herz heftiger zu schlagen oder zu rasen beginnt. Nur hatte der Oberbürgermeister nicht wenige Tropfen im Blut, sondern sage und schreibe achtzehn Milliliter. Das ist fast der gesamte Inhalt eines Fläschchens.«

»Wie ist es dann möglich, daß ...«

»... sich das Fläschchen in Schorrbergs Jackettasche fand, sauber verschlossen in der Originalverpackung. Ich habe mit dem Arzt telefoniert. Es ist praktisch unmöglich, daß jemand dieses Mittel wie einen Schnaps herunterkippt, den Verschluß wieder zudreht, die Flasche in die Schachtel, die Schachtel wieder in das Jackett steckt und anschließend die Stirn an die Fensterscheibe lehnt und friedlich sein Leben aushaucht.«

»Und das Mittel wurde oral eingenommen? Nicht gespritzt?«

Dr. Zoll nickte.

»Es ist also ausgeschlossen, daß Hasso Schorrberg diese Dosis irrtümlich eingenommen hat, und es ist ebenso ausgeschlossen, daß er Selbstmord begangen hat. Dann haben wir …«

»Ja«, sagte Dr. Zoll. »Haben wir.«

Er stand auf und ging zum Fenster. Er schaute auf die Straße, wendete Tristan also den Rücken zu, als wollte er verbergen, was in seinem Kopf vorging. Leise Verkehrsgeräusche wehten ins Zimmer. In dem Bücherregal an der gegenüberliegenden Wand tickte eine Uhr. Der schwarze Sekundenzeiger umrundete einmal die ganze Welt.

»Das Elend meines Jobs besteht darin, daß ich einer Fachbehörde vorstehe, aber politisch agieren muß«, sagte Dr. Zoll schließlich. »Ich muß Sie in Ihrer Arbeit unterstützen, und gleichzeitig muß ich der Öffentlichkeit ruhigen Schlaf schenken und den Regierenden blankgeputzte Statistiken und eine Behörde, die von der Presse und der Opposition nicht angegriffen werden kann. Ich soll Fälle aufklären und gleichzeitig das Bild vermitteln, in unserer schönen, friedlichen Stadt könnte eigentlich überhaupt nichts Schlimmes passieren.«

Dr. Zoll hatte seine Position nicht verändert, also gegen das Fenster gesprochen. Nun setzte er sich wieder an seinen Schreibtisch und räumte – als wäre es ihm plötzlich peinlich – die Schokoladenschachtel zurück in die Schublade.

»Ich kann nicht mit einer Mordhypothese vor die Öffentlichkeit treten und den anonymen Drohbrief als einzige heiße Spur präsentieren. Also einen Brief, über dessen Wahrheitsgehalt wir im Grunde nichts wissen und der sich lediglich durch die Tat zu bestätigen scheint. Stellen Sie sich vor, er erweist sich tatsächlich als Pennälerscherz, als Schuß ins Blaue, von einem politischen Wirrkopf oder Spinner abgefeuert – seine Existenz öffentlich zu machen wäre ein unverantwortlicher Umgang mit dem Ansehen eines überragenden Politikers, ohne den diese Stadt niemals das wäre, was sie ist. Ich würde mich fühlen, als hätte ich den Leichnam freigegeben, um ihn öffentlich bespucken zu lassen. Mit 1945 verbindet man das Ende des Krieges und der Nazidiktatur. Folglich würde das mutmaßliche Delikt Dr. Schorrbergs vor diesem Horizont interpretiert werden. Schorrberg ein Kriegsverbrecher? Die Geschichte unserer Stadt von einem verbrecherischen Nationalsozialisten geprägt? Das wäre ein gefundenes Fressen für die Presse und das politische Lager, das Schorrberg schon immer vor den Karren fahren wollte, aber nie die Möglichkeit dazu hatte. Sie werden keinen Stein auf dem anderen lassen, sie werden in der Vergangenheit wühlen und nicht eher ruhen, bis ein widerwärtiger brauner Gestank in der Luft liegt. Und dann, wenn der Ruf unserer Stadt dauerhaft ruiniert ist, wird sich erweisen, daß es kein Motiv und keinen Täter aus diesem Umfeld gab.«

Beide schwiegen. Aus dem Vorzimmer drangen gedämpfte Geräusche, das Öffnen einer Schranktür, das Wippen eines Kleiderbügels gegen die Innenwand. Dann klopfte Monika dreimal kurz gegen die Zwischentür – das Zeichen, daß sie nun gehen würde.

»Was 1945 geschah, wissen wir nicht«, sagte Tristan. »Wir wissen nicht einmal, ob etwas geschah. Es mag auch längst verjährt sein. Aber wir wissen aufgrund des Obduktionsberichts, daß Schorrberg gestern abend nicht allein in seinem Wagen saß, sondern gemeinsam mit seinem Täter. Mit einem Täter, den er vermutlich kannte, zumindest aber bereitwillig in sein Fahrzeug einsteigen ließ. Soll der Täter von unserem Bemühen profitieren, im Zuge der Ermittlungen Dinge zu vertuschen, die einem Politiker nicht zu Ruhm und Ehre gereichen?«

Dr. Zoll hob die Augenbrauen. Er fixierte Tristan mit Augen, in denen eine gewisse Angriffslust blitzte.

»Ich verbitte mir Ihre Unterstellungen, Herr Lage. Ich wollte nur darauf hinweisen, daß ich gegenüber der Stadt und der Familie des Toten Gefühle von Verantwortung und Sorge hege. Findet dieser Gedanke bei Ihnen den Hauch einer Zustimmung? Gut. Ich will Ermittlungen, aber ich will keine Öffentlichkeit von Ermittlungen.«

Tristan nickte.

»Ich möchte Sie also bitten«, fuhr der Polizeipräsident fort, »den Fall in einer Weise zu bearbeiten, die die offizielle Version des natürlichen Todes von Dr. Schorrberg nicht für jeden sichtbar widerlegt. Ich möchte auch Ihre unmittelbaren Kollegen Hartmann und Menges aus der Geschichte heraushalten. Hartmann hat Ehrgeiz und ein Raubtiergebiß, aber mir ist die Gefahr zu groß, daß er öffentliche Wunden reißt. Menges ist geistig schon in Pension. Dennoch sollen und dürfen Sie nicht allein ermitteln. Könnten Sie sich vorstellen, mit der Neuen, mit Frau Poschmann, zu kooperieren? Ich halte es in diesem Fall für einen Vorteil, daß sie von auswärts kommt.«

Zu seiner eigenen Überraschung sagte Tristan spontan zu; normalerweise war er zurückhaltender in der Einschätzung seiner Kollegen und verließ sich nicht nur auf seinen Instinkt.

»Ich setze voraus«, sagte Dr. Zoll, »daß dieses Vorgehen

im Sinne der Witwe ist. Ich werde mit ihr telefonieren und einen Termin für Sie vereinbaren.«

Tristan Lage stand auf. Als er gerade die Tür öffnen wollte, hörte er eine Stimme in seinem Rücken.

»Vielleicht ergibt sich aus der abschließenden Obduktion und dem Bericht der Spurensicherung ein anderes Bild. Wir konzentrieren uns im Moment auf den Drohbrief, weil wir keine anderen Hinweise haben. Vielleicht klärt sich die Geschichte ja in einer ganz anderen Weise auf, nicht wahr?«

»Sicher«, sagte Tristan. Aber er glaubte es nicht.

4

Am folgenden Tag betrat Tristan als erster das Büro, zwei Tageszeitungen unter den Arm geklemmt. Er setzte Kaffee auf und ärgerte sich über die Spur Kaffeemehl, die von dem Regal bis zur Kaffeemaschine reichte. Diese Spur führte zu Menges. Aus welchen Gründen auch immer nahm der nicht die Dose aus dem Regal und hielt sie neben die Kaffeemaschine, sondern balancierte den übervollen Meßbecher vom Regal zum Tisch wie ein Kind beim Eierlaufen. Löffel für Löffel. Tristan hatte vor längerer Zeit einmal die Kaffeepackung kommentarlos neben die Maschine gestellt, doch hatte Menges sie ebenso kommentarlos wieder ins Regal geräumt.

Schorrbergs Tod lag bereits vierundzwanzig Stunden zurück, deshalb würdigten die beiden Lokalzeitungen den

Politiker in ausführlicher Weise. Das konservativere der beiden Regionalblätter errichtete ein blankpoliertes, golden schimmerndes Denkmal Schorrbergs vor den Augen der Leser. Man mußte den Eindruck haben, die über zweihunderttausend Einwohner von Krefeld wären ohne den Politiker vor Hunger gestorben. Der Ministerpräsident, ein Sozialdemokrat, formulierte seinen Respekt vor der langen politischen Gegnerschaft, die durch »große wirtschaftliche Kompetenz konservativer Prägung gekennzeichnet war«. Vertreter der Wirtschafts- und Arbeitgeberverbände ließen keinen Zweifel daran, daß die Krisen der Textil- und später der Stahlindustrie in Krefeld nur dank Schorrbergs überragender Fähigkeiten vergleichsweise undramatisch bewältigt wurden.

Das liberalere Blatt räumte den Kommunalpolitikern der SPD und der Grünen mehr Raum ein. Eine Abgeordnete der Grünen zollte der politischen Energie und Lebensleistung des Verstorbenen ihren Respekt, kritisierte jedoch dessen antiquierten Anordnungsstil, die Ruppigkeit seines Umgangs und eine anrüchige Nähe des politischen Amtes zu privaten Interessen, indem »Investoren unsere Stadt durchs Rathaus betraten und durch Schorrbergs Kanzlei wieder verließen«.

Ein Artikel widmete sich ausschließlich dem Verhältnis zwischen Schorrberg und Wulf Frotscheck, der Schorrberg hätte beerben und zur Wahl im nächsten Jahr als Spitzenkandidat hätte antreten sollen – bis vor zehn Tagen Schorrbergs Ankündigung, noch eine Wahlperiode im Amt bleiben zu wollen, die Fraktion tief gespalten und zu einem irreparablen Bruch mit Wulf Frotscheck geführt hätte. »Tot anstatt Königsmord?« fragte die Überschrift in fetten Lettern, und das Wort Königsmord zuckte wie ein Blitz in Tristans Bewußtsein.

Menges, Hartmann und Claudia Poschmann betraten kurz hintereinander das Büro. Claudia nahm einen Stoß Akten und setzte sich an den Besuchertisch. Hartmann hatte ihr, zur Einarbeitung, wie er sagte, am Vortag die Ordner gegeben; sie behandelten den Mord an einem polnischen Autohändler in Krefeld, den Hartmann an der Spitze einer Sonderkommission aufgedeckt hatte. Sogar das Regionalfernsehen hatte damals ein Interview mit ihm gemacht.

Claudia trug an diesem Tag gedeckte Farben, eine dunkelblaue Cordhose und einen hellgrauen Rollkragenpullover. Das paßt, dachte Tristan, denn Dr. Zoll hatte schon für diesen Tag ein Gespräch bei Dorothea Schorrberg vereinbart. Er selbst hatte sich am Morgen für einen grauen Anzug entschieden. Die Krawatte hatte er im Auto gelassen.

Als er die Zeitungen an Menges weitergegeben hatte, ließ sich Tristan von der Abteilung für Presse und Öffentlichkeitsarbeit alle Artikel über Hasso Schorrberg aus den letzten Monaten zusammenstellen.

Um halb zwei bat er Claudia, ihn zu einem Außentermin zu begleiten. Sie fuhren mit dem Aufzug in die Tiefgarage. Claudias Absätze hallten rhythmisch auf dem Zementboden. Während Tristan die Beifahrertür öffnete, schaute sie auf die Rücksitze.

»Wenn jemand in Ihrem Alter einen Volvo fährt, denke ich sofort an Kinder«, sagte sie.

»Falsch gedacht«, antwortete Tristan, »es ist einfach praktisch, einen so großen Kofferraum zu haben. Wie das Maul eines Wals: Er schluckt alles, was man hineinstopft. Ich bin kein allzu ordentlicher Mensch, müssen Sie wissen.«

»Liegt deshalb eine Krawatte auf dem Rücksitz?«

»Nein. Das erkläre ich Ihnen gleich«, sagte er und startete den Motor.

Sie nahm nacheinander mehrere Kassetten in die Hand, las die Beschriftung und legte sie kommentarlos wieder zurück. Tristan hätte es höflicher gefunden, wenn sie zuerst gefragt hätte. Außerdem kannte sie sich im Jazz offenbar nicht aus. Er hatte nicht den Eindruck, daß sie mit den Namen auf den Hüllen etwas anfangen konnte.

Während sie auf der Moerser Straße in Richtung Stadtwald fuhren, berichtete Tristan von Dorothea Schorrbergs Besuch drei Tage zuvor, von den ungelösten Fragen, die der Obduktionsbericht aufgeworfen hatte, und von der Strategie des Polizeipräsidenten. Sie hörte zu, ohne ihn zu unterbrechen.

»Können Sie sich vorstellen, mit mir an dem Fall zu arbeiten – unter den genannten Bedingungen.«

Sie lachte kurz auf.

»Klar. Ist doch allemal interessanter, als Akten zu wälzen und Hartmann bewundern zu müssen.«

In wenigen Minuten hatten sie die Innenstadt hinter sich gelassen. Der Verkehr ließ nach, je näher sie dem Stadtwald kamen. Imposante Einfamilienhäuser mit weiten Gärten hatten die grauen Hochhäuser und die schmalen Backsteinhäuser abgelöst. Keine Ampel behinderte den Verkehrsfluß, vor den Garagen parkten teure Limousinen. Eine Frau im Nerzmantel führte drei englische Windhunde an der Leine.

»Ich muß ein paar Sätze zur Stadtgeschichte loswerden, Frau Poschmann. Die Villa, die wir gleich betreten werden, gehörte ursprünglich einem der Krefelder Seidenbarone. Diese haben im achtzehnten Jahrhundert aus

Krefeld, einem völlig unbedeutenden Städtchen abseits der großen Verkehrswege, eine Textilstadt mit Weltgeltung gemacht. Die Seidenfabrikanten wurden unermeßlich reich, gewissermaßen die Fuggers am Niederrhein. Die Seide wurde damals noch in Heimarbeit hergestellt. In der Gegend, wo ich wohne, gibt es noch einige alte Weberhäuser. Deren Maß richtete sich am Webstuhl aus: Ein Weberhaus war traditionell doppelt so groß wie der Webstuhl. Auf historischen Zeichnungen sieht man, wie sich die ganze Familie um den Webstuhl versammelt; der Arbeitsplatz war gleichzeitig der Wohnraum. Diese Straße hier, die Hüttenallee, ist eine der schönsten in der Stadt.«

Claudia Poschmann schaute Tristan direkt in die Augen und sagte mit spöttischem Unterton. »Da, wo ich herkomme, versteht man unter einer Hütte etwas ganz anderes. Maloche, Schornsteine, Dreck in der Luft und Staub in den Lungen.«

Tristan parkte den Wagen einige Meter vor dem hohen Eisentor. Die zweistöckige Villa mit einer breiten, zum Eingang schmaler werdenden Treppe und einem Portiko auf vier Kolossalsäulen lag fast fünfzig Meter von der Straße entfernt. Ein asphaltierter Weg verlief durch die Mitte des Gartens, der wie ein Park angelegt war und in dem es einen Brunnen samt bronzeskulpturverziertem Rand, runde Blumenbeete und eine mit Bäumen umgebene Laube gab. Hinter der Villa begann der Stadtwald, und er wirkte aus dieser Perspektive so, als gehörte er zum Haus.

In dem Moment, als Claudia Poschmann auf die Klingel neben der Zufahrt drücken wollte, sprang die schmiedeeiserne Nebentür von selbst auf. Tristan sah eine winzige Kamera auf dem Torbogen.

Links neben der Villa befand sich eine Dreifachgarage mit großem Wendekreis, auf dem mehrere Limousinen parkten. Zwei Chauffeure standen an die Türen ihrer Fahrzeuge gelehnt und unterhielten sich. Die Kälte mischte den Rauch ihrer Zigaretten mit ihrem Atem. Plötzlich kam es Tristan seltsam vor, diesen Weg zu Fuß zurückzulegen, er fühlte sich, als wäre er unterwegs zum Dienstboteneingang.

Während sie die Treppe hinaufstiegen, öffnete sich die massive Tür. Eine vielleicht fünfzigjährige Frau, die eine kleine weiße Schürze über dem Kleid trug, trat aus dem Schatten der Diele, nahm Tristan und Claudia die Mäntel ab und führte sie in ein Zimmer – die Bibliothek – auf der linken Seite. Tristan konnte gerade noch einen Blick auf die Gemälde mit den vergoldeten Rahmen an den Wänden und im Treppenaufgang werfen. Ein mächtiger Kandelaber hing von der Decke im zweiten Stock, die so hoch schien wie in einer Kathedrale.

In dem Raum, in dem sie sich nun befanden, atmete Tristan den Geruch von schweren Teppichen und alten Möbeln ein. In der Mitte stand ein ovaler Eßtisch aus Mahagoni, im hinteren Teil ein kleiner runder Tisch mit einem eingelassenen Schachbrett und vier gepolsterten Stühlen. Unter dem großen Sprossenfenster auf der rechten Seite befand sich ein Sekretär. Tristan interessierte sich für die drei gerahmten Fotos auf dem Möbel. Sie zeigten offenbar die Tochter der Schorrbergs; ein Foto dokumentierte, wie sie mit etwa zehn, zwölf Jahren Cello spielte, auf einem anderen war sie mit ihren Eltern in sommerlicher Kleidung auf einer Strandpromenade zu sehen, auf dem dritten trug sie eine Art Talar und eine tellerflache rechteckige Kopfbedeckung mit einer herabfallenden Schnur. Vielleicht die traditionsreiche Verleihung eines

Doktorhutes – hatte Dr. Zoll nicht gesagt, daß sie an einer amerikanischen Universität lehrte?

Als Tristan sich umdrehte, grinste Claudia ihn an und fuhr mit dem Zeigefinger über den Mahagonitisch, als wollte sie überprüfen, ob er abgestaubt werden müßte. Er betrachtete die Bücherregale, die sich über alle Wände erstreckten und, wo sie nicht durch ein Gemälde oder ein Fenster unterbrochen wurden, über drei Meter hoch waren. In Leder gebundene großformatige Bücher mit verblichener Schrift auf den Buchrücken standen so akkurat wie Zinnsoldaten in den Reihen. Allerdings gab es weder eine Leiter noch Bücherhocker im Zimmer – Insolvenz-Inventar, dachte Tristan.

»Ich bedauere, daß Sie warten mußten.«

Dorothea Schorrberg kam herein, reichte den beiden aber nicht die Hand zur Begrüßung. Tristan war auf den ersten Blick überrascht: Er hatte sie nicht so schlank in Erinnerung. Oder wirkte sie nur so in der dunklen Kleidung, dem knielangen Rock und dem schwarzen Blazer? Sie trug eine weiße Bluse und ein dunkles Halstuch mit einer silbernen Brosche. Die glatten schwarzen Haare hatte sie zu einem Knoten zusammengebunden.

»Ich möchte Ihnen zunächst mein tiefes Mitgefühl ausdrücken, Frau Schorrberg«, sagte Tristan und stellte ihr seine Assistentin vor.

Claudia Poschmann nickte fast unmerklich mit dem Kopf. »Ich bin Ihnen auch sehr zu Dank verpflichtet, daß Sie sich heute einige Minuten für uns Zeit nehmen.«

»Wie Sie bemerkt haben werden, sind Sie nicht die einzigen Besucher. Im Salon haben sich Kollegen meines Mannes aus seiner Kanzlei und einige enge politische Freunde eingefunden. Ich wäre lieber vollkommen allein in diesen Tagen, aber es gibt Pflichten, die in bestimmten Situationen schwerer wiegen. Ich möchte es möglichst schnell hinter mich bringen. Das, denke ich, entspricht auch Ihren Interessen.«

Ihre Hände wurden plötzlich unruhig, sie schienen etwas zu suchen. Sie hat ihre Zigaretten im Salon vergessen, dachte Tristan.

»Aber bitte, setzen wir uns doch an den kleinen Tisch dort.«

Sie selbst ging zunächst zum Sekretär und nahm aus einer der zahlreichen Schubladen eine Schachtel Zigaretten und ein Feuerzeug. Tristan faßte einen Stuhl vorsichtig an der schmalen, gewundenen Lehne, als bezweifelte er dessen funktionale Kompetenz. Claudia hingegen schob den Stuhl mit einer heftigen Bewegung zurück, die ein häßliches Geräusch auf dem Parkettboden verursachte.

»Herr Dr. Zoll hat Sie sicher über die Ergebnisse der Obduktion informiert, auch wenn noch nicht alle Untersuchungen abgeschlossen sind. Ich möchte Sie zunächst nach der Arznei fragen, die Ihr Mann …«

»Ein handelsübliches Präparat«, unterbrach ihn Frau Schorrberg, »das mein Mann seit einigen Jahren nimmt. Er hatte keine gravierenden Herzprobleme, aber gelegentlich Herzrhythmusstörungen. Bei Streß oder ungewohnter körperlicher Belastung.«

»Sie kennen die Einschätzung des Gerichtsmediziners, was die Menge des Digitalispräparats betrifft, die sich im Körper Ihres Mannes befand?«

»Diese Einschätzung wird von unserem Hausarzt geteilt, mit dem ich gestern gesprochen habe. Wir kennen uns seit über dreißig Jahren, ich vertraue ihm vollkommen.«

»Hält Ihr Arzt ebenfalls einen Suizid für nahezu ausgeschlossen?«

Ihre Mundwinkel zuckten leicht, als hätte sie die Frage getroffen wie ein elektrischer Schlag. Sie führte die Zigarette zum Mund und inhalierte sehr tief. Ihre schmale Bauchdecke hob sich.

»Ich brauche keine Bestätigung aus der Sicht eines Mediziners. Ich weiß, daß er sich nicht umgebracht hat. Es gibt keinen Grund dafür. Er war gesund, er liebte seinen Beruf, genauer gesagt, beide Berufe, den als Wirtschaftsanwalt und den als Politiker. Mein Mann hat nie unter Depressionen oder Schwermut gelitten. Ich weiß aus manchen Gesprächen, daß er Selbstmörder im Grunde verachtete. Für ihn war das Leben ein zu hoher Wert, nicht obwohl, sondern *weil* es schwierig ist. Sich klammheimlich durch eine Hintertür davonzustehlen – nein, das wäre das letzte, was mein Mann getan hätte.«

»Es gab also keinen Brief oder eine Mitteilung an Sie, die Sie hier im Haus vorgefunden hätten.«

»Ich denke, Herr Kommissar, daß ich Ihre Frage bereits beantwortet habe.«

Tristan nickte. Die Schärfe Ihrer Antwort ließ eine kleine Pause entstehen.

»Kennen Sie den Ort, an dem Ihr Mann gefunden wurde«, fragte Claudia Poschmann.

»Ja. Er fuhr regelmäßig dorthin. Es war sozusagen sein Privatwäldchen zum Spazierengehen. Wenn er allein sein wollte, mied er den Stadtwald. Sie können sich vorstellen, wie viele Menschen er kannte, mit wie vielen er bei einer Begegnung ein paar Worte wechseln mußte. Hasso war ein leidenschaftlicher Spaziergänger, er sagte, andere rennen zum Psychiater, ihm reichen die Bäume, die reden weniger und stellen keine Rechnung. Es war nicht ungewöhnlich, auch nicht in dieser Jahreszeit, daß er spätabends noch eine kleine Runde drehte.«

»Gingen Sie manchmal mit?«

»Nein. Das heißt, fast nie. Wir spazierten am Wochenende manchmal durch den Stadtwald, nach dem Mittagessen, sozusagen in offizieller Funktion als Herr Oberbürgermeister und Frau. Aber, wie gesagt, wenn er zu diesem Ort fuhr, wollte er allcin scin.«

»Wieso haben Sie nicht bemerkt, daß er vorgestern abend nicht zurückkam?«

Dorothea Schorrberg stutzte. Sie schaute Claudia direkt in die Augen, und ihr Blick war kühl und distanzierend.

»Ihr Tonfall ist mir eine Spur zu fordernd«, sagte sie und wandte sich Tristan zu, als hätte er ihr diese Frage gestellt. »Mein Mann hat oft bis spätabends in der Kanzlei gearbeitet, oder er kam wegen eines Geschäftsessens erst so spät, daß ich nicht auf ihn gewartet habe. So auch vorgestern. »

»Aber Sie haben ein gemeinsames Schlafzimmer?«

Claudias Stimme klang patzig, und Tristan fühlte sich wie jemand, der zwei Gläser auffangen muß, die im nächsten Moment von den gegenüberliegenden Seiten eines Tisches fallen würden. Aber Dorothea Schorrberg sagte nur knapp: »Ja. Möchten Sie es vielleicht sehen?«

»Frau Schorrberg«, fuhr Tristan schnell fort, um seine Assistentin an einer Antwort zu hindern, »wann hat Ihr Mann vorgestern abend das Haus verlassen?«

»Er hat es am Morgen verlassen, Herr Kommissar. Ein normaler Tag, aus seiner Sicht. Erst das Rathaus, dann seine Kanzlei. Gegen neunzehn Uhr rief er mich an, um mitzuteilen, daß er mit Herrn Frotscheck zum Abendessen verabredet sei und danach vielleicht noch ein paar Schritte in seinem Wald gehen wolle.«

»Das war Ihr letzter Kontakt?«

Sie nickte.

»Wie in der Presse zu lesen war ...«

»Es ist richtig«, unterbrach sie ihn und schaute auf ihre Armbanduhr, »daß das Verhältnis der beiden gestört war, seit dem Moment, als mein Mann ankündigte, für eine weitere Amtsperiode zu kandidieren. Ich habe seine Entscheidung selbst nicht nachvollziehen können. Er schien seinen Ausstieg aus der Politik sorgfältig überlegt zu haben, alles schien zu passen. Und dann plötzlich diese Umkehr. Ich weiß nicht, was in ihm vorgegangen ist. Er hat seine Entscheidung nicht mit mir durchgesprochen, er hat sie mir mehr oder weniger mitgeteilt.«

»War es eine Entscheidung gegen Herrn Frotscheck?«

»Das glaube ich nicht. Es schien nur um die Frage zu gehen, *ob* er die Macht aus der Hand gibt und nicht, an wen.«

»Hatte Ihr Mann persönliche Feinde, denen Sie eine Gewalttat zutrauen würden?« fragte Claudia Poschmann.

»Sie kennen sicher den Spruch ›Viel Feind, viel Ehr‹. Nun, die Ehre meines Mannes war sehr groß, er galt ja ... wie soll ich es möglichst neutral ausdrücken? ... nicht gerade als konfliktscheu. Aber ich kenne niemanden, dem ich eine solche Tat zutrauen würde.«

»Und in Ihrem privaten Kreis?« fragte Tristan. »Ich frage nicht zuletzt deshalb, weil Ihr Mann in seinem Wagen gestorben ist, und der Täter oder die Täterin wird, nach dem jetzigen Stand der Dinge, neben ihm gesessen haben. Da es keine Spuren eines Kampfes gibt, liegt die Vermutung nahe, daß Ihr Mann den Täter gekannt hat. Vielleicht war das Treffen sogar verabredet.«

Sie schüttelte den Kopf und schaute erneut auf ihre Uhr.

»Vielleicht haben Sie eine, sagen wir, dramatischere Vorstellung von unserem Privatleben, Herr Kommissar. Wir haben nur sehr wenige, enge Freunde, die wir seit vielen Jahren kennen. In der knappen Freizeit sind mein Mann und ich in die Oper gegangen oder haben zu Hause Musik gehört. Hasso besaß keine Yacht und war auch nicht Mitglied in einem Golfclub.«

»Danke, Frau Schorrberg«, sagte Tristan, dem ihr zweiter Blick auf die Uhr nicht entgangen war. »Wir möchten Sie nicht länger Ihren anderen Besuchern entziehen.«

Er stand auf. »Damit bleibt der anonyme Drohbrief, den Sie uns vor wenigen Tagen gezeigt haben, der einzige konkrete Anhaltspunkt. Es mag erforderlich sein, daß ich Sie in dieser Angelegenheit noch einige Dinge fragen muß.«

Dorothea Schorrberg war bereits auf dem Weg zur Tür. Sie drehte sich nicht um, während sie auf Tristans Äußerung hin entgegnete. »Ich stehe Ihnen jederzeit zur Verfügung, Herr Kommissar.«

Sie gingen schweigend zu seinem Auto zurück. Tristan spürte einen Moment von Fremdheit sich selbst gegenüber, so stark hatte er die Villa wie ein kaltes Museum empfunden, in dem man nicht wirklich wohnen konnte. Außerdem hatte er den Eindruck, daß Frau Schorrberg mehr wußte, als sie im Gespräch geäußert hatte. Dieses Gefühl hatte er schon bei ihrem Besuch im Polizeipräsidium gehabt, als ihre Angst und ihre Unruhe so deutlich spürbar gewesen waren. Bei dem Gespräch gerade in ihrer Villa hatte Tristan sie als kühl und abweisend empfunden, beinahe so, als wäre sie gar nicht interessiert daran, die ungelösten Fragen um den Tod ihres Mannes aufzuklären. Wollte Dorothea Schorrberg die Vergangenheit ruhen lassen, weil das Motiv für die Nachforschungen, also der Schutz ihres Mannes, gegenstandslos geworden war? War sie möglicherweise selbst in die Ereignisse involviert, auf die der Drohbrief Bezug nahm?

Die Ampel vor ihnen sprang auf Rot. Tristan bremste. Auf dem Radfahrweg hielt ein älterer Mann in einem Parka, der zwei große Plastiktüten am Lenker befestigt hatte. Als er den linken Fuß auf den Boden setzte, verlor er für einen Moment das Gleichgewicht und drohte, gegen Tristans Wagen zu stürzen. Dabei rutschte ihm die graue Pudelmütze über die Augen. Tristan spannte bereits den Oberkörper an, aber der Mann konnte den Sturz gerade noch abwehren. Tristan hörte, wie er fluchte.

»Frau Poschmann«, sagte er dann, »Sie waren in manchen Momenten etwas unbeherrscht, fand ich.«

»Entschuldigen Sie vielmals«, sagte sie heftig, als hätte sie bereits mit diesem Vorwurf gerechnet. »Aber da, wo ich herkomme, gibt es so wenig Schlösser und Paläste zum Üben.«

Sie schaute aus dem Seitenfenster. Tristan sah, wie sie errötete. Nach einer kleinen Pause fuhr sie fort. »Das ist so ein Problem bei mir. Wenn ich mich von oben herab behandelt fühle, verliere ich leicht die Kontrolle. Ich fand diese Dame einfach unmöglich! Wer ist sie schon? Sie hat einen reichen Knacker geheiratet und denkt wohl, sie kann uns behandeln wie Bittsteller. Für mich sind alle Menschen gleich. Aber Sie scheint die Frau ja mächtig beeindruckt zu haben.«

Tristan stutzte. »Wie kommen Sie denn darauf?«

»Sie haben die ganze Zeit auf Ihre Beine gestarrt. Und die sind wirklich toll für ihr Alter. Wenn ich mal so alt bin, habe ich wahrscheinlich richtige Kartoffelstampfer.«

Jetzt könnte ich ihr sagen, daß ich sie vor wenigen

Tagen im Schwimmbad gesehen habe und ihre Befürchtungen völlig unbegründet finde, dachte Tristan.

»Könnten Sie sich in eine ältere Frau verlieben?« fragte sie unvermittelt.

Tristan zuckte überrascht mit den Schultern und murmelte ein unsicheres »Warum nicht?«

»Eine Freundin von mir hat sich vor ein paar Monaten in den Vater ihres Freundes verliebt«, fuhr Claudia fort. »Monatelang war sie bei der Familie ihres Freundes ein- und ausgegangen, und es ist nie etwas Besonderes passiert, außer Fernsehgucken, ins Stadion gehen und so, und eines Tages hat sie gemerkt, daß sie sich in seinen Vater verknallt hatte. Einfach so, er hat sie nicht einmal angebaggert. Er ist auch ein völlig normaler Typ, sieht nicht anders aus als andere Männer und tut nichts anderes als andere Männer seines Alters. Aber wenn sie mit ihm in den Keller ging, um Bier zu holen, flatterte ihr Puls.«

»Und der Freund Ihrer Freundin hat nichts gemerkt?«

Sie schüttelte den Kopf.

»Nicht einmal, als sie sich mit dem Vater heimlich getroffen hat. Das war gar nicht einfach zu organisieren. Sie haben sich zum Beispiel manchmal eine halbe Stunde, bevor die anderen kamen, im Schrebergarten getroffen.«

»Und dieses Doppelspiel läuft bis heute?«

»Nein. Nach ein paar Wochen ist es ihr zuviel geworden. Sie hat am selben Tag mit dem Freund Schluß gemacht und mit dem Vater, ohne den wahren Grund zu nennen. Der Junge ist aus allen Wolken gefallen. Wahrscheinlich ist er zu seinem Vater gerannt, um sich trösten zu lassen. Mein Gott, wie absurd das Leben manchmal sein kann.«

Tristan wußte nicht, was er erwidern sollte. Er hätte sie fragen können, ob sie sich in einen erheblich älteren Mann verliebben könnte. Aber er wollte das Thema nicht vertiefen, er wollte nicht wissen, ob sie zum Beispiel ihn als wesentlich älteren Mann einstufte. Tristan schätzte sie auf dreiundzwanzig, vierundzwanzig.

Schweigend erreichten sie das Polizeipräsidium.

5

Tristan und Claudia Poschmann warteten im obersten Stockwerk des Stadthauses am Konrad-Adenauer-Platz. Sie warteten bereits so lange, daß sich in Tristans Nase ein Geruch nach Linoleum, Kälte und Feuchtigkeit breitmachen konnte. Der Geruch eines Verwaltungsgebäudes, kalt, abstrakt und unbewohnt.

Tristan stellte sich ans Fenster. Er konnte trotz des diesigen Wetters fast bis zu seiner Wohnung im Nordwesten der Stadt sehen. Ein Grauschleier lag über den schmucklosen, billig gebauten Häusern, die an der Hülserstraße standen. Es war keine attraktive Gegend, in der er wohnte. Aber er hatte sich daran gewöhnt oder sich zumindest eingeredet, daß er nicht innerhalb der vier historischen Wälle leben mußte, die sich in Form eines Rechtecks um die

Innenstadt legten. Um das, was Hartmann sein »Revier« nannte: Kneipen, Diskotheken, Clubs, Straßencafés.

»Der Oberstadtdirektor hat jetzt Zeit für Sie.« Eine junge Frauenstimme riß Tristan aus seinen Gedanken. Claudia Poschmann, die auf einer Holzbank im Flur gesessen hatte, stand auf. Die auffallend hübsche, modisch gekleidete Sekretärin nahm den Kommissaren die Mäntel ab und führte sie in das Zimmer von Wulf Frotscheck.

Der Oberstadtdirektor saß an seinem Schreibtisch und las in einem Aktenordner. Er schaute nicht hoch, während er die Arme hob, die Hände abknickte und mit beiden ausgestreckten Zeigefingern auf die Stühle vor dem Schreibtisch wies.

Wulf Frotscheck hatte das Jackett über die Lehne seines Stuhls gehängt. Das Hemd spannte über den breiten Schultern und dem Brustkorb, und der athletische Eindruck wurde noch durch die Hosenträger unterstrichen, die von der gleichen Farbe waren wie die Krawatte und die Manschettenknöpfe. Frotscheck trug einen breiten Schnauzer. Die schwarzen Haare waren nach hinten gekämmt, was dem runden, vollen Gesicht Strenge und Dynamik verlieh.

Tristan und Claudia Poschmann setzten sich, der Oberstadtdirektor nahm einen Kugelschreiber und schrieb eine Notiz an den Seitenrand.

»Wir möchten Ihnen einige Fragen zu Dr. Schorrberg stellen«, begann Tristan.

Wulf Frotscheck legte den Stift auf den Schreibtisch und hob langsam den Kopf.

»Meine Sekretärin sagte, Sie sind von der Kriminalpolizei.«

Tristan nickte.

»Ich verstehe nicht. Wie kommen Sie als Kriminalbeamter dazu, mich zu meinem Verhältnis zu unserem verstorbenen Oberbürgermeister auszufragen?«

Wulf Frotscheck sprach nicht laut, aber seine Stimme war eindringlich. Es war die Stimmlage eines Mannes, der voraussetzt, daß die anderen schweigen, wenn er selbst spricht.

»Es gibt einige Umstände, die wir noch näher untersuchen müssen. Mehr kann ich zu diesem Zeitpunkt nicht sagen. Aber ich muß Sie bitten, das Gespräch als absolut vertraulich zu betrachten.«

»So, so. Sie müssen mich also bitten, Herr Hauptkommissar«, sagte Wulf Frotscheck mit spöttischem Unterton.

»Herr Frotscheck, ist es richtig, daß Ihr Verhältnis zu Dr. Schorrberg in der letzten Zeit, genauer gesagt, seit dem Moment, als er sich entschloß, für eine weitere Wahlperiode zu kandidieren, recht gespannt war – um mich vorsichtig auszudrücken?«

Frotscheck schob den Unterkiefer vor. Er drückte sich tief in die Stuhllehne, als versuche er so, den Abstand zu Tristan und Claudia Poschmann zu vergrößern.

»Das kann man so sehen, ja.«

»Muß man es nicht so sehen, wenn man bedenkt, daß Sie vorher als Schorrbergs Kronprinz gehandelt wurden?«

»Ich denke, ich muß etwas weiter ausholen«, sagte Wulf Frotscheck und legte die Fingerspitzen gegeneinander. Er sprach so langsam, als hätte er es mit zwei begriffsstutzigen Beamtenanwärtern zu tun. »Die nächste Kommunalwahl ist nicht irgendeine Wahl. Sie soll die Norddeutsche Ratsverfassung von Grund auf reformieren, die uns die Britische Besatzungsmacht nach dem Zweiten Weltkrieg als Muster vorlegte. Diese Verfassung sieht im Amt des Oberbürgermeisters eine lediglich ehrenamtliche Position. An der Spitze der Verwaltung steht der Oberstadtdirektor – ein Amt, das ich seit neun Jahre hier in Krefeld ausübe. Diese Ratsverfassung trennt also in gewissem Sinne Kopf und Körper. Der Oberbürgermeister gibt die politische Linie vor, aber die Umsetzung beginnt genau hier, an diesem Schreibtisch. Es ist offensichtlich, daß beide Teile einvernehmlich agieren müssen. Wenn der Körper etwas anderes tut, als der Kopf befiehlt, legt sich eine Stadt selbst lahm.«

»Und wie will die Kommunalreform das ändern?« fragte Claudia Poschmann.

»Indem der Oberbürgermeister nicht nur der Repräsentant seiner Stadt ist, sondern gleichzeitig der Leiter der Verwaltung.«

»Also auch Ihre Funktion ausübt. Sie als Oberstadtdirektor müßten also in dieser Konstellation Ihren Schreibtisch aufräumen und das Büro verlassen«, sagte Tristan.

Wulf Frotscheck nickte knapp. Seine Gesichtshaut wurde um einige Grade fahler.

»Was war ursprünglich zwischen Herrn Schorrberg und Ihnen vereinbart?« fragte Claudia Poschmann.

»Nun, die Landesregierung läßt den Städten zwar bis 1999 Zeit, die Reform umzusetzen, aber Hasso Schorrberg wollte die Reform mit seinem Abgang aus der Politik verbinden. Er wollte gleichsam in der Sache und in der Person eine neue politische Epoche beginnen lassen. Vorgesehen war, daß Herr Schorrberg mich in wenigen Tagen offiziell als seinen Nachfolger vorschlägt. Ich hätte von diesem Moment an selbstverständlich mein Amt als Oberstadtdirektor ruhen lassen und mich voll und ganz auf die Arbeit als Spitzenkandidat meiner Partei konzentriert. Mit Dr. Schorrberg im Rücken hätte ich die Wahl mit Leichtigkeit gewonnen.«

»Statt dessen haben Sie vor zehn Tagen einen Dolchstoß im Rücken gespürt.«

Wulf Frotscheck antwortete nicht.

»Wie hat Dr. Schorrberg Ihnen gegenüber seinen Meinungsumschwung begründet?« fuhr Tristan fort.

»Dr. Schorrberg begründet nicht. Er gibt Entscheidungen bekannt. Das reichte in seinen Augen aus. Er hat es mir auf dem Weg zu einer Pressekonferenz gesagt, in der es um eine neue Autobahnanbindung von Fischeln gehen sollte. Ungefähr in der Mitte des Korridors zwischen seinem Büro und dem Konferenzraum.«

»Und was hat ihn Ihrer Meinung nach dazu bewogen?«

Wulf Frotscheck drehte sich auf seinem Stuhl von den beiden Kriminalbeamten weg. Er schaute aus dem Fenster, legte seine rechte Hand an die Schläfe, als wollte er seine Erregung verbergen und vermeiden, daß die beiden Kriminalbeamten etwas über ihn erfuhren, wenn er über die Motive des verstorbenen Dr. Schorrberg spekulierte.

»Vielleicht die Vorstellung, ohne Macht leben zu müssen. Für ihn war Macht offenbar so notwendig wie Sauerstoff zum Atmen. Sie war seit Jahrzehnten in jede Zelle seines Körpers eingedrungen, sie war so untrennbar mit seiner Person verbunden, daß es ihm davor graute, ohne Macht zu sein und damit schutzlos. Der alte Wolf, der seinen Nachfolger totbeißen will, weil er fürchtet, von ihm und der Meute zerrissen zu werden.«

»Ich habe einen Freund bei der Presse«, sagte Tristan. »Er hat mir erzählt, daß es vor wenigen Tagen in einer kleinen Runde, in der die wichtigsten Leute der Fraktion zusammensaßen, hoch hergegangen sei. Die Fensterscheiben sollen gezittert haben, als Sie und Herr Schorrberg Freundlichkeiten austauschten. Sie sollen etwas in der Art geschrien haben wie: ›Dich, Hasso, muß man wohl erschießen, damit du endlich Platz machst. Aber verlaß dich drauf, ich lasse mich von dir politisch nicht vernichten. Ich bin nicht länger die Marionette, die an deinen Fäden zappelt. Du willst meinen Ruf und meine Karriere zerstören, aber dieses Mal bist du zu weit gegangen. Du hast gedacht, ich trete nicht im Duell gegen dich an, aber da täuschst du dich. Dieses Mal verläßt du nicht als Sieger den Ring.‹«

Wulf Frotscheck verharrte in seiner Position. Es war vollkommen still in diesem Moment. Tristan spürte die Größe dieses Amtszimmers und eine Kühle, die nicht allein von der modernen Einrichtung aus verchromten Stühlen und einem Regalsystem aus grauem Metall herrühren konnte. Er glaubte, Macht fühlen zu können, ihre Kälte, die Distanz, die sie schafft, zwischen dem, der sie hat, und denen, die sie zu spüren bekommen. Und die magische Faszination, die sie auf manche ausübt.

»Journalisten lassen sich gern etwas zutragen, was so nicht passiert ist und vor allen Dingen den Interessen des Zuträgers dient. Und das, was so nicht stimmt, wird gern noch aufgebauscht. Aber bitte, ich stehe zu meinem Ehrgeiz. Welchen Sinn machte es, jetzt die eine oder andere Formulierung abzustreiten? In der Politik geht es bisweilen heftiger zu als bei einer Chorprobe der Heilsarmee.«

»Ging es auch so heftig zu, als Sie vorgestern abend mit Herrn Schorrberg zu Abend gegessen haben?« fragte Claudia Poschmann. Sie sprach klar und konzentriert, als lasse sie sich vom Amt eines Oberstadtdirektors nicht im geringsten einschüchtern.

»Sie können gern im Restaurant nachfragen. Unsere Unterhaltung war äußerst dezent, *comme il faut*, und – stellen Sie sich vor – ich bin bis zum Dessert geblieben.«

»War dieses Treffen ein letzter Versuch Ihrerseits, Dr. Schorrberg doch noch umzustimmen?«

»Ich wollte ihm verständlich machen, daß er mit dieser Entscheidung die Partei spalten würde. Daß sein ursprünglich angekündigter Rücktritt als würdig und ehrenvoll empfunden wurde und sein Rücktritt vom Rücktritt als halsstarrig und verbohrt. Daß er nicht den tragischen Fehler vieler großer Politiker wiederholen sollte, den richtigen Zeitpunkt des Abschieds zu verpassen.«

»Und daß Ihre Kampfansage gegen ihn absolut ernst gemeint war?« warf Tristan ein.

Wulf Frotscheck lächelte mit geschlossenen Lippen.

»Hat das noch irgendeine Bedeutung?«

Die Telefonanlage auf dem Schreibtisch des Oberstadtdirektors gab ein kurzes Signal. Wulf Frotscheck beugte sich vor, drückte einen Knopf und sagte mit Blick auf die beiden Kommissare: »Wir sind hier fertig. Die Herren Dezernenten können in zehn Sekunden antreten.«

Tristan stand auf. »Was haben Sie nach dem Abendessen gemacht?«

»Ich finde, Ihre Frage geht etwas zu weit, Herr Kommissar. Aber bitte, zu viel Diensteifer ist besser als zu wenig. Ich bin nach Hause gefahren und habe mit meiner Frau noch ein Glas Wein getrunken.«

»Wir setzen voraus, daß wir das überprüfen dürfen«, sagte Tristan und registrierte, wie sich Wulf Frotschecks Blick verdunkelte. »Noch eine letzte Frage: Trafen Sie sich manchmal mit Dr. Schorrberg zu einem Spaziergang in einem kleinen Waldstück bei den Niepkuhlen, um ganz ungestört reden zu können?«

»Ich weiß, daß Herr Schorrberg irgendwo dort regelmäßig seine Spaziergänge machte«, antwortete Wulf Frotscheck und drückte die Türklinke herunter. »Aber ich war nie dort. In meinen Augen ist das Leben zu kurz, um es mit Spaziergängen zu vertrödeln.«

6

Tristan und Claudia Poschmann gingen zum hinteren Ausgang des Stadthauses. Sie nahmen die Treppe.

»Habe ich mich heute auch unbeherrscht gezeigt?« fragte die Kriminalkommissarin z. A.

Tristan schüttelte lächelnd den Kopf: »Sie waren absolut professionell.«

»Ich glaube, ich komme besser mit Männern klar. Sie provozieren mich weniger, obwohl mir euer Oberstadtdirektor nicht gerade lieb geworden ist. Ich habe noch den penetranten Geruch nach Haargel in der Nase. Er sieht nicht einmal schlecht aus mit dieser athletischen Figur, den dunklen Augen und den vollen schwarzen Haaren. Seine Eitelkeit und Arroganz lassen das Konto seiner Sympathiepunkte aber ganz schnell auf Null sinken.«

»Wie man so hörte«, sagte Tristan, »hatten Schorrberg und er schon immer ein distanziertes persönliches Verhältnis, auch wenn es politisch perfekt funktionierte. Im Kern sind die beiden sich wohl zu ähnlich. Der gleiche Führungsanspruch, die gleiche Überzeugung, ihren Gegnern überlegen zu sein, und die gleichen gepanzerten Ellbogen. Aber Hasso Schorrberg wirkte anders, patriarchalischer und von der Lebenserfahrung abgesichert. Er hatte den Bonus, den Krieg und die Aufbaujahre mitgemacht zu haben. Er konnte immer auf das verweisen, was er schon geleistet hatte; Wulf Frotscheck nur auf das, was er in Zukunft leisten will. Sein Ehrgeiz gilt allgemein als zu groß, als daß eine Verwaltungskarriere ihm gerecht werden könnte. Deshalb wollte er in die Politik. Schorrbergs Entscheidung für eine erneute Kandidatur war für Frotscheck eine Katastrophe, vermutlich die erste richtig brutale Niederlage in seinem Berufsleben.«

»Es ist sicher nützlich, wenn man gute Beziehungen zur Presse hat«, sagte Claudia Poschmann.

»Was? Ach so, du meinst den Journalisten, der von dem heftigen Streit zwischen Frotscheck und Schorrberg vor einigen Tagen erfahren haben will? Ich habe keine Kontakte zur Presse. Ich habe einfach nur geblufft.«

Sie standen am Hintereingang des Stadthauses und zögerten einen Moment, denn es hatte angefangen zu regnen. Schneeregen.

»Wohin gehen wir denn?« fragte Claudia Poschmann.

»In die Vergangenheit«, antwortete Tristan und zeigte auf ein langgestrecktes Gebäude, dessen hinterer Teil fensterlos war. Der Anbau mit dem Flachdach wirkte wie ein Magazin oder eine Lagerhalle. Die beiden Kommissare schlugen die Kragen ihrer Mäntel hoch und legten die dreißig Meter zum Eingang im Laufschritt zurück.

Ein Mann Ende Dreißig, Anfang Vierzig stand in dem weitläufigen, kalt wirkenden Eingangsbereich mit gefliestem Boden und hielt einen Zollstock in der rechten Hand. Er trug ein hellblaues Jackett und eine Krawatte mit Punkten in den gleichen Farben. Er war groß und schlank, seine hellblonden, dichten Haare wirkten frisch geföhnt und unterstrichen wie die modische Kleidung den Eindruck einer Eleganz, die in merkwürdigem Gegensatz zu dem nüchternen Verwaltungsgebäude stand.

»Verzeihung, sind Sie Dr. Werner?«

Tristans Stimme hallte. Er blieb stehen, denn schräg vor ihm lagen ein paar Straßenschilder auf dem Boden. Vitrinen mit geöffnetem Deckel säumten die Wände. Eine alte Straßenlaterne mit Gasbeleuchtung ragte bis unter die Decke, und ein mehrfarbiger gezeichneter Stadtplan lag ausgebreitet über einer der Vitrinen. An der Doppeltür aus Metall an der Kopfwand hing ein Schild: »Magazin. Zutritt nur für Mitarbeiter.«

»Ich bin gerade mit meiner neuen Ausstellung beschäftigt«, sagte Dr. Falk Werner, nachdem er den beiden Besuchern die Hand gegeben hatte. »Es soll dieses Mal etwas wirklich Spektakuläres werden. ›Mitternacht in der Stadt‹ heißt sie; ich möchte dokumentieren, was hier im Laufe der Jahrhunderte nachts so alles passierte. Zum Beispiel gibt es Polizeiakten über Ruhestörungen und Überfälle zu sehen, Material über Razzien in Bordellen und illegalen Spielhallen, Scharmützel zwischen Nazis und Kommunisten in der Weimarer Republik, Friedensmärsche in den siebziger Jahren, Popkonzerte, die Notlandung eines Privatflugzeugs im Stadtwald. Aber auch etwas so Fürchterliches wie die Bombennächte im Zweiten Weltkrieg.«

»Ich hätte nie gedacht, daß ein Archiv auch so tolle Ausstellungen organisiert«, sagte Claudia Poschmann.

»Diesmal habe ich besonders hart zu kämpfen. Wann soll die Vernissage stattfinden? Um Mitternacht natürlich. Ich will eine Künstlerin engagieren, die unter der Laterne ein paar Chansons singt. Schauspieler vom hiesigen Theater sollen aus den Akten und Prozeßprotokollen vorlesen. Die Presse ist ganz wild darauf, sogar das Regionalfernsehen hat sich angesagt. Aber die eigene Verwaltung wirft uns Knüppel zwischen die Beine, holt die absurdesten Bedenken aus der Schublade. Für die sind wir nur ein Aktenfriedhof, eine Müllhalde aus Leitz-Ordnern. Wenn der Theaterintendant etwas Spektakuläres machen will, springen die Geldschatullen von selbst auf, rufe ich an, wälzen sie Bedenken und knausern mit den Zuschüssen.«

Tristan beugte sich über eine Vitrine, in der Helm und Handschuhe einer Feuerwehrausrüstung ausgestellt waren.

»Erstaunlich«, sagte er, »ich hatte angenommen, Dr. Schorrberg wäre offen für Aktionen dieser Art. Er hat doch immer das Prinzip einer dynamischen, bürgernahen Verwaltung propagiert.«

»Verzeihen Sie, daß ich mich zu dieser etwas pietätlosen Äußerung habe mitreißen lassen«, entgegnete Falk Werner, und eine Röte überflog seine helle Gesichtshaut. »Alle sind wie gelähmt nach dem plötzlichen Tod Dr. Schorrbergs. Sie haben recht, Herr Lage, er hat vieles in Bewegung gesetzt. Wenn er etwas wollte, wurde es sehr zügig und konsequent umgesetzt. Das war die große Kunst oder – anders formuliert – die Überlebensstrategie in dieser Verwaltung: sich Schorrbergs Gunst zu versichern. Ich habe mich sehr gut mit ihm verstanden. Ist Ihnen aufgefallen, wie oft er in seinen Ansprachen auf historische Ereignisse in unserer Stadt und in der Region Bezug nahm? Ich habe viele Anstöße in dieser Richtung gegeben und diese historischen Passagen in seinen Reden geschrieben. Aber das ist jetzt nicht wichtig ... man sollte unter dem Schock des Ereignisses nicht an sich selbst denken.«

Er schaute zu Boden und schien erst in diesem Moment den Zollstock in seiner linken Hand zu bemerken. Unschlüssig bewegte er ihn hin und her und legte ihn schließlich einfach auf den Boden, vor einen leeren Bilderrahmen.

»Meine schöne Ausstellung«, sagte er mehr zu sich selbst, »die Medien haben es gar nicht gern, wenn so etwas verschoben wird. Ein Jammer, es wäre sicher ein Ereignis.«

Tristan und Claudia wechselten einen schnellen Blick.

»Wie ich Ihnen am Telefon schon erklärt habe ...«, sagte Tristan, »geht es um ein mögliches Ereignis aus dem Februar 1945.« Indem er direkt zum Thema kam, hoffte er, die wortreichen Kreiselbewegungen des Archivars um sich selbst zu stoppen.

»Ach ja«, entgegnete Dr. Werner, »ich erinnere mich. Aber gehen wir doch in mein Büro.«

Sie gingen hinter Dr. Werner die Treppe hinauf in den ersten Stock, in dem sich mehrere Arbeitszimmer und ein Büchermagazin befanden. Eine Tür stand offen, die Stimme eines Radiomoderators war zu hören. Tristan sah eine Frau in einem weißen Kittel, die gerade einen Artikel aus der Zeitung ausschnitt. Die Regale waren randvoll mit Stapeln von Zeitungen und Zeitschriften, und den Teppichboden konnte man unter Büchertürmen nur erahnen.

Sie betraten das Vorzimmer des Archivdirektors.

»Darf ich Ihnen einen Cappuccino anbieten?« Dr. Werner forderte Tristan und Claudia mit einer Handbewegung auf, durch die Zwischentür in sein Arbeitszimmer zu gehen. »Meine Sekretärin hat heute frei, aber ich behaupte, meiner ist besser. Erfahrungssache und Liebe zum Genuß.«

Tristan war überrascht, in Dr. Werners Büro nur wenige Akten und Bücher vorzufinden. Der Schreibtisch war sehr groß und modern mit verchromten Beinen; an der Wand gegenüber hing der großformatige Druck eines Swimmingpool-Bildes von David Hockney. Ein nackter junger Mann mit geschlossenen Augen lag bäuchlings auf einem Handtuch neben dem Wasser. Die wenigen sonstigen Büromöbel wirkten ebenfalls sehr modern und teuer. Das Büro eines Managers, dachte Tristan.

»Es war nicht so leicht durchzusetzen«, sagte Falk Werner und stellte das Tablett auf den runden Besuchertisch. »Natürlich gibt es in einer Verwaltung mit langer preußischer Tradition nur zwei oder drei deutsche Kaffeemaschinen zur Auswahl. Aber die Brühe kann doch niemand trinken. Ich wollte den Differenzbetrag zu einem vernünftigen italienischen Espressoautomaten ja aus der eigenen Tasche zahlen, aber diese Bürokratie … bis ich meinen ersten Cappuccino endlich brühen konnte, hätte man einen Sack Kaffeebohnen von Brasilien hierherrudern können.«

Claudia und Dr. Werner nahmen Süßstoff, Tristan normalen Zucker. Nach dem ersten Schluck meinte sie: »Es gibt wirklich keinen Grund, Ihre Sekretärin zu vermissen.«

Dr. Werner neigte im Sitzen den Oberkörper leicht nach vorn.

»*Mille grazie*, Signorina. Die Milch darf nicht zu heiß werden«, erklärte er und rieb Daumen und Fingerkuppen aneinander, »es ist eine Sache des Gefühls, und das entsteht nur, wenn Sie Kaffee wirklich lieben. Für mich beginnt der Genuß schon mit dem Öffnen der Dose – es sollte übrigens mindestens Illy-Kaffee sein – und dem Aufnehmen des Aromas, es ist wie eine Ouvertüre, eine Einstimmung der Sinne …«

Tristan räusperte sich.

»Herr Dr. Werner, wir möchten etwas in Erfahrung bringen über ein Ereignis, das möglicherweise im Februar 1945 hier in Krefeld geschah.«

»Also einen Monat vor dem Einmarsch der Amerikaner und zwei Monate vor der offiziellen Kapitulation. Krefeld lag schon in Schutt und Asche, die Leute flüsterten sich zu: Beten wir, daß es nicht die Russen sind, die kommen. Aber was meinen Sie genau, wenn Sie von Ereignis sprechen? Wenn ich voraussetze, daß Sie in dienstlicher Funktion hier sind ...«

»Genaueres wissen wir eben nicht. Aber wir hoffen, in den Akten des Amtsgerichts aus jener Zeit einen Hinweis zu finden. Oder in den Polizeiakten.«

Dr. Werner seufzte.

»Da muß ich Sie auf der ganzen Linie enttäuschen. In Krefeld passierte das gleiche wie in vielen anderen Städten auch. Die alliierten Panzer standen in Sichtweite, und in den Verwaltungen wurden die Akten auf Lastwagen geladen und in einem Wald oder auf einem Acker verbrannt. Die Gerichte, die Polizei, die Gestapo – sie ließen ihre Verantwortung in Rauch aufgehen, bevor diese sie einholen konnte. Als die Alliierten einrückten, fanden sie die ersten papierlosen Büros des zwanzigsten Jahrhunderts vor, Jahrzehnte vor dem Einzug der Computer, wenn ich mir den Scherz erlauben darf.«

»Wirklich alle?« fragte Claudia Poschmann.

»Ja. Deutsche Gründlichkeit eben. Für Historiker und Archivare – aber natürlich nicht nur für uns – ist das natürlich eine Tragödie. Unersetzbare Quellen wurden für alle Zeit vernichtet; es handelte sich ja durchweg um Unikate. Wenn es die vielzitierte Stunde Null überhaupt gegeben hat, dann unseligerweise dort.«

Tristan holte ein Taschentuch heraus, er fühlte Reste von Milchschaum über seiner Lippe.

»Muß ich das so verstehen, daß damit auch nicht mehr nachvollziehbar ist, was ein einzelner, sagen wir, Richter oder Polizeibeamter oder Gestapo-Mitarbeiter im Nationalsozialismus getan hat?«

»Wenn es nicht zufällig in Akten oder Dokumenten vermerkt ist, die anderswo liegen und nicht vernichtet wurden. Aber ohne einen konkreten Hinweis suchen Sie nach der Nadel im Heuhaufen. Die Personalakten der Beamten, zumindest die der leitenden, wurden ebenfalls entsorgt.«

Damit bleibt der Drohbrief der einzige Anhaltspunkt, dachte Tristan. Er versuchte, sich seine Enttäuschung nicht anmerken zu lassen, aber seine Stimme wurde leiser und klang düster.

»Kann man überhaupt irgendwo ansetzen?«

Dr. Werner zuckte mit den Schultern.

»Nun ja. Die Tageszeitungen sind lückenlos erhalten. Wenn Sie dort einen Anhaltspunkt finden, können wir uns noch mal unterhalten. Solange ich nicht weiß, um welche Personen beziehungsweise um welches Ereignis es sich handelt, kann ich Ihnen keine präziseren Quellen anbieten, so leid es mir tut.«

»Könnten wir uns die Zeitungen mal anschauen? Jetzt gleich?«

»Natürlich. Ich rufe meinen Mitarbeiter unten im Lesesaal an«, sagte Dr. Werner und erhob sich. Er begleitete Tristan und Claudia Poschmann zur Tür. Als Tristan ihm die Hand gab, hüstelte der Archivleiter verlegen und fragte mit leiser Stimme: »Es hat doch nicht etwa mit Dr. Schorrberg zu tun?«

Tristan zuckte zusammen. Er war so überrascht, daß er vergaß, die Hand des Archivleiters loszulassen.

»Wie kommen Sie denn darauf, Herr Dr. Werner?«

Dr. Werner wich Tristans Blick aus. Er nahm ein Stofftaschentuch aus der Hosentasche und wischte sich über die Stirn.

»Ach, nichts weiter«, wich er aus und lächelte bemüht, »eine willkürliche Assoziation. Was wollten wir noch gleich? Ja, die Zeitungen. Ich werde Sie im Lesesaal im Erdgeschoß anmelden. Das Büro des zuständigen Kollegen befindet sich gleich am Ende des Ganges.«

Die beiden Kriminalbeamten gingen die Treppe hinunter. Claudia Poschmann langsamer als Tristan, weil sie sich einige Objekte in den Ausstellungsvitrinen anschaute. Tristan wartete vor der Glastür auf sie.

Obwohl er das Gesicht des Mannes nicht genau sehen konnte – er las in einem Buch, die rechte Hand bedeckte die Stirn –, hatte Tristan schon im ersten Augenblick das Gefühl, ihn zu kennen. Das mittelblonde Haar war an den Seiten und im Nacken kurz geschnitten, auf dem Kopf hatte es sich bereits stark ausgedünnt. Der Mann wirkte mager, geradezu knochig – ein Eindruck, den der dünne Pullover über dem T-Shirt noch verstärkte. Am linken Handgelenk trug er eine Art Armband, das aus einer dünnen Lederschnur geflochten war, am Ringfinger steckte ein breiter, schlicht gemusterter Metallring, wie man ihn auf jedem Flohmarkt kaufen konnte.

Tristan klopfte an und öffnete die Tür.

»Sie möchten die Tageszeitungen vom Februar 1945, nicht wahr?« fragte der Mann und stand auf. »Ich komme mit Ihnen, wir müssen zum Mikrofiche-Lesegerät.«

Als Tristan die Stimme hörte, war er sich endgültig sicher. Sie klang so bizarr, als wäre jeder Vokal und jeder Konsonant in mehrere Teile zerbrochen. Sie war weder hoch noch tief, sondern beides zugleich; sie war gut zu verstehen, und dennoch schaute man unwillkürlich auf den Kehlkopf des Sprechers, als wäre dieser Körperteil eine Art phonetischer Häcksler. Tristan kannte den Mann, der in seinem Alter sein mußte, von früher, vermutlich aus der Schulzeit, aber ihm fiel der Name nicht ein.

Der Mann warf einen neugierigen, fast bohrenden Blick auf Claudia Poschmann und durchquerte den Lesesaal, der sicher dreißig Personen Platz geboten hätte. Aber nur drei Besucher verloren sich darin: Zwei circa fünfzehnjährige Schülerinnen, die eine Landkarte vor sich ausgebreitet hatten, und ein älterer Mann in einer verschlissenen Strickjacke, dessen Zeigefinger an alten Adreßbüchern entlangwanderte, die auf Augenhöhe in einem schlichten Metallregal aufgereiht waren. Als Tristan und Claudia an den Schülerinnen vorbeigingen, steckten diese die Köpfe zusammen und tuschelten.

Der Archivmitarbeiter betrat einen kleinen fensterlosen Raum neben dem Lesesaal. An der Kopfwand stand ein Mikrofiche-Lesegerät, links ein hoher Metallschrank mit vielen Schubladen. Der Mitarbeiter schaltete das Gerät an und holte eine kleine rechteckige Schachtel aus einer Schublade.

»Geht es um einen bestimmten Tag?«

»Nein. Wir müssen vermutlich den ganzen Monat durchsehen.«

Der Pullover des Mannes verströmte einen starken Tabakgeruch. Tristan sah, daß Zeige- und Ringfinger seiner rechten Hand an den Spitzen gelb verfärbt waren, offenbar drehte er sich die Zigaretten noch selbst. Als Tristan mit fünfzehn Jahren mit dem Rauchen angefangen hatte, hatte er ebenfalls nur Selbstgedrehte geraucht. Damit seine Eltern nichts bemerkten, hatte er sich die Verfärbungen mit einer Bürste von den Fingerkuppen geschrubbt.

»Ich frage nur, weil die meisten Besucher eine Kopie des Titelblatts einer bestimmten Ausgabe haben wollen, von dem Tag, an dem ein Verwandter oder ein Freund geboren wurde. Ist ziemlich beliebt als Geschenk für Geburtstage.«

Der Mitarbeiter legte die Rolle ein und spulte vor bis zum ersten Februar. Der Film zeigte Tag für Tag jede einzelne Seite, als wären sie zu einem riesigen Bandwurm hintereinandergelegt und dann abgefilmt worden. Beim schnellen Vorlauf sirrte das Lesegerät wie eine Nähmaschine. Die Abbildungen waren schemenhaft wie die Negative von Fotografien, die Schrift erschien weiß auf grünem Untergrund.

»Ich lasse Sie jetzt allein. Mit diesem Hebel spulen Sie vor und zurück. An diesem Knopf können Sie die Schärfe einstellen. Wenn Sie wirklich jeden Tag lesen müssen, wird es anstrengend werden. Machen Sie Pausen. Für eine DIN-A4-Kopie muß man nur auf den grünen Knopf drükken. Wenn Sie fertig sind, rufen Sie mich einfach, und ich spule die Rolle zurück. Okay?«

Der Mitarbeiter stand auf, und Claudia setzte sich auf seinen Platz. Sie berührte so vorsichtig den Hebel, als befände sie sich im Cockpit eines Flugzeuges. Tristan setzte sich neben sie. Der Geruch nach kaltem Tabak wurde von Claudias Parfüm überdeckt.

Er war überrascht, daß an jedem Wochentag eine Ausgabe erschienen war, wenn sie auch nur zwei oder drei Seiten umfaßte. Die Titelseite widmete sich dem Weltgeschehen, also dem Weltkrieg, zitierte Durchhalte-Reden des Führers oder des Propagandaministers, berichtete von entscheidenden Schlachten im Westen, die den Vormarsch der Feinde stoppten, und von heldenhaften Frontverkürzungen im Osten. Erst die zweite Seite brachte Lokales aus Krefeld und Umgebung. Tristan und Claudia lasen über

Änderungen in der Lebensmittelzuteilung, verringerte Kartoffelrationen und die Ankündigungen für das Abschalten des Stroms in den einzelnen Stadtbezirken. Wie sollte eine Bevölkerung, die hungerte und auf Strom verzichten mußte, an den Endsieg glauben? fragte sich Tristan.

Die Samstagsausgabe umfaßte drei oder vier Seiten, angereichert durch Kurzgeschichten, Gedichte und Ergebnisse von Fußballspielen und Kegelturnieren. »Der Verein ›Alle Neune‹ schlägt die ›Freunde der Kugel‹ nach einem dramatischen Stechen«, »In der Fußball-Kreisliga ist dem 1. FC Oppum nach einem glatten Heimsieg die Meisterschale kaum noch zu nehmen«. Die Meisterschale im Mai? Tristan schüttelte ungläubig den Kopf. Hatte die Zeitung die Normalität eines Alltags erfunden, oder stellten die Menschen diese Normalität her, um nicht irrsinnig zu werden in einer Phase, als der endgültige Zusammenbruch bevorstand?

Das Amtsgericht wies die Bevölkerung mit großer Eindringlichkeit auf die Verdunklungsvorschriften und das Plünderungsverbot hin. In diversen Prozeßberichten wurde auf die hohen Strafen verwiesen, wenn jemand einem Kriegsgefangenen oder einem Zwangsarbeiter ein Stück Brot zusteckte oder sich zu wehrkraftzersetzenden Äußerungen hinreißen ließ. Diese Berichte dienten wohl der Abschreckung. Der Name Hasso Schorrberg tauchte nicht auf.

Nach einer halben Stunde tanzten die weißen Buchstaben vor Tristans Augen, die Anstrengung des Lesens lastete auf seinen Pupillen. Und dann kam ihm plötzlich eine Erinnerung.

Er ging durch den Lesesaal – die beiden Schülerinnen saßen nicht mehr dort – und betrat das Zimmer des Archivmitarbeiters.

»Sascha Küsters?«

Der Angesprochene schaute von seinem Buch auf, zupfte die Ärmel seines Pullovers zurück und kniff das rechte Auge zu.

»Sekunde. Gleich komme ich drauf. Kant-Gymnasium, Abiturjahrgang 75?«

Tristan nickte.

»Du warst in meiner Parallelklasse. Natürlich. Wir hatten auch einige Kurse zusammen, saßen aber nie nebeneinander. Erschieß mich, aber dein Name …«

»Die Lage war noch nie so tristan«, sagte Tristan Lage und imitierte den dröhnenden Baß eines Lehrers.

Sascha Küsters schnipste als Zeichen des Wiedererkennens mit den Fingern und gab Tristan lächelnd die Hand.

»Einen aus der Schulzeit habe ich hier drinnen noch nie getroffen. Aber auch nur selten in der Stadt. Ich glaube, aus meiner Klasse ist kaum jemand hier in Krefeld geblieben. Ob Studium oder Bundeswehr, die waren alle im Handumdrehen weg.«

»Ich auch, aber nur für ein paar Jahre.«

»Was treibst du jetzt so? Hast du Familie? Ist die hübsche Blonde deine Frau?«

»Zu viel der Ehre. Eine Kollegin.« Tristan zeigte seine Dienstmarke.

»Verstehe.« Sascha Küsters drückte seinen Rücken gegen die Stuhllehne und rieb die Hände auf den Oberschenkeln. Tristan war über die Verlegenheitsreaktionen nicht überrascht. Wenn er sich Leuten als Kriminalbeamter vorstellte, erzeugte er oft Irritationen, nicht selten betretenes Schweigen. Ein Beruf, der über die Normalität des gesellschaftlichen Lebens wachte, schien an sich unnormal zu sein.

»Hätte ich nicht vermutet«, sagte Sascha Küsters zögerlich, »ich meine, du bist mir damals nie wie eine Art Law-and-Order-Typ vorgekommen.«

»Ist das nicht ein Klischee von damals? Der Beruf hat mit Gummiknüppeln weniger zu tun als mit der Arbeit eines Sozialarbeiters, zumindest für mein Verständnis. Trotzdem hätte ich mir zu meiner Schulzeit eher ein Leben als Orgelbauer oder Polarforscher vorstellen können, als zur Kripo zu gehen. Aber vieles kommt im Leben eben anders«, entgegnete Tristan, und sein Blick schweifte durch den kargen, unwohnlichen Raum, dem kein Bild, keine Pflanze, keine Fotografie etwas Persönliches verliehen. Ein Handwagen, auf dem mehrere Aktenordner lagen, stand vor der Tür, die zum Magazin führte. Von dem alten Büroschrank in der rechten Ecke war der Lack in Streifen abgeblättert. Der Teppich war abgewetzt und mit Schmutzflecken übersät.

»Ein Szenenbild aus einem dumpfen Sozialdrama«, sagte Sascha Küsters, der Tristans Blick offenbar interpretiert hatte, »der Akademiker im grauen Kittel des Magazinverwalters. Dreizehn Jahre bis zum Abitur, sechs Jahre auf der Hochschule, und nun vertrocknet der intellektuelle Nachwuchs der Republik als subalterner Handlanger. Aber keine Sorge, das Sozialdrama ist noch nicht im Schlußakt angekommen. Ich verdiene mir hier die Kröten, um meine Dissertation zu schreiben.«

»In welchem Fach?«

»Geschichte. Ich wollte nicht unbedingt promovieren, aber der Arbeitsmarkt hat mir letztendlich keine andere Wahl gelassen. Mein letzter Job war der eines Softeisverkäufers in der Fußgängerzone. Also habe ich mich an den berühmten Spruch des Namensgebers unserer Schule erinnert: ›Ich kann, denn ich will, denn ich muß.‹«

»Ich kenne mich in eurem Bereich nicht aus, aber

einen Archivar hätte ich mir nie so vorgestellt wie euren Dr. Werner.«

Sascha Küsters beugte sich ein wenig nach vorn und schaute kurz in den Lesesaal. Dort war alles ruhig. Der ältere Mann blätterte in den Adreßbüchern, vor ihm auf dem Tisch lagen ein Block Papier und ein Kugelschreiber.

»Du denkst an früh ergraute Wissenschaftler mit dikken Brillen, die sich in dunklen Gewölben mit krummen Rücken über alte Urkunden beugen und das Leben nur vom Hörensagen kennen. Falk Werner ist tatsächlich ein Paradiesvogel in seiner Zunft. Macht extrem viel Öffentlichkeitsarbeit, hält laufend Vorträge, hat eine feste Kolumne in der Zeitung. Ich denke, er ist erst zufrieden, wenn mehr Bürger ins Archiv gehen als im Hochsommer ins Freibad. Auf der einen Seite ist das gut, er entstaubt unser Berufsbild. Aber die Kehrseite der Medaille ist, daß er die Tagesarbeit schleifen läßt und alle Mitarbeiter gnadenlos für seine Karriere einspannt: Material heraussuchen, Quellen sichten, bibliographieren, Korrektur lesen und so weiter – das mache alles ich neben der Benutzerberatung und der Aufsicht. Er hat mich ganz einfach in der Hand. Promovieren kann ich seiner Meinung nach gefälligst nachts oder am Wochenende. Seit über drei Jahren vegetiere ich so dahin, und in zwei Monaten muß ich meine Arbeit an der Uni eingereicht haben, oder er verlängert meinen Zeitvertrag nicht. Werner ist smart in seinen Umgangsformen, aber knallhart in den Entscheidungen. Ein Kaffeefleck auf seinem feinen Seidenanzug beschäftigt ihn intensiver als die Probleme seiner Mitarbeiter.«

In diesem Moment klopfte der ältere Mann mit seinem Ehering gegen die Glastür. Sascha Küsters bat Tristan, einen Augenblick zu warten, und ging in den Lesesaal. Tristan dachte an seine eigene Studienzeit, jenes kurze frustrierende Intermezzo, das er schon vollkommen verdrängt hatte. Wenn er sich nun in diesem Raum umschaute, zweifelte er nicht daran, daß der Studienabbruch damals richtig gewesen war. Es hatte zwar an seinem Selbstbewußtsein genagt, eine Sache nicht beendet zu haben, aber es war ein Irrweg, und ein Irrweg wurde nicht dadurch zu einem richtigen Weg, wenn man ihn bis zum Ende ging.

Sascha Küsters betrat wieder das Büro. »Moment bitte«, sagte er, »ich muß schauen, ob ich den Schein wechseln kann. In der Kasse haben wir nicht soviel Geld zum Herausgeben.«

Er nahm sein Portemonnaie aus der Innentasche des Jacketts und zog zwei Scheine heraus. Die Geldbörse lag aufgeklappt auf dem Tisch, und Tristan sah in einem Sichtfenster die Fotografie einer sehr jungen hübschen Frau. Sie saß mit verschränkten Beinen vor einem offenen Zweimannzelt. Der Fotografierende mußte sich auf Augenhöhe befunden haben, jedenfalls sah man im Hintergrund einen Wald und Streifen blauen Himmels. Die Frau mit langen dunklen Haaren und einer schlichten Kette aus Holzperlen war höchstens Anfang Zwanzig; sie hielt eine Scheibe Knäckebrot in der Hand und lachte. Ein unendlich offenes, reines Lachen, ein Glückslachen. Tristan fühlte einen Stich im Herzen; das Foto, so schien ihm, erzählte eine ganze Geschichte, die Geschichte der ersten Liebe, des ersten gemeinsamen Urlaubs, des kurzen vollkommenen Glücks in einem winzigen Zelt. Man erlebt so etwas nur ein einziges Mal, dachte er, mit nur einem Menschen in einer ganz bestimmten Phase des Lebens. Dann, irgendwann später, kommt das Ende dieser Liebe, und man weiß, daß ein Riß in allem sein wird, was noch kommen wird.

Der Besucher, der Tristan keines Blickes gewürdigt hatte,

stopfte das Wechselgeld in die Hosentasche und verließ wortlos das Zimmer in Richtung Flur.

»So sind die meisten«, sagte Sascha Küsters in einem resignierten, leicht aggressiven Ton, »uninteressierte Schüler, die von mir erwarten, daß ich nicht nur die Quellen heraussuche, sondern möglichst ihr komplettes Referat schreibe. Ewiggestrige, die mir obskure Hefte zeigen, in denen die KZs als Erfindung des jüdischen Geheimdienstes bezeichnet werden. Gestörte Einzelgänger, die ihr kaputtes Leben über mir auskippen. Oder schlicht und einfach unhöfliche Zeitgenossen wie der Mann gerade. Ich sage dir, der Job hier geht mir mittlerweile gewaltig auf den Zeiger. Das Leben als Historiker und Archivar hat zwar auch schöne Seiten, aber dazu muß man es in den ersten Stock schaffen.«

»Ich bewundere deinen Willen, Sascha. Ich hätte nicht die Kraft, so lange diese Opfer zu bringen.«

»Ich kann, denn ich will, denn ich muß«, sagte Sascha Küsters und lächelte gequält.

In diesem Moment öffnete Claudia Poschmann die Tür. Sie schaute Tristan vorwurfsvoll an.

»Nichts, Herr Kollege. Nicht der geringste Hinweis. Ich habe den Lokalteil jeder Ausgabe sogar zweimal gelesen. Vier Augen sehen bekanntlich mehr als zwei, Herr Kollege.« Jedes Wort ein Nadelstich.

»Wenn ihr mir sagt, was ihr genau sucht, kann ich euch vielleicht andere Quellen geben«, sagte Sascha Küsters.

Tristan stand auf.

»Wir haben schon mit Dr. Werner gesprochen, Sascha. Er hat uns die Aktenlage erläutert. Im Moment können wir hier offenbar nicht mehr tun. Aber vielleicht bekommen wir noch genauere Hinweise.«

Sascha Küsters kritzelte hastig etwas auf einen Zettel.

»Hier meine Dienstnummer und meine Privatadresse. Ruf mich jederzeit an. Wir können uns auch gern mal privat treffen und ein bißchen quatschen.«

Tristan versprach, sich bald zu melden. Im Flur mekkerte Claudia Poschmann: »Von wegen: ›Ich bin gleich zurück.‹ Die meiste Zeit habe ich mir allein die Augen gemartert. Das sind Situationen, wie ich sie liebe. Die Frau arbeitet, und die Männer unterhalten sich. Dafür schulden Sie mir etwas.«

Tristan hatte nur mit einem Ohr zugehört. Er war in Gedanken noch bei dem Foto in Küsters' Brieftasche. Diese Frau – er war sicher, sie schon einmal gesehen zu haben. Irgendwo, wenn auch nur flüchtig. Vielleicht hatte er nicht einmal mit ihr gesprochen, aber das Gesicht hatte sich ihm eingebrannt, wenn es auch verbindungslos in seinem Bewußtsein schwebte wie ein Meteorit im All.

»Hallo, Herr Lage? Hören Sie mir überhaupt zu?«

Claudia Poschmann blieb aus Protest stehen und zog den Ledermantel an.

»Was? Ja, ja. Ich lade Sie zu einem Bier ein. Vielleicht brauchen wir das bald, der Fall Schorrberg beginnt, mich zu deprimieren.«

7

Zuerst hörte man nur Bongos, mehrere Takte lang, ein trockenes, präzise akzentuiertes Klopfen. Dann setzte das Saxophon ein und unmittelbar danach, als hätte sie den Startschuß verpaßt, die Begleitgruppe, bestehend aus Baß, Schlagzeug und Klavier. Die Melodie des Saxophons tanzte leichtfüßig durch den Flur in die Küche und von dort in den Innenhof. Es spielte nicht laut, aber der runde, volle Klang schien überall zu sein: Er füllte den Innenhof des fünfstöckigen Mietshauses, er federte an den Mauern ab, er schien mit ihrer Schwere Schabernack zu treiben, sie zu verhöhnen. Alles war leicht in diesem Klang, der Raum und Zeit hinter sich ließ.

Nach einer kurzen Pause waren erneut die Bongos zu hören, im achten Takt hob das Saxophon an, aber es war ein anderes Saxophon. Sein Ton war verhalten und unsicher, die Begleitband schien das Saxophon zu überrennen und unter sich zu begraben. Kurz danach war ein ärgerliches Pusten zu hören, ein schriller, hoher Ton wie der Pfiff eines Zuges, gefolgt von einer längeren Pause. Dann ein erneuter Versuch: zuerst das Rhythmusinstrument, Zeit genug, um das Mundstück abzuwischen, den Takt mitzuklopfen, mit geschlossenen Augen, die Fingerkuppen auf die richtigen Klappen zu legen, um »My little suede shoes« erneut zum Tanz zu führen; aber sie verkrampften sich, stolperten und bewegten sich schließlich gar nicht weiter. Aus. Nur beim ersten Mal, als Charlie Parker die Komposition selbst spielte, tanzten sie wahrhaftig, in den schnellen Achteln eines Calypsos; ein bettelarmer, verachteter Nigger kam, wie auch immer, an Schuhe aus Wildleder, er konnte am Samstagabend mit ihnen ausgehen, ein schönes Mädchen zum Tanzen auffordern, sie würde sich vielleicht sogar in ihn verlieben, weil er in den feinen Schuhen aussah wie ein Prinz, und seine Beine würden beim Tanzen in den Himmel fliegen.

Tristan löste die Metallspange, wischte das Holzblättchen trocken und stellte das Tenorsaxophon zurück auf den Ständer. An guten Tagen konnte er die leichteren Stücke auf der Play-Along-CD spielen (wenn man nur den linken Lautsprecher aufdrehte, hörte man lediglich die Begleitgruppe), an sehr guten Tagen auch das Stück von Charlie Parker, dem drogensüchtigen, genialen, viel zu früh verstorbenen Saxophonisten. Aber das war kein sehr guter Tag, nicht einmal ein guter.

Nach dem Mittagessen hatte er mit Dr. Zoll die endgültigen Ergebnisse der Obduktion und der Spurensicherung durchgesprochen. Die erweiterten medizinischen Untersuchungen brachten keine neuen Erkenntnisse, sie bestätigten die Todesursache durch das Digitalispräparat, und sie bestätigten auch, daß ein Selbstmord auszuschließen war – es sei denn, eine zweite Person hätte Dr. Schorrberg bei seiner Selbsttötung assistiert.

Der Bericht der Spurensicherung war so ausführlich wie nichtssagend. Es gab eine reiche Kollektion an Fingerabdrücken im Auto, aber da es sich um den auch privat genutzten Dienstwagen des Oberbürgermeisters handelte, konnte man dort nicht ansetzen – es sei denn, man wollte ein Album seiner Dezernenten, Anwaltskollegen und Geschäftspartner anlegen. Keine fremden Fingerabdrücke auf der Arznei und der Verpackung. Kein Hinweis darauf, daß das mehrere Meter entfernt aufgefundene Schmuckstück mit dem Symbol der Tanne mit Dr. Schorrberg in Verbindung zu bringen war.

Tristan ging in die Küche, mixte sich einen Orangensaft mit einem Schuß Wodka und stellte sich ans Fenster zum Innenhof. Die einbrechende Dunkelheit hatte die Müllcontainer, die Fahrräder und die Motorräder des Schwulenpärchens aus dem zweiten Stock bereits verschluckt. Irgendwo über ihm wurde eine Balkontür geöffnet und wieder geschlossen. Er hörte das Klappern von Geschirr und sah auf seine Uhr. Sein Magen war leer, der Wodka war zu schnell und widerstandslos in seine Blutbahn geflossen, aber er verspürte nicht die geringste Lust, etwas zu kochen.

Tristan hatte sich mittlerweile mit Schorrbergs Familiengeschichte vertraut gemacht. Hasso hatte zwei ältere Brüder, die beide in Rußland gefallen waren. Seine jüngere Schwester, die in Bielefeld als Sekretärin arbeitete, beging Anfang der fünfziger Jahre Selbstmord. Hassos Eltern waren seit langem verstorben.

Tristan hatte mit Dorothea Schorrberg telefoniert, um

mehr über den Freundeskreis ihres Mannes zu erfahren. Aber sie konnte sich an niemanden erinnern, der mit ihm Mitte der vierziger Jahre befreundet gewesen war oder zumindest beruflich mit ihm zu tun gehabt hatte. Die Vergangenheit Dr. Hasso Schorrbergs schien erst nach dem Krieg begonnen zu haben.

Tristan öffnete den Kühlschrank, überprüfte das Haltbarkeitsdatum des abgepackten Hüftsteaks – das ihm glücklicherweise eine zweitägige Frist einräumte – und stellte lustlos Butter, Aufschnitt und Senf auf den Tisch. Und Knäckebrot, da er vergessen hatte, zum Bäcker zu gehen.

Die Drohung in dem anonymen Brief hatte sie also zu keiner Spur geführt. Vorläufig zumindest. Und wie sah es mit der Gegenwart aus? Wulf Frotscheck hätte ein Motiv gehabt, und die Umstände der Tat sprachen für einen intelligenten, kontrolliert vorgehenden Täter. Frotscheck könnte in seinem Wagen Schorrberg gefolgt sein, er könnte von Schorrbergs Herzproblemen gewußt und ihn gezwungen haben, das Medikament in dieser hohen Dosis einzunehmen. Könnte, könnte, könnte … und nur, wenn Frotscheck nicht wirklich unmittelbar nach dem Restaurantbesuch nach Hause gefahren war. Tristan hatte Claudia Poschmann gebeten, das Alibi zu überprüfen, aber sie hatte Frotschecks Frau auch nach drei Tagen noch nicht erreicht.

In diesem Moment klingelte es. Tristan ging zur Gegensprechanlage neben der Wohnungstür.

»Entschuldigen Sie. Ich bin's, Claudia Poschmann.«

Sie machte eine Pause. Tristan war zu überrascht, um etwas zu sagen.

»Ich … Verzeihung … ich dachte an Ihr Versprechen vor ein paar Tagen im Archiv, Sie wissen schon.«

»Oh. Natürlich. Möchten Sie hochkommen?«

»Eher nicht. Nein. Könnten wir irgendwo was trinken?«

»Okay. Ich komme runter.«

Als er eine Minute später die Haustür öffnete, wartete sie in ihrem Fiat Uno. Im Nebenhaus befand sich eine Wäscherei, und ein diffuses Licht fiel in das Wageninnere. Sie startete den Motor, als er einstieg.

»Wir müssen bei der nächsten Gelegenheit wenden. Geradeaus kommt zuerst gar nichts, und dann sind wir …«

»In Hüls«, sagte sie. »Ich habe mich schon etwas mit meiner neuen Umgebung vertraut gemacht. Das ist der letzte Ort, der vor knapp zwanzig Jahren eingemeindet wurde, nicht wahr? Einige Bürger sollen aus Protest geschworen haben, nie mehr einen Fuß nach Krefeld zu setzen.«

»Wie gefällt es dir eigentlich hier?«

»Alles in allem nicht schlecht. Die Stadt kommt mir im Vergleich mit Dortmund ein bißchen bieder vor, na ja, und die Leute sind anders. Nicht unnett, das meine ich nicht, eher etwas mißmutiger und schwerer einzuschätzen.«

»Es gibt da einen Spruch, er heißt: Es gibt Gute und Böse. Und es gibt Krefelder.«

An der nächsten Ampel stellte sie den Rückspiegel neu ein. Sie hat sich während des Wartens geschminkt, dachte Tristan. Er sah zum ersten Mal eine dezente Lippenstiftfarbe und glaubte, ein anderes Parfüm zu riechen. Claudias weißblonde Haare schienen in der Dunkelheit des Wageninneren zu leuchten.

»Ich gehe abends kaum weg«, sagte er. »Vermutlich kennst du dich in der kurzen Zeit schon besser aus als ich.«

»Ich gehe eigentlich nur in Discos, zum Abtanzen.«

»Abtanzen.« Er schüttelte den Kopf. »Ich glaube, ich habe den Ausdruck noch nie gehört.«

»Die ganze Nacht durchtanzen, zu Technomusik. Du bist völlig ausgepumpt, aber irgendwie gereinigt, als wäre die ganze negative Energie aus dir herausgesaugt worden.«

»Ich habe seit Jahrzehnten nicht mehr getanzt«, gestand er. »Den obligatorischen Tanzkurs habe ich offen gestanden schlimmer gefunden als den Konfirmationsunterricht. Laß uns in den Jazzklub in der Lohstraße fahren. Da kann man sich wenigstens unterhalten. Fahr erst zum Präsidium und dann dcn Ostwall rechts rein.«

»Dann hast du vorhin Saxophon gespielt? Ich habe nämlich eine Weile gebraucht, bis sich mein Zeigefinger an deine Klingel getraut hat.«

»Na ja, vom wirklichen Spielen bin ich noch weit weg. Seit knapp drei Jahren habe ich Unterricht.«

»Wie kamst du darauf, ich meine, die meisten lernen als Kinder ein Instrument. Mich ausgenommen.«

»Also, genaugenommen bin nicht ich drauf gekommen. Meine frühere Freundin hat es mir zum Geburtstag geschenkt. Sie hoffte, es würde mich lockerer machen, mir zu einem besseren Körpergefühl verhelfen.«

Tristan wiederholte nicht, was Beate außerdem noch gesagt hatte: Du bist im Bett so verspannt und verkrampft wie die meisten Männer. 150 Prozent deines Lustempfindens sind in deinem Schwanz konzentriert. Dein eigener Körper ist dir völlig fremd.

Sie lachte auf.

»Entschuldige, aber mir fällt gerade Hartmann ein. Weißt du, was er immer macht, wenn wir im Wagen sitzen und an einer Ampel warten müssen? Er spannt seine Oberschenkelmuskulatur an, abwechselnd links und rechts. Heute, als wir wegen dieser Brandstiftung unterwegs waren, hat er nach meiner Hand gegriffen und gesagt: ›Hier, fühl mal, alles nur Muskeln.‹«

Tristan dirigierte sie bis zur Lohstraße, dieser merkwürdig verlassenen, düsteren Straße parallel zum hektischen, lauten Ostwall. Erst jetzt wurde ihm bewußt, daß sie formlos zum Du übergegangen waren. Es fühlte sich gut an.

Sie parkten gegenüber dem Eingang und stiegen die steile Treppe zum Lokal hinunter. An den Wänden links und rechts verwitterten die Plakate von den Jazzgrößen, die hier gespielt hatten: Albert Mangelsdorff, Charlie Mariono, Jasper van't Hof und Philip Cathrine. Der Jazzkeller selbst war eine Höhle, die keinen Strahl Tageslicht hereinließ. Tristan ging zu einem Tisch in der Mitte des Lokals. Ein Pärchen saß an der Theke, wenige Leute verloren sich an den übrigen runden, schlichten Holztischen.

Ein Mann mit schwarzem T-Shirt, dichtem Vollbart und sehr langen Haaren, die zu einem Zopf geflochten waren, kam zu ihrem Tisch und nickte Tristan freundlich zu.

»Guten Abend, Commissario. Zwei Bier?« Er lächelte Claudia mit geschlossenen Lippen an.

»Ich trinke keinen Alkohol. Für mich nur ein kleines Wasser.«

Sie legte eine Schachtel Zigaretten auf den Tisch. Tristan hatte bis zu diesem Zeitpunkt gedacht, sie wäre Nichtraucherin.

»Bevor ich's vergesse«, sagte sie und hing ihre Handtasche an die Stuhllehne, »ich habe heute endlich Frotschecks Frau erreicht. Und stell dir vor, sie behauptet, ihr Mann sei an dem fraglichen Abend erst zwischen halb zwölf und Mitternacht nach Hause gekommen.«

»Was?«

Claudia nickte und blies den Rauch an Tristans Gesicht vorbei. Sie hatte ebenmäßige helle Zähne und im Unterkiefer, genau in der Mitte, eine winzige Lücke. »Sie sagte, daß sie regelmäßig aufwacht, seit sie einen neuen automatischen Toröffner für ihre Doppelgarage haben. Sie hat Jahre gebraucht, um sich an das hohe Sirren des alten zu gewöhnen, und als sie endlich nicht mehr von dem Geräusch aufwachte, war das System kaputt, und jetzt geht das Spiel wieder von vorn los. Sie ist aufgewacht, hat auf die Uhr geschaut und ist wieder eingeschlafen, noch bevor ihr Mann ins Bett kam.«

»Das ist wirklich dreist«, sagte Tristan. »Frotscheck hat offenbar gedacht, daß wir es nicht nachprüfen würden. Oder er glaubt, Oberstadtdirektoren gehören zur Kaste der Unberührbaren.«

Als der Wirt die Getränke brachte, fiel Tristan ein, daß er noch nicht zu Abend gegessen hatte. Er bestellte sich Bratkartoffeln mit Spiegeleiern. Claudia Poschmann wollte nichts essen. Sie lehnte mit geradezu heftiger Entschiedenheit ab, ihm wenigstens mit einem Salat Gesellschaft zu leisten.

»Darf ich dich etwas fragen?« Sie steckte sich eine weitere Zigarette an. »Was hat dich zur Polizei gebracht?«

»Talentlosigkeit«, sagte Tristan. »Nein, lach nicht, das meine ich ernst. Nach dem Abitur habe ich mich für Jura und Betriebswirtschaft eingeschrieben. Es hätten auch fünf andere Fakultäten sein können, aber der Vorteil bei diesen beiden Fächern ist, daß die Eltern und die Verwandtschaft die Wahl vernünftig finden und nicht weiter nachfragen. Aber ich fand es furchtbar und mußte mir eingestehen, daß das Studium nichts weiter war als eine gesellschaftlich anerkannte Tarnkappe für meine persönliche Ziellosigkeit. Im dritten Semester wurde mein Widerwille so groß, daß ich es rein körperlich nicht mehr in die Uni geschafft habe. Ich setzte mich in ein Café und beneidete jeden, der etwas scheinbar gern machte: die gutgelaunte Bedienung, die mir den Tee brachte; den Straßenmusiker, der an der Ecke seine Lieder sang; den Handwerker, der in Latzhose vorbeispazierte …«

»Den Kommissar, der den Mörder überführt«, unterbrach sie.

»Soweit war ich noch nicht. Ich habe erst einmal das Studium geschmissen und Zivildienst geleistet. Dann wurde mir langsam klar, daß das einzige, was mich wirklich interessiert, die Menschen sind: Was sie fühlen, was sie tun und warum sie es tun. Mich interessiert, warum der Besitzer hier jeden Abend die paar Kröten aus der Kasse nimmt und dennoch am nächsten Tag die Kneipe wieder aufmacht. Mich interessiert, warum jemand einen anderen so lange und so intensiv haßt, daß er schließlich zuschlägt. Warum Buchhalter ihre Firma hintergehen. Oder warum jemand nach achtunddreißig Jahren das mutmaßliche Verbrechen eines angesehenen Politikers rächen will.«

»Es gab einen Professor an der Fachhochschule, der die Kommissare in zwei Gruppen unterteilte«, sagte sie. »Die Jäger und die Versteher. Der Jäger will den Täter schnappen, er motiviert sich durch den Drang, gewissermaßen seine Zähne in das Genick des Verbrechers zu schlagen. Das ist für ihn der Moment des Erfolges. Der Versteher dagegen möchte vor allem wissen, warum etwas geschehen ist. Er ist eigentlich ein verkappter Psychologe und neigt zu ungerechtfertigten Schuldgefühlen, was unsere Strafjustiz angeht. Für ihn ist der Täter nämlich in vielen Fällen ein Opfer, das sich wehrt. Der Versteher fährt keine schnellen Autos, sondern einen alten Volvo.«

Sie kniff das linke Auge zu.

»Zur Abwechslung hast du in Hartmann den klassischen Jäger.«

»Nicht nur als Polizist«, sagte sie und senkte sofort den Blick.

»Wie war es bei dir?« fragte Tristan schnell, um sich nicht anmerken zu lassen, wie sehr ihn ihre Bemerkung über seinen Testosteron-Kollegen irritierte.

»Aus Opposition.«

»Wie bitte?«

»Mein Vater ist Polizist und wollte um alles in der Welt verhindern, daß ich auch zur Kripo gehe. Die schlechte Bezahlung, die hunderttausend Überstunden, die Wochenend- und Schichtdienste. Du kennst das.«

»Zu meiner Zeit hat sich Opposition anders ausgedrückt. Als ich zur Kripo ging, habe ich viele Bekannte verloren. Ich war in ihren Augen ein Verräter, ein Überläufer zum großen Feind namens Staat.«

»Meine Freunde finden es völlig okay. Wer will heute noch die Welt verändern?«

»Ja, ihr seid eine pragmatische Generation. Einige meiner Kollegen sind Mitte Zwanzig und reden, als wären sie Mitte Vierzig. Mit Vierzig werden sie sein wie unser Kollege Menges heute. Und warum hast du dich nach Krefeld versetzen lassen?«

Sie senkte den Blick und sprach so leise, daß sich ihre Worte kaum gegen die Hintergrundmusik durchsetzen konnten.

»Eine private Geschichte. Ich mag nicht darüber reden. Ich habe eine Tante, bei der ich vorläufig wohnen kann.«

Auf ihren Wangen zeigten sich rote Flecken. Tristan erschien sie unglaublich jung in diesem Moment. Hinter der Tages-Fassade aus kumpelhafter Direktheit war plötzlich eine verunsicherte, verletzte Jugendliche sichtbar geworden. Er rief sich ihr Alter in Erinnerung, und es kam ihm so vor, als läge dieser Abschnitt seines Lebens bereits ein halbes Jahrhundert zurück. Gleichzeitig fühlte Tristan, daß er sie mochte; ihre Gegenwart machte ihn weich und friedlich. War das nicht immer der Moment gewesen, bevor er sich verliebte? Claudia im Schwimmbad gesehen zu haben, ihrem sportlichen Körper im Wasser so nahe gekommen zu sein, erschien ihm jetzt wie ein intimes Geheimnis, das er für sich behalten wollte.

Der Jazzkeller hatte mittlerweile mehr Gäste vorzuweisen. Ein Kontrabassist in einer dünnen Lederjacke kam herein, fluchte über das Wetter und legte sein Instrument auf die Bühne, zwischen Piano und Schlagzeug. Tristan schaute sich um, erkannte aber keinen weiteren Musiker unter den Gästen. Es war noch zu früh, viele kamen erst nach dreiundzwanzig Uhr, wenn sie ihren Job als Konzertmusiker hinter sich gebracht hatten und sich in langen Jam-Sessions von der Diktatur ihrer Partituren befreiten.

Er fragte Claudia, ob sie noch so lange bleiben wolle.

»Ich bin zu müde. Ein anderes Mal gern«, sagte sie.

Während der Rückfahrt erzählte er von seinem Lehrer an der Musikschule, der an manchen Abenden selbst im Jazzkeller spielte. Als sie – viel zu schnell – vor seiner Haustür hielt, legte sie den Leerlauf ein, ließ den Motor aber laufen. Tristan öffnete die Tür einen Spalt und hielt dann inne.

»Magst du vielleicht ...«

»Nein«, unterbrach sie ihn freundlich, aber bestimmt.

»Claudia, ich wollte dich eigentlich nur fragen, ob ich dir etwas Jazzmusik leihen soll.«

»Dachte ich mir. Deshalb habe ich ja nein gesagt.«

Er wußte nicht, ob sie sich über ihn lustig machte.

»Du hast also nicht angenommen, daß ich dich noch zu einem Kaffee einladen wollte?«

»Nein«, sagte sie und schickte ein vieldeutiges Lächeln zu ihm herüber. »Dazu hätte ich vielleicht ja gesagt.«

Er war so verwirrt, daß er ihrem Blick nicht standhielt. Meine Güte, sie ist fünfzehn Jahre jünger, und du läßt dich vorführen wie ein Schulbub.

»Wenn ich dich aber jetzt fragen würde ...«, begann er unsicher.

»Jetzt hast du es verpaßt. Es gibt immer nur eine Chance, mein lieber Herr Versteher.«

8

Die Zeitungen des folgenden Tages berichteten ausführlich über die Amtseinführung von Schorrbergs Nachfolger. Werner Maldenbach, der vorherige Erste Bürgermeister, wurde erwartungsgemäß vom Stadtrat bestätigt. Gleichzeitig gab die CDU zu verstehen, daß sie mit ihm an der Spitze in die nächste Kommunalwahl gehen werde. Wulf Frotscheck war politisch beerdigt, bevor er überhaupt politisch zu leben begonnen hatte. Er hatte keinen Rückhalt in der Partei; er war Schorrbergs persönlicher Kandidat gewesen, und nur Schorrberg hätte ihn als seinen Nachfolger installieren, also seiner eigenen Partei vorschreiben können.

Aber nun zeigte sich, daß die CDU Schorrbergs Feldherrenstil gründlich satt hatte. Man votierte für Werner

Maldenbach, den »netten Mann, der an die Türen der Mitbürger klopft«, wie eine Zeitung ihn beschrieb. Maldenbach besuchte an jedem Samstagnachmittag eine Krefelder Familie zu Kaffee und Kuchen und hörte sich die Wünsche und Sorgen seiner Mitbürger an.

Nach der Morgenbesprechung hatte Hartmann Claudia Poschmann mit Arbeit eingedeckt. In der Serie von Brandstiftungen sollte sie die Dienstpläne der Feuerwehrleute miteinander abgleichen; die Professionalität der Anschläge ließ auf einen Täter aus den eigenen Reihen schließen.

Tristan fuhr allein ins Stadthaus. Erneut mußte er einige Minuten warten, und erneut stand er vor dem Fenster am Ende des Flures und schaute in Richtung Inrath. Es war ein diesiger Morgen, eine graue, schwere Wolkendecke lag über der Stadt. Seit Tagen regnete es, ein häßliches Novemberwetter anderthalb Wochen vor Weihnachten. Mit seinen Augen zog Tristan eine Linie zur Wohnung seiner Eltern beim Nassauer Ring. Geschenke, er brauchte noch Geschenke. Und hatte er selbst einen Wunsch? Seine Mutter hatte schon bei den letzten Telefonaten insistiert. Und ihm war nichts eingefallen. War der Dezember eigentlich nichts weiter als die Vorbereitung auf Weihnachten und Weihnachten nichts weiter als die Übergabe von Geschenken, die eigentlich keiner brauchte und keiner wollte?

»Herr Lage, guten Morgen. Kommen Sie auch, um mir zu gratulieren?«

Tristan drehte sich um. Wulf Frotscheck stand in einem tiefblauen Anzug unmittelbar hinter ihm. Er lächelte bemüht, aber seine Augen verrieten, daß er in der letzten Nacht zuviel getrunken und zuwenig geschlafen hatte. Die pechschwarzen Haare glänzten.

»Bis gestern wußte ich gar nicht, wie viele Freunde ich in Krefeld habe«, fuhr Frotscheck mit sarkastischem Unterton fort, »so viele Leute rufen an und freuen sich, daß ich Ihnen als Oberstadtdirektor vorerst erhalten bleibe. Ist das nicht ausnehmend nett?«

»Ich bin aus dienstlichen Gründen hier und verhalte mich daher in dieser Angelegenheit vollkommen neutral, Herr Frotscheck«, sagte Tristan, »ich muß Sie nur in der Sache ...«

»Meine Sekretärin hat Ihnen sicher gesagt, daß ich sozusagen schon unterwegs bin ins Regierungspräsidium nach Düsseldorf. Der Fahrer wartet unten mit laufendem Motor. Nehmen wir die Treppe, dann haben Sie mehr Zeit für Ihre Fragen.«

Als sie nebeneinander gingen, wurde Tristan bewußt, daß Frotscheck kleiner war als er selbst. Entweder ist er ein Sitzriese, dachte Tristan, oder ein begabter Größen-Darsteller, der sich in seinem edlen Büro aufbläst. Jetzt aber ging der athletische Oberstadtdirektor, dessen Hemd vor der Brust deutlich spannte, mit müden Schritten zur Treppe, den Blick auf den Boden gerichtet.

»Es geht noch einmal um den Abend, an dem Dr. Schorrberg starb. Sie sagten meiner Kollegin und mir vor wenigen Tagen, daß Sie unmittelbar nach dem Essen mit dem Oberbürgermeister nach Hause gefahren wären.«

»Ja. Und?« Wulf Frotscheck schaute auf seine Armbanduhr und beschleunigte den Schritt.

»Bleiben Sie bei dieser Aussage?« fragte Tristan.

Wulf Frotscheck antwortete nicht sofort. Er blieb nur kurz stehen und schaute Tristan an. Dann setzte er seinen Weg fort. Im ersten Stock saßen zwei Mitarbeiter in der Raucherecke am Fenster. Sie grüßten den Oberstadtdirektor mit einer Verbeugung des Oberkörpers, aber Frotscheck beachtete sie nicht. Seine Aktentasche baumelte gegen den Oberschenkel. Tristan wiederholte seine Frage, als sie außer Hörweite der beiden Raucher waren.

»Ich verstehe Ihre Frage nicht. Ich verstehe auch den Grund für diese Frage nicht.«

»Nun«, sagte Tristan und wandte den Kopf etwas nach links, um Frotschecks Reaktion beobachten zu können, »Ihre Frau hat erklärt, Sie seien an dem fraglichen Abend definitiv erst zwischen halb zwölf und Mitternacht nach Hause gekommen.«

Der Oberstadtdirektor blieb so abrupt stehen, als wäre die Motorik seines Körpers durch einen Schwerthieb unterbrochen worden. Dann senkte er den Kopf, und seine Lippen formten mehrere stumme Worte. Er blickte nicht zur Seite und setzte seinen Weg fort bis ins Erdgeschoß. Der Eingangsbereich des Stadthauses war ganz aus Glas gestaltet. Draußen stand der Dienstwagen des Oberstadtdirektors bereit. Wulf Frotscheck legte die Hand an den Griff der Eingangstür, zog sie dann jedoch zurück und ging mehrere Schritte zur Seite. Tristan folgte ihm.

»Meine Frau«, begann der Oberstadtdirektor zögernd, »sagt nicht die Wahrheit. Ich bin direkt vom Restaurant nach Hause gefahren.«

»Warum sollte Ihre Frau lügen?«

Wulf Frotscheck schloß für einen Moment die Augen.

»Unsere Ehe ist in einer Krise. Meine Frau will sich von mir trennen. Ich kann es mir nur so erklären, daß sie mir schaden will. Sie widerspricht aus Prinzip. Wenn ich mir zum Abendessen Rouladen gewünscht habe, stellt sie Wiener Schnitzel auf den Tisch und behauptet, ich hätte danach verlangt. Wenn ich zu einem Außentermin fahre, behauptet sie, ich hätte den Kindern diesen Abend versprochen.«

»Wie alt sind Ihre Kinder?«

»Dreieinhalb und fünf. Um neun Uhr sind sie spätestens im Bett.«

»Gestern abend hat meine Kollegin, die bei unserem ersten Gespräch dabei war, mit Ihrer Frau gesprochen. Heute morgen habe ich versucht, sie zu erreichen, aber es ist niemand ans Telefon gegangen.«

Wulf Frotscheck bewegte den Kopf ein wenig nach vorn, als wollte er seine Stirn an das Glas lehnen.

»Sie hat um Viertel nach acht in meinem Büro angerufen und mir ausrichten lassen, daß sie bis Weihnachten wegfährt. Die Liste mit den Weihnachtswünschen meiner Kinder liege auf dem Küchentisch. Peng.«

»Wer kümmert sich jetzt um die Kinder?«

»Meine Eltern leben glücklicherweise in Krefeld und werden bis zu ihrer Rückkehr bei mir wohnen.«

»Muß ich davon ausgehen, daß Ihre Frau Ihnen nicht hinterlassen hat, wo sie zu erreichen ist?«

»Da es ihre Absicht ist, mir zu schaden, hat sie mir gar nichts hinterlassen.«

»Herr Frotscheck, ich bedaure Ihre familiäre Situation, aber es ist sehr wichtig, daß ich mit Ihrer Frau spreche. Falls sie sich bei Ihnen meldet – ich nehme an, sie wird mit den Kindern Kontakt halten wollen –, richten Sie ihr das bitte aus!«

Wulf Frotscheck antwortete nicht direkt. Er schien gar nicht zugehört zu haben. Dann sagte er – und seine Stimme klang so fern und brüchig, als käme sie gar nicht aus seinem Körper: »Im Sommer waren wir in Wien mit den Kindern. Wir sind natürlich auch in den Prater gegangen und mit dem Riesenrad gefahren. Zuerst der langsame Aufstieg, das Wetter war wie gemalt, man steigt höher und höher und kann immer weiter schauen, und alles wird immer leichter, und der Ausblick wird immer schöner. Dann ein Ruck. Der Wagen schaukelt leicht, man ist auf dem höchsten Punkt, und dann weiß man, daß es wieder abwärts geht. Der Wagen scheint nur deshalb so lange anzuhalten, um uns bewußt zu machen, daß es nun unweigerlich nach unten geht. Ich muß seit einer Woche ständig an diesen Moment denken. Schorrberg macht mit einer einzigen Entscheidung alles kaputt, wofür ich seit Jahren arbeite. Eine einzige blinde, verbohrte, selbstsüchtige Entscheidung, und ich muß politisch wieder bei Null anfangen. Eine einzige Entscheidung, und ich muß hilflos zusehen, wie mein Amt von einem anderen besetzt wird. Und nun hat meine Frau das Ende unserer Ehe eingeläutet.«

Der Fahrer des Oberstadtdirektors stieg aus dem Wagen und zündete sich eine Zigarette an. Er inhalierte tief und ließ seinen Vorgesetzten nicht aus dem Blick. Man sah ihm an, daß es ihn ohne Mantel in der Dezemberkälte fröstelte.

Dann ging plötzlich ein Ruck durch Frotschecks Körper. Seine Muskeln spannten sich, die rechte Hand umschloß den Griff der Aktentasche so fest wie ein Handballspieler den Ball, wenn er zum Torwurf ansetzt. Wulf Frotscheck drehte sich auf dem Absatz und ging in schnellen Schritten zum Ausgang, ohne Tristan eines weiteren Blickes zu würdigen. Der Fahrer trat die Zigarette aus und beeilte sich, seinem Dienstherrn die Wagentür zu öffnen.

Als Tristan zehn Minuten später sein Büro betrat, war nur Menges anwesend, saß an seinem Schreibtisch und blätterte in einer Illustrierten.

»Wo ist Frau Poschmann?«

»Mit Hartmann beim Tatort der letzten Brandstiftung«, sagte Menges, ohne aufzuschauen. »Vielleicht zeigt er ihr anschließend noch seine Briefmarkensammlung.«

Tristan setzte sich an seinen PC und betrachtete das verwirrende Raster einer Excel-Tabelle. Er mußte für den Jahresbericht der Abteilung K9 alle Fälle in die entsprechenden Rubriken eintragen und die Statistik erstellen. Eigentlich wäre das in diesem Jahr Menges' Aufgabe gewesen, aber der war gestern zu ihm geschlurft und hatte ihn – als sammelte er für Waisenkinder in Afrika – in klebrig-süßlichem Tonfall gebeten, es zu übernehmen. Er selbst stehe mit Computern doch auf Kriegsfuß, und es seien schließlich die letzten Monate vor der Pensionierung; für ihn, Tristan, sei der Bericht doch ein Klacks, ein Kinderspiel.

Er hatte gerade mit der ungeliebten Arbeit angefangen, als das Telefon klingelte. »Dr. Zoll erwartet Sie«, sagte Monika, »jetzt sofort.«

Als Tristan das Büro des Polizeipräsidenten betrat, erhob sich eine vielleicht fünfzigjährige hagere Frau in einem dunkelblauen Kostüm aus einem der Ledersessel.

»Reinhild Schröter ist mein Name. Ich bin, Verzeihung, ich war die Chefsekretärin von Dr. Schorrberg.«

Sie schaute Tristan direkt in die Augen, ihre Stimme war fest, beinahe dominant, aber als sie den Namen des Toten aussprach, wurden ihre Augen hinter der goldumrandeten Brille feucht. Sie hatte eine recht dunkle Gesichtshaut und sehr dichte schwarze Augenbrauen. Ihre Haare waren hinter dem Kopf zu einem Knoten zusammengebunden.

Tristan sah auf dem Glastisch zwei beschriebene Blätter in zwei Klarsichtfolien, eines entsprach im Schriftbild und in der Formatierung jenem Drohbrief, den Dorothea Schorrberg gut zwei Wochen zuvor mitgebracht hatte. Ihm war, als durchzucke ein Stromstoß seinen Körper. Er versuchte, den Text zu lesen, obwohl er aus seinem Blickwinkel auf dem Kopf stand.

»Bevor wir anfangen«, ergriff der Polizeipräsident das Wort, »kann ich Ihnen einen Kaffee oder ein Glas Wasser anbieten?«

»Danke, nein«, sagte Reinhild Schröter. Tristan winkte ab. Der Polizeipräsident, dessen Gesichtshaut vor Nervosität rote Flecken aufwies, öffnete die Tür und sagte ins Vorzimmer hinein: »Lassen Sie bitte aus der Kantine ein paar Schnittchen für drei kommen. Und Kaffee und Mineralwasser.«

Dr. Zoll setzte sich wieder und öffnete sein Jackett.

»Frau Schröter, Sie haben das Wort.«

Die Angesprochene nickte Dr. Zoll zu, senkte dann den Blick und holte tief Atem. Es war zu spüren, daß die Situation ihr ein hohes Maß an Überwindung und Selbstbeherrschung abforderte.

»Ich war über zwanzig Jahre lang die persönliche Sekretärin von Dr. Schorrberg. Zweiundzwanzig Jahre und drei Monate, um genau zu sein. Nach seinem Tod haben wir zunächst nichts in seinem Büro verändert. Das heißt, ich habe lediglich mit seiner Witwe die wenigen persönlichen Gegenstände herausgenommen, also Fotografien und einige Bücher. Wie Sie wissen, hat Werner Maldenbach inzwischen die Amtsgeschäfte übernommen. Er hat angeordnet, daß alle Bilder, die Sitzgarnitur und auch der Schreibtisch entfernt werden. Ein wunderschöner Mahagoni-Schreibtisch übrigens, ich möchte nicht einmal andeuten, was der gekostet hat. Als der Hausmeister heute früh mit drei Möbelpackern kam, habe ich mich gefühlt, als würde Dr. Schorrberg ein zweites Mal beerdigt. Es ist alles so stillos geworden.«

Sie nahm ein Stofftuch aus ihrer Handtasche, legte die Brille auf den Tisch und wischte sich über die Augen. Tristan warf einen Blick in die Handtasche, die Reinhild Schröter neben den Sessel gestellt hatte. Er sah ein Portemonnaie, Schminkutensilien, einen Briefumschlag und ein silbern schimmerndes Schmuckstück in Form einer Tanne in der Größe seines kleinen Fingers.

Es klopfte; Monika schob einen Rollwagen neben die Sitzgruppe und stellte ein Tablett mit sechs belegten Brötchenhälften auf den Tisch. Tristan reichte Reinhild Schröter ein Glas Wasser. Dr. Zoll griff nach einem Mettwurstbrötchen mit Zwiebelringen.

»Die Arbeiter hatten den Auftrag, die Möbel vorläufig in den Keller zu bringen, zu dem Gerümpel und den Sachen für den Sperrmüll, ist das nicht unglaublich? Ich brachte es einfach nicht übers Herz, ihnen dabei zuzuschauen, und bin zu einer Kollegin ein paar Zimmer weiter gegangen. Nur die zweite Sekretärin blieb im Vorzimmer. Die Möbelpacker hatten die Schubladen mit einem Klebeband arretiert, aber als sie den Schreibtisch vor der Türschwelle kippten, kam plötzlich eine der schweren Schubladen ins Rutschen und krachte auf den Boden. An der Unterseite, ganz hinten, war ein Umschlag mit Tesafilmstreifen geklebt. Er war nicht beschriftet. Meine Kollegin hat ihn – sei es aus Unerfahrenheit oder Neugier – geöffnet und mir die Blätter gegeben. Ich habe dann sofort Herrn Dr. Zoll angerufen. Das war doch richtig, nicht wahr?«

Der Polizeipräsident konnte nur nicken, da er sich gerade den Rest der zweiten Brötchenhälfte in den Mund geschoben hatte. Tristan drehte nun die beiden Blätter so, daß er sie lesen konnte.

Ich möchte Dich einen Namen nennen: Léon Carré. Aber ja, du erinnerst. Ganz sicher, du hast ihn nämlich umgebracht in Februar 45. Und du meinst, das ist alles vergessen und keiner kann beweisen die Tat. Aber ich werde Dir bald schicken einen Beweis, nur einen. Und dann wirst Du Deine Strafe bekommen. Du hast viel zu lange gelebt nach Leon Carré.

Das andere Blatt war offenbar die Fotokopie einer handschriftlichen Seite im DIN-A5-Format, liniert, mit einem Datum rechts oben wie bei einem Tagebucheintrag. Tristan las die Zahl 45, mehr konnte er nicht entziffern, der Text war in Sütterlinschrift geschrieben.

»Sie sind zu jung, Herr Lage«, sagte der Polizeipräsident, »ich habe die altdeutsche Schrift noch in der Schule gelernt.«

Er nahm das Blatt in die Hand und las den Text vor; nur bei wenigen Worten mußte er einen Moment überlegen.

»›Januar 45. Gestern kam der Gerichtsassessor Dr. Schorrberg ins Büro. Obwohl die Zwischentür geschlossen war, habe ich beinahe jedes Wort verstanden. Er war sehr erregt, manchmal schrie er sogar. Er sprach von einem Franzosen, Léon Carré, den Namen hat er buchstabiert, ein Fremdarbeiter, der bei einer deutschen Familie nebenbei Gartenarbeit leistet. Dieser Volksfeind hält üble Reden, sagte Dr. Schorrberg, wir hätten den Krieg längst verloren, und der Tag der Rache sei nah. Die Gestapo muß da ran, er, Dr. Schorrberg, kenne die Familie gut, allesamt ehrbare Volksdeutsche. Der Fremdarbeiter müsse weg, sofort, ein Exempel müsse …‹ Hier hört die Seite auf.«

Dr. Zoll legte das Blatt auf den Tisch und griff nach der Thermoskanne.

»Keiner von Ihnen eine Tasse?«

Tristan und Frau Schröter lehnten ab; der Polizeipräsident legte die dritte Brötchenhälfte auf seinen Teller.

»Frau Schröter, haben Sie grundsätzlich die Post für Herrn Dr. Schorrberg geöffnet?« fragte Tristan.

»Natürlich nicht, wenn es sich um private Schreiben handelte oder solche mit den Zusätzen ›vertraulich‹ oder ›persönlich‹. Die amtlichen Schreiben habe ich in Abstimmung mit Dr. Schorrberg geöffnet und in verschiedene Ordner verteilt, je nach Sache und Dringlichkeit.«

»Also könnten diese beiden Schreiben – wenn wir davon ausgehen, daß der Absender den sogenannten Beweis tatsächlich erst später schickte – an das Rathaus adressiert gewesen und über Ihren Schreibtisch gegangen sein?«

»Ja ... durchaus, aber Sie meinen doch nicht etwa ...« Die Stimme Reinhild Schröters wurde immer leiser. Sie schaute den Polizeipräsidenten an, und erst in diesem Moment schien ein furchtbarer Verdacht in ihr Bewußtsein zu dringen. »Es war doch ein Herzinfarkt ... ich meine, es stand so in der Presse, und auch seine Frau hat mir ...«

»Es war ein natürlicher Tod, beruhigen Sie sich bitte«, sagte Dr. Zoll und legte seine rechte Hand auf ihren Unterarm. Frau Schröter begann zu zittern und griff nach ihrem Taschentuch.

»Dr. Schorrberg ist an einem Herzinfarkt gestorben, daran gibt es keinen Zweifel, nicht den geringsten«, fuhr Dr. Zoll fort. »Wir haben es mit jemandem zu tun, der schon verschiedene Prominente bedroht hat. Sei es mit erfundenen Nazi-Geschichten oder einer jungen Geliebten oder Schwarzkonten in der Schweiz – ein Spinner vermutlich mit einem Übermaß an Phantasie, der zu keiner konkreten Tat fähig ist. Aber Sie, liebe Frau Schröter, haben uns wertvolle Hinweise geliefert.«

Die Angesprochene nickte, das Taschentuch vor den Mund gepreßt, und Tristan hatte den Eindruck, daß sie dem Polizeipräsidenten glaubte.

»Wirkte Dr. Schorrberg in den letzten Wochen irgendwie verändert, nervöser vielleicht?« fragte er.

»Das hätte ich sicher bemerkt, nach über zwanzig Jahren. Nein, er war wie immer.«

»Gab es in letzter Zeit vielleicht Anrufe, die Ihnen ungewöhnlich erschienen? Es wäre interessant zu wissen, ob unser Spinner auch mal zum Telefon greift.«

»Eigentlich nicht ... Oder doch, aber ich weiß natürlich nicht, ob das in einem Zusammenhang steht. Dr. Schorrberg hatte ein Bürgertelefon eingerichtet, zweimal pro Woche, jeweils eine Stunde. Die Anrufer mußten normalerweise zuvor bei mir ihr Anliegen erläutern. Das war eine Art Filter, der sich bewährt hat, ein Schutz vor Querulanten und Betrunkenen, die nur noch lallen können. Und es gab tatsächlich einen Mann, an den ich mich erinnere. Er sprach recht gut deutsch, aber mit starkem französischem Akzent. Er hat zwei- oder dreimal angerufen, sich aber geweigert, mir den Grund seines Anrufs zu nennen. Es sei privat, meinte er.«

»Werden die Anrufe aufgezeichnet?« wollte Dr. Zoll wissen.

»Nein. Warum hätten wir das tun sollen?«

»Würden Sie die Stimme denn wiedererkennen?« fragte Tristan.

»Vielleicht. Sie war schon eigenartig. Wenngleich ich den Eindruck hatte, daß der Anrufer seine Stimme irgendwie verstellte. Entschuldigen Sie, es ist mir fast peinlich, aber ich mußte instinktiv an diese alten Kriminalfilme denken, wenn die Leute in Telefonzellen ein Taschentuch auf die Muschel legen.« Sie schaute irritiert auf ihr eigenes Taschentuch, das zusammengeknüllt in ihrer Handfläche lag, und ließ es in der Handtasche verschwinden. »Bei dem ersten dieser Anrufe habe ich Dr. Schorrberg vorher gefragt, ob ich das Gespräch durchstellen soll. Aber er hat gesagt, es sei eine Bürgersprechstunde und keine Sprechstunde ausgewählter Bürger. Den Hörer auflegen könne er im Ernstfall selbst. Er hat sich ja nie vor etwas gefürchtet. Dr. Schorrberg kannte überhaupt keine Angst.«

Er ist der Held ihres Lebens, dachte Tristan, sie hätte ihm sicher auch zugetraut, in zehn Tagen auf einem Baumstamm den Atlantik zu überqueren. Er stellte fest, daß Frau Schröter keinen Ehering trug.

»Wann erhielten Sie diese Anrufe? Und in welchen Abständen?«

»Der erste Anruf kam vor circa einem Monat. Der zweite eine Woche später, denke ich.«

»Gibt es noch irgend etwas, was Ihnen in diesem Zusammenhang einfällt?«

Sie schüttelte den Kopf. Ungeachtet ihrer emotionalen Angegriffenheit, saß sie mit vollkommen geradem Rükken. Disziplin der alten Schule, dachte Tristan.

»Ich danke Ihnen sehr für Ihre Mitarbeit, Frau Schröter«, sagte er dann nach einem Seitenblick auf Dr. Zoll, der ihm knapp zunickte. »Nach Ihrem Besuch bin ich überzeugt, daß wir unseren Spinner bald fassen werden. Bitte behandeln Sie unser Gespräch absolut vertraulich und kommen Sie auf mich zu, wenn Ihnen noch etwas einfallen sollte.«

Tristan stand auf. Der Polizeipräsident legte die sechste Brötchenhälfte auf seinen Teller.

Tristan nahm die Treppe, seine Hand strich gedankenverloren an den Stäben des Geländers entlang. Endlich gab es eine konkrete Spur in die Vergangenheit. Sie kannten den Namen des vermeintlichen Opfers, und damit mußte man trotz der schlechten Quellenlage doch etwas in Erfahrung bringen können.

In seinem Büro holte Tristan einen Zettel aus der obersten Schreibtischschublade und wählte die notierte Telefonnummer.

»Hallo, hier ist Tristan«, sagte er, »ich brauche deine Hilfe. Hast du eine halbe Stunde Zeit?«

Als Tristan im Kreisverkehr um den Friedrichsplatz fuhr, glaubte er, genau auf der gegenüberliegenden Seite Hartmanns hellblauen BMW zu sehen. Aber er konnte nicht erkennen, ob Claudia auf dem Beifahrersitz saß. Seine rechte Fußspitze zuckte, er spürte den Impuls, eine volle Runde um den Platz zu drehen und dem Fahrzeug seines Kollegen zu folgen. Statt dessen setzte er dann jedoch seinen Weg fort, fuhr den Nordwall durch bis zur Westparkstraße und bog dann rechts in den Girmesgath ein, um direkt vor dem Archiv, auf der Rückseite des Stadthauses, parken zu können.

Sascha Küsters saß an seinem Platz, vor ihm auf dem Schreibtisch lag ein halbes Dutzend Bücher über- und nebeneinander, einige davon aufgeschlagen. Ein Stapel kleiner gelber Karteikarten, Notizpapier, mehrere Buntstifte, Kugelschreiber, eine Thermoskanne mit Kaffee und Zigarettentabak komplettierten das chaotische Stilleben eines Geistesarbeiters.

»Sascha, was weißt du über Fremdarbeiter im Zweiten Weltkrieg?«

»Das ist ein Sammelbegriff für die ausländischen Arbeitskräfte zur Zeit des Nationalsozialismus. Gegen Ende des Krieges waren es immerhin rund acht Millionen, die in Deutschland beschäftigt waren, vor allem im Bergbau, in der Landwirtschaft und in der Industrie. Eine sehr heterogene Gruppe, in jeder Beziehung, nicht nur, was die Nationalitäten angeht. Von den acht Millionen waren zwei Millionen Frauen und zwei Millionen Kriegsgefangene.«

»Wie muß ich mir das vorstellen?« fragte Tristan. »Wie kamen die zu uns?«

Sascha Küsters griff nach dem Zigarettentabak.

»Man muß generell unterscheiden zwischen Ost- und Westarbeitern. Unmittelbar nach der Eroberung Polens wurden in den besetzten Gebieten Büros eingerichtet, um Arbeitskräfte zu registrieren. Man kann davon ausgehen, daß die Landwirtschaft ohne ausländische Erntehelfer schon 1940 zusammengebrochen wäre. Logischerweise fehlte jeder Soldat daheim an seiner Arbeitsstelle, und da die Nazis aus ideologischen Gründen die Frauen nicht vom heimischen Herd und der Kindererziehung entfernen wollten, mußte man wohl oder übel ausländische Arbeitskräfte rekrutieren. Man versuchte es zunächst mit der Anwerbung Freiwilliger, aber der Bedarf an Arbeitskräften war höher. Also griff man zu Zwangsmaßnahmen, holte die Arbeitsfähigen aus Fabriken und von den Feldern und transportierte sie in Viehwaggons nach Deutschland. Es handelte sich entsprechend der Rassenideologie schließlich um Untermenschen, die dazu bestimmt waren, der arischen Herrenrasse zu dienen. Die gesetzlichen Grundlagen dafür wurden durch die sogenannten Polengesetze geschaffen.«

»In meinem Fall geht es um einen Franzosen.«

»Das ist ein anderes Kapitel«, sagte Sascha Küsters und

griff nach der Tabakpackung. »Die Westarbeiter wurden insgesamt sehr viel besser behandelt. Man darf nicht vergessen, daß schon vor dem Krieg viele Holländer und Belgier hier in der Gegend arbeiteten. Sie waren qualifiziert und bei der Bevölkerung anerkannt. Bei diesen Arbeitern, Franzosen eingeschlossen, hat man auf brutale Zwangsmaßnahmen weitestgehend verzichtet. Man versuchte es über professionelle Werber, die in den besetzten Gebieten mit vermeintlich attraktiven Verträgen ausschwärmten. Tatsächlich bekamen die Westarbeiter den ortsüblichen Lohn und zusätzlich bestimmte Prämien und Vergünstigungen wie beispielsweise Heimaturlaub. Sie sollten zwar in Massenlagern wohnen, aber private Unterkünfte wurden geduldet. Sie durften sich auch völlig frei bewegen, während die Polen weder zu einem deutschen Friseur noch in einen deutschen Gottesdienst gehen durften.«

»Also war ein Franzose grundsätzlich freiwillig hier?«

»Das ist nicht gesagt. Als der Rußlandfeldzug so verheerend endete, wurde der Bedarf an ausländischen Arbeitskräften immer größer und war über die Anwerbung nicht mehr zu decken. Folglich wurden auch im Westen die Daumenschrauben angelegt, indem man beispielsweise Arbeitslosen in den besetzten Gebieten die staatliche Unterstützung entzog und eine generelle Arbeitspflicht per Gesetz einführte. Außerdem war die Politik der Petain-Regierung sehr zwiespältig. Diese hat mit den Deutschen in dem Sinne einen Kuhhandel geschlossen, daß die Wehrmacht Arbeitskräfte zwangsverpflichten durfte und im Gegenzug für drei Zivilarbeiter einen französischen Kriegsgefangenen nach Hause entließ.«

»Verwirrend.«

»Um es komplett zu machen: Weil die Genfer Konvention den Einsatz von Kriegsgefangenen in der Rüstungsindustrie verbietet, hat man kurzerhand Kriegsgefangene als Zivilarbeiter umetikettiert und in die Fabriken geschickt.«

In diesem Moment klingelte das Telefon, das an einem schwenkbaren Arm befestigt war. Tristan wollte aufstehen, Sascha forderte ihn jedoch durch eine Handbewegung zum Bleiben auf. Es war ein privates Gespräch, offenbar ging es darum, wer an diesem Abend einkaufen und kochen sollte. Sascha klemmte den Hörer zwischen Ohr und Schulter ein, um die Zigarette fertig zu drehen.

»Kann ich irgend etwas über einen französischen Fremdarbeiter in Erfahrung bringen, wenn ich seinen Namen kenne?« fragte Tristan, als Sascha aufgelegt hatte.

»Du weißt, daß praktisch alle einschlägigen Akten vernichtet wurden. Wenn er allerdings wirklich als Freiwilliger kam, ist es möglich, daß er im Melderegister erfaßt ist. Das können wir sofort nachprüfen, du kannst gern mitkommen.«

Sascha Küsters schaute in den Lesesaal, in dem lediglich eine ältere Dame vor einem Stapel schwarzweißer Luftbildaufnahmen saß. Sie betrachtete jede einzelne Aufnahme und ordnete sie auf dem Tisch zu einer Art Puzzle. Sascha stellte ein Schild mit der Aufschrift »Bin gleich zurück« auf seinen Stuhl, zog zweimal ausgiebig an der Zigarette, drückte diese dann aus und öffnete die Tür zum Magazin.

Tristan empfand sofort die Kälte des Raums, einer Art Lagerhalle. Er war fast vollständig mit Holz- und Metallregalen vollgestellt, die bis zur Decke reichten. Auf den Regalböden reihte sich Aktenordner an Aktenordner in acht oder zehn Schichten übereinander – eine unzählbare Menge schwarzer und blauer Leitz-Ordner, dazwischen graue rechteckige Kartons für loses Material.

»Meine Güte, ist das all das, was unsere Stadtverwaltung jemals an Akten ausgestoßen hat?«

Sascha lachte auf.

»Ja, ja, das ist wohl so das Klischee, was Archive betrifft. Aber in Wahrheit müssen wir von dem, was die Verwaltung produziert, fast neunzig Prozent wegwerfen. Andernfalls würden wir in dem Material ersaufen. Wir werfen natürlich nur weg, was für die Forschung entbehrlich ist. Man muß nicht zehntausend Bußgeldbescheide aufbewahren, es reichen exemplarische hundert. Für die wichtigen Materialien, wie Personalakten oder die Protokolle von Ratssitzungen zum Beispiel, gibt es präzise Rechtsvorschriften. Die alten Melderegister stehen ganz hinten rechts.«

Die Registratur bestand aus hellbraunen, alphabetisch geordneten Holzschubladen, die wie Waben über- und nebeneinander lagen. Die Neonröhren unter der Decke erhielten Unterstützung durch mehrere Stehlampen, anderenfalls wäre es in dieser dunklen Ecke nicht möglich gewesen, einen Eintrag zu entziffern.

Tristan nannte den Namen, und Sascha zog an der entsprechenden Schublade, wozu er in die Hocke gehen mußte. Das Holz hatte sich so verzogen, daß sich die Schublade nur mit beiden Händen zentimeterweise und unter quietschenden Protestlauten herausziehen ließ – es schien, als wollte sie ihr Wissen vor jedem Zugriff schützen.

»Tatsächlich, er existiert«, sagte Sascha Küsters und holte die fleckige, an den Rändern ausgefranste Karte heraus. Seine merkwürdige gebrochene Stimme hallte durch das Magazin. »Léon Carré, geboren am 15. November 1915 in Frankreich, in Hautmont – wenn ich das richtig entziffere – in der Region Pas de Calais. Das ist im Norden, nahe der belgischen Grenze. Er war hier seit März 1942 als Zivilarbeiter gemeldet, wohnhaft in der Gladbacher Straße 578. Das ist das Gelände der damaligen Deutschen Edelstahlwerke. Es gab dort, soweit ich weiß, Barackenunterkünfte für die Fremdarbeiter.«

»Also gehört er wahrscheinlich zu denen, die sich, offiziell zumindest, freiwillig gemeldet haben?«

Sascha nickte.

»Steht sonst nichts auf der Karte?«

Die handschriftlichen Einträge waren in Sütterlinschrift notiert, zwar gestochen scharf, aber für Tristan nicht zu entziffern. Er fühlte einen modrigen Geruch in der Nase; die Innenwände der Registratur waren mit kleinen kreisrunden Holzwurmlöchern übersät.

»Kein Umzug. Keine Abmeldung. Kein Todesdatum.«

Sascha Küsters drehte die Karte um. »Halt, es gibt einen Eintrag: Hier steht, daß er nach 1943 an Wochenenden bei einer gewissen Familie Heinrich übernachten durfte. Die Adresse ist: An de Plank 16. Die Straße liegt in der Siedlung, wo Mitarbeiter der Deutschen Stahlwerke wohnten.«

»Kann es weitere Unterlagen über Carré geben?«

Küsters zuckte mit den Schultern.

»Theoretisch beim Arbeitsamt, aber man hat alle Unterlagen kurz vor Kriegsende komplett verbrannt. Die Personalakten der Stahlwerke gelten offiziell als ›bei einem Bombenangriff zerstört‹. Es kann natürlich auch eine Bombe in Form eines Streichholzes gewesen sein, um den Alliierten keine Unterlagen in die Hand zu spielen. Die Deutschen Edelstahlwerke waren ein sogenannter NS-Musterbetrieb; es gab enge Verbindungen zur Partei.«

Tristan nahm die Karte in die Hand und betrachtete

lange die Hieroglyphen, als könnten sie sich plötzlich in Druckschrift verwandeln und ihm die vollständige Geschichte von Léon Carré erzählen. Wie war es wohl zu der Verbindung zwischen ihm und Hasso Schorrberg gekommen? War der Franzose straffällig geworden? Oder hatte er sich einer Widerstandsgruppe angeschlossen? Und wie, um Himmels willen, konnte Tristan das in Erfahrung bringen, wenn praktisch alle Akten vernichtet worden waren?

Er brauchte Unterstützung in diesem Fall, keine kriminalistische, sondern die eines Historikers. Tristan schaute erneut auf die rissige Karte, auf die ausgebleichte, für ihn nicht entzifferbare Schrift, und es kam ihm vor, als hätten sich die Geschehnisse um Léon Carré nicht rund vierzig Jahre zuvor in diesem Land, sondern vierhundert Jahre zuvor auf einem anderen Kontinent abgespielt. Was wußte er selbst eigentlich genau über jene Zeit, abgesehen von dem in wenigen Pflichtstunden im Geschichtsunterricht der Oberstufe vorgekauten Stoff, distanziert und beinahe lustlos abgespult? Hatte er jemals die Synagoge aufgesucht, die in der Reichskristallnacht in Brand gesetzt wurde? Hatte er seine Eltern gefragt, was sie in jener Nacht gemacht hatten? Und ob sie weiter wie die schweigende, aber wissende Mehrheit in jenem Kaufhaus in der Fußgängerzone eingekauft hatten, nachdem die jüdischen Eigentümer ihr Geschäft für einen Bruchteil seines wirklichen Wertes hatten verkaufen müssen? Jene vormals allseits respektierten Eigentümer, die nun über Nacht emigriert waren und deren Eltern, die Deutschland, ihr Heimatland, nicht verlassen wollten, ins KZ deportiert worden waren? Das hatte er damals im Schulunterricht erfahren und danach schweigend mit seinen Eltern das Mittagessen eingenommen. Ist dir nicht gut, hatte Tristans Mutter, besorgt über seine Appetitlosigkeit, gefragt. Tristan hatte nur stumm den Kopf geschüttelt, hatte die Fragen angekettet zurückgelassen.

Sascha Küsters räusperte sich vorsichtig. Tristan hob entschuldigend die Hand, er hatte nicht bemerkt, wie lange er in seine Gedanken versunken gewesen war.

Ja, er wußte wenig, beschämend wenig. Er brauchte jemanden, dem er vertrauen konnte und der in der Sache kompetent war. Der die Quellen kannte und wußte, wo sich in diesem Gebirgsmassiv aus Akten, Urkunden und Dokumenten noch weitere Informationen verbergen konnten.

»Sascha, darf ich dich um einen Gefallen bitten? Würdest du mit mir nach Dienstschluß zu der Adresse fahren? Ich brauche vermutlich weiteres Hintergrundwissen, über das du mit Sicherheit verfügst. Ich weiß, daß du sehr eingespannt bist, und ich würde dich nicht bitten, wenn es nicht sehr wichtig wäre. Ich hoffe, ich muß dich danach nicht weiter behelligen, aber – offen gestanden – ich kann es nicht ausschließen.«

Sascha Küsters verzog den Mund zu einem ironischen Grinsen.

»Ich hätte nie geglaubt, daß ich einmal in meiner Freizeit einem Kommissar Amtshilfe leisten würde. Ich lege auch äußersten Wert auf die Feststellung, daß ich es nur deinetwegen mache. Ich mag dich, Tristan, das sage ich ganz ungeschützt in der Einsamkeit von zehn Millionen Akten.« Diesen letzten Satz sprach Sascha sehr leise, wie zu sich selbst. »Was ist heute? Mittwoch? Wir schließen um vierzehn Uhr, also in einer halben Stunde.« Er legte die Karte zurück in den Stapel, ging in die Hocke und drückte die Schublade zu. »Einverstanden, wenn du mich anschließend zu Hause absetzt. Ich muß nämlich ein paar

Bücher zum Arbeiten mitnehmen. *By the way:* Ich darf wohl nicht fragen, worum es bei der Sache geht?«

Tristan schüttelte den Kopf.

»Absolutes Dienstgeheimnis.«

9

Erst im Auto fiel Tristan auf, wie schlecht sein früherer Schulkamerad aussah. Müde, abgearbeitet, die Augen tief in den Höhlen, die Finger trommelten nervös auf den Oberschenkeln. Sie fuhren einen Umweg über den Nordwall, weil Sascha für Dr. Werner zwei Opernkarten im Vorverkauf besorgen sollte.

»Worüber promovierst du eigentlich?«

»Hast du etwas zum Mitschreiben?« fragte Sascha und schob den Sitz weiter nach hinten. Zuletzt hatte Claudia dort gesessen, und sie war einen guten Kopf kleiner. »Also: Patriotismus, Nationalismus und Nationalsozialismus. Der Weg von der Weimarer Republik in die NS-Diktatur im Spiegel der niederrheinischen Presse.«

»Als ich dich vorhin am Schreibtisch sah, eingemauert

von Büchern, mit diesem Karteikartensystem und Buntstiften in verschiedenen Farben, habe ich an meine eigene Studienzeit denken müssen. Sie war allerdings nach wenigen Semestern beendet. Ich habe keinen wirklichen Bezug gefunden zum wissenschaftlichen Arbeiten, zu diesem Auftürmen einer riesigen Bibliographie, diesen Massengräbern aus Fußnoten, Anmerkungen, Zitaten und Quellen. Es kam mir so selbstzweckhaft vor.«

»Die Dissertation ist eine Schinderei«, sagte Sascha und kontrollierte, ob er den Tabak in die Innentasche seiner Lederjacke gesteckt hatte. »Aber, wie ich schon sagte, in meiner Situation geht es um Sein oder Nichtsein. In den letzten Wochen habe ich Alpträume darüber, daß ich vielleicht wichtige Quellen übersehen haben könnte oder einen entscheidenden Aufsatz eines Kollegen nicht angemessen gewürdigt habe. Ich schreie manchmal im Schlaf so laut, daß ich Linda wecke.«

»Deine Freundin?«

»Nicht eigentlich«, sagte er und drehte den Kopf zum Seitenfenster, so daß Tristan Mühe hatte, das folgende zu verstehen. »Wir wohnen schon seit Jahren in einer Zweier-WG. Wobei nicht ausgeschlossen ist, daß wir alle paar Wochen mal im selben Bett aufwachen. Wir haben beide seit längerem schon keine festen Partner. Aber sein Frühstücksgeschirr räumt jeder für sich ab, und das wird auch so bleiben.«

Hinter dem Hauptbahnhof bog Tristan in die Gladbacher Straße ein. Das Straßenbild änderte sich abrupt. Die vierspurige gepflasterte Straße führte zum Stahlwerk, und noch bevor man es überhaupt sah, spürte man eine gewisse Tristesse und die Zeichen von wirtschaftlichem Niedergang. Mehrere Ladenlokale standen leer und hofften vergeblich auf einen Nachmieter. Es gab keine Restaurants, sondern Schnellimbisse und Döner-Grills, einen Aldi-Markt und ein türkisches Im- und Exportgeschäft. Nur wenige hundert Meter vom Stadtzentrum entfernt schien ein Viertel sich selbst, also dem Verfall überlassen. Die Fassaden der Häuser waren mit einem Grauschleier überzogen. Es waren für diese Uhrzeit zu viele Männer auf den Straßen, sie lehnten in Trainingshose, Hausschlappen und olivgrünem Parka an den Häuserwänden und rauchten. Dem Stahlwerk ging es schlecht, über die Hälfte der Arbeiter war bereits entlassen worden. Fällt das Werk, fällt die Straße: Was sollen die Leute kaufen, wenn sie keinen Lohn mehr bekommen?

»In der Fremdarbeiterfrage«, nahm Sascha Küsters das Thema wieder auf, als hätten ihn die türkischen Geschäfte und die Passantinnen in Kopftüchern wieder an Tristans Problem erinnert, »hat man die Industrie gern und sehr schnell als die Schuldigen ausgemacht, nach dem Motto: Krupp wurde als Sklavenhalter in Nürnberg verurteilt – also waren doch alle so. Aber in Wahrheit hat sich die Industrie lange gegen den systematischen Einsatz von Fremdarbeitern gesträubt, wenn auch eher aus ökonomischen als aus humanitären Gründen. Stell dir allein die logistischen Probleme vor: Die Leute mußten untergebracht und ernährt werden. Wer brachte ihnen die deutsche Sprache bei? Die große Wende kam nach Stalingrad. Bis dahin hat man russische Kriegsgefangene zu Hunderttausenden in Lagern einfach verhungern lassen, schließlich wollten die Nazis die Rohstoffe des Landes und nicht dessen Bevölkerung. Nach der Niederlage in Stalingrad war klar, daß der Krieg viel länger dauern und noch mehr Soldaten erfordern würde. Es gab keine Alternative zum massenhaften Einsatz von Zwangsarbeitern aus den besetzten Gebieten. Russische und polnische Kriegsgefangene wurden in Viehwaggons verladen. Aber sie kamen mehr tot als lebendig hier an und waren zunächst nicht in der Lage, körperlich schwere Arbeit zu leisten. Außerdem führten die rassenideologischen Differenzierungen zu einem bürokratischen Chaos: Die Polen wurden in sieben verschiedene Gruppen unterteilt, zum Beispiel in West-Polen, die vorher in Nordfrankreich gearbeitet hatten, in Alt-Polen, die schon vor Kriegsbeginn als Saisonarbeiter in Deutschland beschäftigt waren, oder P-Polen aus dem Großgouvernement, also dem besetzten Polen. Italiener mußten wegen der Allianz mit Mussolini bevorzugter behandelt werden als Franzosen, flämische Belgier anders als wallonische Belgier. Wie sollte das ein Betrieb praktisch umsetzen? Dann die Fragen der Entlohnung: Die Freiwilligen aus Frankreich, Holland und Belgien bekamen als Facharbeiter mit ihren zusätzlichen Prämien teilweise mehr Lohn als ihre deutschen Kollegen; auf der anderen Seite gab es staatliche Zwangsabgaben für Ostarbeiter, die den Lohn fast ganz auffraßen. Mehr noch: Da ihnen für Krankheitstage Lohn abgezogen wurde, konnten sie theoretisch das Monatsende mit Schulden abschließen.«

Links von ihnen tauchte das Stahlwerk auf, ein mehrere Quadratkilometer großes, vollständig ummauertes Rechteck. Schornsteine spuckten dunklen Rauch in die Luft, bizarre Lastfahrzeuge mit riesenhaften Reifen transportierten Stahlrohre, die wie Spargel gebündelt waren, durch das Gelände. Die Straße stieg an, weil sich unter ihnen ein Wendekreis für die Straßenbahn befand. Als Tristan an einer Ampel halten mußte, schaute er in eine Halle, in der offenbar Stahl gekocht wurde. Ein Arbeiter in einem feuerfesten Schutzanzug stocherte mit einer langen Stange in der schmalen Öffnung eines Hochofens, aus dem rotglühende Funken schossen. Tristan fiel ein, daß Hartmann zwei, drei Jahre zuvor einmal dort gewesen war. Ein Arbeiter hatte seine Frau erschlagen und war am nächsten Morgen wie immer zur Frühschicht erschienen. Hartmann ging mit zwei Polizisten zu der Halle, in der der Mann arbeitete. Er stand hoch oben auf einem langen Gang, der an der Decke verankert war, unter ihm mehrere offene Becken, in denen der tausend Grad heiße Stahl, flüssig wie Lava, abkühlte. Als der Arbeiter die beiden uniformierten Polizisten und Hartmann im Eingang der Halle stehen sah und die ausgestreckte Hand des Vorarbeiters auf ihn dort oben zeigte, kletterte er über die Brüstung und sprang in eines der Becken.

»Dein Franzose war in einem Sammellager auf diesem Gelände untergebracht«, sagte Sascha. »Sie unterstanden in der Regel der DAF, der Deutschen Arbeitsfront. Wie erträglich oder unerträglich das Leben dort war, hing entscheidend von den Lagerverwaltern ab. Es gab solche, die Lebensmittel unterschlugen, schwarz weiterverkauften und sich Fremdarbeiterinnen für einen Laib Brot ins Bett holten. Du mußt dir vorstellen, daß es ganz offiziell Prügelstrafen gab für Bummelei oder Krankfeiern. Die Wiederholungstäter meldete man der Gestapo, die sie für einige Wochen in ein Straferziehungslager oder ein KZ schickte. Damit erwiesen sich die Fabriken allerdings selbst keinen Gefallen, weil die Betroffenen nach ihrer Rückkehr oft nicht mehr arbeitsfähig waren. Also gingen sie zur Selbstjustiz über und gründeten die sogenannten AEL, Arbeitserziehungslager. Im Klartext: mehr Arbeit unter strenger Bewachung und mit gekürzten Lebensmittelrationen. Bleib auf dieser Spur, Tristan, wir müssen gleich abbiegen.«

Auf der rechten Seite lag eine Sportanlage mit einer alten Tribüne und mehreren Fußballplätzen, die von Aschebahnen eingerahmt waren. Tristan dachte zurück an die Schulsportfeste, an die Staffelläufe und die Stürze, die die Haut in langen Strichen aufrissen und den Einsatz des höllisch brennenden Jods erforderlich machten.

»Und es gab dennoch Freiwillige aus dem Westen, die im Prinzip jederzeit abhauen konnten?«

»Fahr geradeaus über den Bahnübergang und dann links, und wir sind in der Siedlung. Ja, es gab Arbeiter, die freiwillig blieben und nach ihrem Heimaturlaub auch pünktlich wieder zur Arbeit erschienen. Mein Eindruck ist, daß die individuelle Lebenssituation dabei eine größere Rolle spielte als allgemeine politische Fragen. Für die Westarbeiter kam es weniger darauf an, ob sie Hitlers Kriegsmaschinerie aktiv unterstützten, als vielmehr, ob sie hier ihren Lohn bekamen und menschlich behandelt wurden; oder sogar persönliche Beziehungen zu Deutschen hatten wie vielleicht dein Franzose, der an den Wochenenden hier in der Siedlung übernachten durfte.«

Tristan schaltete herunter in den zweiten Gang, weil die Straßen sehr schmal waren, gebaut in den dreißger Jahren, als Arbeiter keine Autos fuhren. Es gab auch keine Bürgersteige, dichte halbhohe Hecken grenzten die Grundstücke zur Straße ab. Die Häuser waren aus dunkelroten Ziegelsteinen gebaut, mit Spitzdächern aus schwarzen Dachziegeln, manche als Doppelhäuser, andere allein auf einem vergleichsweise riesigen Grundstück stehend. An der der Straße zugewandten Seite waren in geschwungenen weißen Lettern die Initialen der Erstbesitzer und die Jahreszahl des Einzugs angebracht. Ein breiter Kiesweg zog eine Linie zur Haustür.

Tristan schlich zur nächsten Kreuzung, Zur alten Schmiede hieß diese Straße. Sascha zuckte mit den Schultern, daher fuhr Tristan einfach geradeaus. Vereinzelt stieg Rauch aus den Schornsteinen, aber es war niemand auf der Straße zu sehen; bedrückend und verlassen wirkte die Siedlung, als spiegelte sie das Schicksal des Stahlwerks wider, für dessen Arbeiter diese Häuser einst gebaut worden waren.

An der nächsten Ecke fanden sie endlich die gesuchte Straße: »An de Plank« stand da, in weißen Buchstaben auf blauem Untergrund.

Vor dem Haus Nummer 16 hielt Tristan an. Sascha drehte sich noch im Auto eine Zigarette, weil es dafür draußen zu kalt war. Die Nummern 16 und 18 bildeten ein Doppelhaus, allerdings mit getrennten Eingangstörchen, Kieswegen und Gärten. Eine Hecke schnitt eine saubere Trennungslinie auf dem Rasen vor dem Haus; hinter dem Haus Nummer 18 erstreckte sich ein großer Nutzgarten mit Obstbäumen und Gemüsebeeten. Der Nachbar hatte durch eine Doppelgarage die Sicht versperrt.

Sascha stieg aus und zündete die Zigarette an. Er muß jämmerlich frieren in seiner Lederjacke, dachte Tristan und schloß die obersten Knöpfe seines Trenchcoats, bevor er die Fahrertür öffnete.

»Die Heinrichs wohnen nicht mehr hier«, sagte Sascha Küsters und deutete auf das Namensschild neben dem schmiedeeisernen Tor. »Ist aber keine Überraschung, wenn man sich das Haus anguckt. Es ist von Grund auf renoviert: frisch verklinkert, neue Fenster mit Kunststoffrahmen, neue Dachziegel, der Zufahrtsweg asphaltiert und dann die Doppelgarage. Es ist ein neues Haus, das das alte zudeckt. Links dagegen ist im Prinzip alles geblieben wie vor sechzig Jahren. Statt Garage ein Holzschuppen und eine Kompostgrube daneben. Dahinter ein großer Nutzgarten und, wenn ich das richtig sehe, ein kleiner Kartoffelacker. In Kriegszeiten die beste Lebensversicherung.«

»Was schließt du daraus?«

»Ich vermute, die Heinrichs haben ihr Haus verkauft, als der Mann in Pension ging oder starb. Vielleicht hatten sie keine Kinder, oder die Kinder wollten da nicht leben.«

Tristan überlegte. Der Eigentümer des Hauses, in dem Léon Carré übernachtete, dürfte in den vierziger Jahren nicht jünger als dreißig gewesen sein – dann wäre er jetzt über neunzig. Falls er noch lebte. Aber er würde nicht als Unverheirateter ein einstöckiges Haus mit diesem Garten bewohnt haben.

»Kannst du ermitteln, wann die Heinrichs ausgezogen sind?« fragte Tristan und ließ seine frierenden Zehen in den Halbschuhen Liegestütze machen, »ob sie noch leben und ob sie Kinder hatten?«

»Dürfte kein Problem sein. Aber erst morgen. Jetzt muß ich mich in die Bücher vertiefen, die auf deiner Rückbank liegen.«

»Danke. Ich fahre dich nach Hause.«

Sascha Küsters nahm einen letzten Zug aus der Zigarette. Sie war so weit heruntergeraucht, daß er sie nur noch mit den Fingernägeln anfassen konnte.

Nach Dienstschluß fuhr Tristan zu dem Hochhaus am Bleichpfad, einem Monstrum an Häßlichkeit, ein Faustschlag in die Architektur einer Stadt. Sein Finger fuhr die schier endlose Namensliste am Eingang entlang, bis er das Klingelschild mit der Aufschrift »R. Schröter« gefunden hatte. Aber niemand öffnete.

10

Tristan beobachtete Menges, der sich die Ohren mit einem Pfeifenreiniger putzte. Dann nahm er eine alte Akte in die Hand, warf einen Blick hinein und griff lieber zur Zeitung. Dr. Zoll hatte ihm einige alte, unaufgeklärte Fälle zur Bearbeitung gegeben, was Menges völlig zu Recht als eine Art Bestrafung auffaßte. Menges glaubte, daß Hartmann ihn beim Chef angeschwärzt hatte. Das Verhältnis zwischen den beiden Kollegen hatte schon seit einigen Tagen einen neuen Tiefpunkt erreicht. Hartmann hatte sein Postfach, das sich bisher unter dem von Menges befand, an die oberste Stelle gesetzt. Eine Kinderei, aber seitdem hatte Menges kein Wort mehr mit ihm gewechselt.

Tristan schaute auf die Uhr. Wie lange würde Sascha für

die Recherche brauchen? Er war allein mit Menges; Hartmann und Claudia waren gleich nach der morgendlichen Dienstbesprechung zur Feuerwehr gefahren, um in der Brandstiftung zu ermitteln. Auch am Vortag hatte Tristan sie nicht mehr im Büro angetroffen, um sie über seinen Besuch im Archiv zu informieren. Es schien, als hätte Hartmann Claudia zu seinem Privatbesitz erklärt. Das war zu erwarten gewesen – eine attraktive Frau löste bei Hartmann einen Pawlowschen Eroberungsreflex aus. Tristan irritierte eher Claudias Verhalten; seit dem Abend im Jazzkeller erschien sie ihm paradoxerweise distanzierter als zuvor. Sie wich ihm aus, setzte sich beim Mittagessen nicht neben ihn und ließ sich nicht zu einem gemeinsamen Kino- oder Theaterbesuch einladen.

Das Telefon klingelte.

»Tristan? Bist du es? Ich wollte nur kurz fragen, was du Weihnachten essen möchtest. Oder hast du Dienst?«

»Mutter, es ist noch fast eine Woche bis Weihnachten.«

»Ich muß doch auch irgendwann einkaufen. Kommst du jetzt am Heiligen Abend?«

Ihre Stimme klang unduldsam. Tristan hatte seit längerem den Eindruck, daß die Reizbarkeit mit der Pensionierung seines Vaters zu tun hatte oder, genauer gesagt, damit, daß er die freie Zeit fast ausschließlich zu Hause verbrachte. Das erforderte eine neue Routine im Umgang, die beide noch nicht gefunden hatten. Tristan hatte das Gefühl, daß weder seine Mutter noch sein Vater sich in diesem neuen Zustand wohlfühlten, sich aber nicht trauten, es dem anderen einzugestehen. Die früher so oft vorgebrachte Redewendung »Wenn wir später einmal mehr Zeit füreinander haben«, entpuppte sich nicht als Verheißung, sondern als Bedrohung.

»Ich habe dienstfrei, Mutter, auch keine Rufbereitschaft.«

»Kommst du allein?«

Tristan atmete tief durch und schaute aus dem Fenster. Er fixierte die Lichterkette, die sich durch die Baumkronen am Ostwall schlängelte, und zählte die defekten Kerzen. Es waren neun, verteilt auf die vier Bäume, die er von seinem Platz aus sehen konnte. Dann versuchte er auszurechnen, nach wie vielen Tagen die Lichterkette gar nicht mehr leuchten würde, wenn jeden Tag drei Kerzen kaputtgingen.

»Tristan, ich will doch nicht in dich dringen. Aber dein Vater fragt mich jeden langen Tag, den Gott geschaffen hat.«

»Mutter, ich weiß, daß ihr Beate sehr gemocht habt. Aber wir sind seit einem Jahr nicht mehr zusammen. Genauer gesagt, wir haben seit einem Jahr überhaupt keinen Kontakt mehr. Ich weiß nicht einmal, wo ...«

»Es könnte doch jemand anderen geben ... nach dieser langen Zeit. Du darfst dich nicht so abkapseln, mein Junge. Du willst doch sicher einmal Kinder haben, und wenn du noch länger wartest ...«

»Mutter, das ist jetzt nicht der richtige Zeitpunkt. Sag mir lieber, was ich euch mitbringen kann. Du weißt, daß ich nicht ein Genie des Schenkens bin.«

»Ich gebe dir keine Tips. Wenn du für deine Eltern, die dich sehr lieben, etwas empfindest, wird dir ganz bestimmt eine Kleinigkeit einfallen.«

Sie legte auf.

Der letzte Satz war ein Pfeil, dessen Spitze sich zielsicher in den innersten Kreis seiner Schuldgefühle bohrte. Tristan war Einzelkind, in seiner Generation eine Minderheit. In der Schulzeit wurde er von seinen Freunden beneidet um *sein* Zimmer, *seine* Kleidung, *sein* Spielzeug, *sein* Mofa – nun fehlten ihm Geschwister, auf die sich die Ansprüche und Erwartungen seiner Eltern hätten verteilen können. Konnte man überhaupt als Einzelkind das Gewicht der elterlichen Fürsorge tragen, ohne davon erdrückt zu werden?

Tristan schloß einen Moment die Augen und konzentrierte sich wieder auf sein Amtshilfegesuch nach Hautmont, Frankreich. Er brauchte Informationen über Léon Carré, dessen Familie, dessen Leben und dessen Tod. Daß Léon Carré zu jenem Zeitpunkt und unter jenen Umständen gestorben war, behauptete zunächst einmal nur dieser Drohbrief. Sollte es allerdings der Wahrheit entsprechen, hätte Carrés Familie ein eindeutiges Motiv für eine Erpressung und vielleicht auch einen Mord. Tristan wußte noch nicht, wie Informationen über Schorrberg nach Hautmont gelangt sein könnten und warum offenbar erst jetzt, fast vierzig Jahre nach der vermeintlichen Tat. Vielleicht würden ihm Saschas Ermittlungen über die damaligen Bewohner des Siedlungshauses weiterhelfen.

Tristan las den Ausdruck seines Textes noch einmal in Ruhe, bevor er ihn dem polizeiinternen Übersetzungsdienst schicken würde. In diesem Moment klingelte erneut das Telefon.

»Mutter, bitte, ich weiß, es tut dir leid, du willst nicht in meinem Privatleben herumschnüffeln, du machst dir nur Sorgen wie jede Mutter …«

»Tristan? Bist du es?«

Es war die Stimme von Sascha Küsters.

Tristan räusperte sich. »Entschuldige, ich dachte …«

»Schon gut. Was du da gesagt hast, kommt mir übrigens sehr bekannt vor. Ist auch ein fester Bestandteil meines Mutter-Sohn-Skriptes. Aber darüber können wir mal privat reden. Ich habe herausgefunden, was du wissen wolltest.«

»Schieß los.«

»Also, das Ehepaar Heinrich hat sein Haus tatsächlich verkauft, Anfang der sechziger Jahre, und ist in die Innenstadt gezogen. Sie haben eine Tochter, die aber schon 1948 geheiratet hat und aus dem Elternhaus ausgezogen ist.«

»Leben die Eltern noch?«

»Nein.«

»Die Tochter?«

»Ja.«

»Weißt du, wen sie geheiratet hat und wo sie lebt?«

»Ja. Du kennst todsicher ihren Namen.«

Als Tristan die Antwort hörte, schlug er sich mit der flachen Hand vor die Stirn. Natürlich. Es war vollkommen logisch. Er hätte nur eins und eins zusammenzählen müssen. Warum war er nicht selbst darauf gekommen?

In diesem Moment kamen Hartmann und Claudia ins Büro. Beide trugen einen Stapel Fotokopien. Hartmann sagte etwas zu ihr, das Tristan nicht verstand. Claudia lachte auf, sehr laut, legte die Kopien auf die Arbeitsfläche neben der Kaffeemaschine und ging zu Tristan, der inzwischen aufgelegt hatte.

»He«, sagte sie, »ist was? Du bist so blaß.«

Weil Hartmann gerade das Zimmer wieder verlassen hatte, erzählte er von seinem Besuch im Archiv vom Vortag, der Fahrt mit Sascha in die Siedlung und von dem Anruf des Archivars fünf Minuten zuvor.

»Wow«, sagte sie und richtete die ausgestreckten Zeigefinger direkt auf sein Gesicht – eine Geste, die sie offenbar von Hartmann übernommen hatte. »Ich habe es von Anfang an geahnt. Die Frau weiß viel mehr, als sie uns erzählt hat. Und ich schwöre dir, sie steckt mittendrin

in dem Fall, auch wenn du das nicht wahrhaben wolltest.«

Tristan wich ihrem Blick und den beiden Zeigefingern aus.

»Wir werden uns die schöne Villa noch einmal von innen anschauen«, sagte er leise.

11

»Wir müssen uns noch einmal über die letzten Kriegsjahre unterhalten.«

Sie saßen im selben Zimmer, auf denselben Plätzen wie beim ersten Besuch. Tristan hatte das Gefühl, sogar die Luft wäre dieselbe, so schwer fiel ihm das Atmen in der Umklammerung der dunklen Möbel, der ledergebundenen Bücher und Folianten, die die Zeit festhielten.

Frau Schorrberg hatte ihnen selbst geöffnet. Nach der Beerdigung ihres Mannes hatte sie das Hauspersonal in Urlaub geschickt. Sie hatte die Schritte, die Geräusche, die Geschäftigkeit nicht mehr ertragen – auch wenn sie sich nicht darüber im klaren gewesen war, wie sehr sie auch die Stille belasten würde, die die Räume in dieser riesigen

Villa zu vergrößern schien und ein bedrückendes Gefühl der Verlassenheit auslöste.

»Wir meinen konkret über Ihr Elternhaus in der Siedlung«, ergänzte Claudia Poschmann.

»Ja, bitte«, sagte Dorothea Schorrberg.

»Sie erklärten uns in unserem ersten Gespräch, daß Hasso Schorrberg gelegentlich vorbeikam, um Ihnen ein neues Kapitel seiner Dissertation zu bringen«, sagte Tristan. »Aber er war nicht der einzige Besucher in den letzten beiden Kriegsjahren, nicht wahr?«

»Ich verstehe nicht, worauf Sie hinauswollen«, entgegnete Frau Schorrberg. Sie schaute Tristan direkt in die Augen, mit einem Blick, der vielleicht nicht unbedingt Distanz schuf, aber die Distanz zu ihrem Gegenüber maß. Ihre Stimme richtete einen Verteidigungswall auf.

»Es gab einen französischen Kriegsgefangenen namens Léon Carré, der laut amtlichem Melderegister die Erlaubnis hatte, im Haus Ihrer Eltern zu übernachten.«

Er hatte sie beobachtet und gesehen, wie sie bei der Erwähnung des Namens leicht zuckte, sich ihre Augen zu verdunkeln schienen.

»Ich darf Sie korrigieren«, sagte sie und machte eine kleine Pause, um die Selbstkontrolle zurückzuerlangen. »Léon war kein Kriegsgefangener. Er hatte sich freiwillig gemeldet, offiziell zumindest. Sein Bruder war im Kampf schwer verletzt worden und lebte in deutscher Kriegsgefangenschaft. Léon hatte keine Arbeit in Frankreich, sein Vater lebte nicht mehr. Die Wehrmacht versprach, seinen Bruder nach einem Jahr freizulassen und der Mutter eine staatliche Unterstützung zu gewähren, wenn er einen Arbeitsvertrag für zwei Jahre in Deutschland unterschrieb. Léon sprach gut deutsch, außerdem war er ein qualifizierter Feinmechaniker. Seine Mutter hatte nicht genug Geld, ihn studieren zu lassen. Léon war technisch sehr begabt, er sah eine Maschine nur an und wußte, wie sie funktionierte.«

»Aber in Ihrem Elternhaus standen keine Maschinen, oder?« fragte Claudia Poschmann mit provozierendem Unterton.

»Mein Vater war Betriebsleiter bei den Deutschen Edelstahlwerken«, erklärte Dorothea Schorrberg und wandte sich demonstrativ Tristan zu. »Léon fiel ihm durch seine Disziplin und sein tadelloses Verhalten auf. Mein Vater hat ihn sogar – gegen politische Widerstände – zum Vorarbeiter befördert. Er vertraute ihm. Zu unserem Haus in der Siedlung gehörte ein großer Nutzgarten. Mein Vater mußte sehr viele Überstunden machen, meiner Mutter ging es gesundheitlich nicht sehr gut in diesen Jahren. Sie war zweimal schwanger, verlor aber die Kinder im sechsten Monat. Ich machte damals meine Ausbildung. Léon hat deshalb bei uns im Garten gearbeitet, je nach seinen Schichten vormittags oder nachmittags und auch an den Wochenenden. Das war übrigens etwas völlig Normales damals in der Siedlung. Die Fremdarbeiter, ganz gleich, ob es sich um Freiwillige oder Kriegsgefangene handelte, waren dankbar für zusätzliches Gemüse, Obst und Kartoffeln. Als Léon sich bei uns so tadellos verhielt wie im Stahlwerk, hat mein Vater ihn ganz offiziell von der Übernachtungspflicht in den Baracken befreien lassen. Léons Ausweis erhielt einen entsprechenden Vermerk, zu seinem eigenen Schutz.«

»Wie ist das zu verstehen?«

»Die Industrieanlagen, in erster Linie natürlich die Stahlindustrie, gehörten zu den wichtigsten Zielen der alliierten Bombenangriffe. Weil die Arbeiterbaracken auf dem Gelände lagen oder in unmittelbarer Nähe, wurden viele

Fremdarbeiter gegen Ende des Krieges obdachlos. Alle hatten sie davor eine panische Angst, weil sie nicht in die Luftschutzbunker durften; die waren der deutschen Bevölkerung vorbehalten. Es herrschten chaotische Zustände. Wo sollten die Fremdarbeiter übernachten, wenn ihre Unterkünfte und ihre Fabriken zerbombt waren? Wer gab ihnen etwas zu essen? Keiner kümmerte sich um sie. Manche versuchten, auf eigene Faust in ihre Heimat zurückzukehren. Andere suchten Schutz in ausgebombten Häusern, bettelten auf den Straßen oder stahlen, um nicht zu verhungern. Léon sollte nicht für einen Plünderer gehalten werden, wenn ihn zufällig die Polizei oder eine Bürgerwehr in der Siedlung aufgriff.«

Zwei Krähen flogen meckernd am Fenster vorbei, inspizierten mit ihren Schnäbeln das Feld und ließen sich schließlich auf einem kahlen Baum hinter dem Haus nieder. Es war später Nachmittag, Nebel lag über dem Feld. Tristan hatte den Eindruck, daß diese Vögel Jahr für Jahr fetter und aggressiver wurden. Träge fielen die beiden Vögel von dem Baum, öffneten kurz die Flügel und ließen sich auf dem Feld nieder. Sie waren ihm immer etwas unheimlich gewesen, böse und zänkisch, Überbringer schlechter Nachrichten, in ihren Schnäbeln trugen sie die Botschaft naher Katastrophen. Tristan haßte sie; er haßte sie, weil er sich in diesen Minuten wie einer von ihnen fühlte.

»Hat Herr Carré sich jemals politisch geäußert? Man kann wohl davon ausgehen, daß er nicht mit dem Nationalsozialismus sympathisierte. Aber hat Léon Carré jemals Rachegedanken und Genugtuung über die sich abzeichnende militärische Niederlage Deutschlands formuliert?«

»Niemals. Die Themen Politik und Krieg waren tabu.«

»Kann man sagen, daß Sie mit Herrn Carré befreundet waren?«

Sie drehte sich um und sah eine offene Metalldose mit Zigaretten auf dem Sekretär. Sie stand auf und zündete sich eine an. Mehrmals inhalierte sie tief, bevor sie antwortete.

»Er hat mit meinem Vater im Garten gearbeitet, mit meiner Mutter Marmelade eingekocht, mit uns am selben Tisch gegessen und in unserem Gästezimmer unter dem Dach geschlafen. Also kann man sagen, daß meine Familie mit ihm befreundet war.«

»Ich meinte weniger Ihre Familie als Sie selbst, Frau Schorrberg. Befreundet also … über den Krieg hinaus?«

»Nein, im Februar 45 war er plötzlich verschwunden. Keiner wußte, wohin und warum. Der Krieg war verloren, das war jedem klar, aber die meisten Fremdarbeiter warteten auf das Einrücken der Alliierten. Vielleicht hatte Léon Angst vor Racheakten der Nazis oder davor, praktisch in letzter Minute deportiert zu werden. Vermutlich ist er mit einigen Landsleuten geflohen und wollte uns bewußt nicht zu Mitwissern machen. Aber das alles ist reine Spekulation, denn wir haben nie mehr wieder etwas von ihm gehört.«

»Ihr verstorbener Mann muß Herrn Carré doch kennengelernt haben. Wie war das Verhältnis der beiden zueinander?« fragte Claudia Poschmann.

Dorothea Schorrberg drückte die Zigarette aus und rieb sich die Augen. Sie sprach langsam und mit spürbarem Widerwillen.

»Freundlich, aber distanziert. Mein Mann war kein überzeugter Nazi und hat mit Léon stets ein paar Sätze gewechselt. Aber Léon blieb verständlicherweise sehr zurückhaltend. Die Begegnungen waren viel zu kurz und zu flüchtig, als daß zwischen ihnen eine Vertrauensbasis hätte entstehen können. So blieb Hasso, aus Léons Sicht, ein Jurist im nationalsozialistischen Deutschland. Eine einzige falsche Bemerkung hätte fatale Folgen haben können.«

»Wie haben Sie eigentlich in dieser Phase Ihren zukünftigen Mann wahrgenommen?« fragte Tristan.

»Oh«, sagte Dorothea Schorrberg, und zu Tristans Überraschung lächelte sie und sprach dann viel flüssiger, als wäre sie erleichtert, nicht länger über Léon Carré reden zu müssen: »Ich war ein Lehrmädchen von siebzehn, achtzehn Jahren. Vollkommen unerfahren, obwohl …« – sie lächelte wieder – »ich gewissen Reaktionen und Bemerkungen meiner Arbeitskollegen entnehmen durfte, kein Aschenputtel zu sein. Hasso hat mir natürlich imponiert. Er entsprach dem Männlichkeitsideal seiner Zeit, war sehr zielstrebig und willensstark. Wenn er einen Raum nur betrat, spürte man sofort seine Persönlichkeit. Man merkte instinktiv, daß er im Leben etwas erreichen wollte und es auch erreichen würde.«

»Kann es nicht sein, daß Sie Ihren späteren Mann deshalb eher distanziert und neutral wahrnahmen, weil Ihr Augenmerk auf Léon Carré gerichtet war?«

Ein Ruck ging durch Dorothea Schorrbergs Körper. Sie musterte Tristan mit einem Blick, den sie bis zu diesem Zeitpunkt für seine Assistentin reserviert hatte. Zorn färbte ihre Stimme, als sie schließlich sagte: »Wollen Sie mir bitte endlich verraten, worauf Sie eigentlich hinauswollen?«

Tristan Lage schaute zu seiner Assistentin, als wolle er sich ihres Einverständnisses versichern.

»Es existiert eine anonymes Schriftstück«, eröffnete er dann und beugte sich leicht vor in ihre Richtung, »das Ihren verstorbenen Mann beschuldigt, Léon Carré im Februar 1945 bei der Gestapo denunziert zu haben.«

Mehrere Sekunden geschah nichts, als schwebte dieser Satz einfach in der Luft, ohne seine Adressatin zu erreichen. Dann zuckte Dorothea Schorrberg ganz kurz mit dem Kopf, unmerklich beinahe, als wollte sie eine Fliege vertreiben. Eine Sekunde später schrie sie auf. Es war ein hoher, jäher Schrei, der gequält und wild klang. Im selben Moment sprang sie auf, machte eine abwehrende Handbewegung, als wollte sie verhindern, daß der Kommissar oder seine Assistentin ihr helfen oder sie auch nur berühren könnten, stürzte aus dem Zimmer und warf die Tür hinter sich zu.

Tristan verharrte in seinem Sessel, ohne seine Kollegin anzuschauen. Schließlich stand er auf und ging zum Fenster. Der Nebel hatte zugenommen, eine dichte Hülle über dem Feld. Am Horizont stachen die höchsten Äste daraus hervor wie die Fingerknochen eines Skeletts. Die Krähen waren verschwunden oder im Nebel untergetaucht. Tristan spürte, wie eine Kälte, die vorher nicht da war, langsam in seinen Körper kroch. Dieses Haus erschein ihm in diesen Minuten wie eine Kathedrale, ein Gebäude, das zu hoch, zu groß und zu beladen ist mit seiner eigenen langen Geschichte, als daß es von einem älteren Ehepaar bewohnt und mit Leben gefüllt werden könnte. Wie konnte man sich anders als ein vorübergehender Gast fühlen innerhalb dieser Wände? Wie konnte man in dem Bewußtsein hier leben, daß dieses Haus niemals den eigenen vertrauten Geruch annehmen würde, daß die Geschichte seiner Erbauer immer bedeutender sein würde als die späterer Bewohner?

Tristan wußte nicht, wie lange er vor dem Fenster gestanden hatte, als die Tür wieder geöffnet wurde. Im Flur brannte kein Licht. Tristan sah die Umrisse eines Menschen, meinte jedoch im ersten Augenblick, ein Gespenst zu sehen. Dorothea Schorrberg, die einen schwarzen Rock und einen grauen Pullover trug, hob sich kaum von der Dunkelheit ab. Die zweireihige Perlenkette schien in der Luft zu schweben. Dorothea Schorrbergs Stimme klang flach und tonlos.

»Ich bitte Sie in aller Form, mein Haus zu verlassen. Ich sehe mich nicht mehr in der Lage, unser Gespräch fortzusetzen.«

12

Ein Traktor mit Anhänger, der mit Tannenbäumen beladen war, schlich über die Moerser Straße. Die abgesägten Stümpfe zitterten. Ein Exemplar aus dieser Ladung würde vielleicht seine Mutter kaufen, dachte Tristan. Als Kind hatte er mit seinem Vater den Baum schmücken dürfen. Tristan hatte das Glitzerzeug, das Lametta und die Leuchtkugeln nie gemocht. Nur die kleinen bemalten Holzfiguren. Auch wenn sie schon Gliedmaßen oder sogar den Kopf verloren hatten, der Lack an einigen Stellen abgesplittert war, wollte er sie unbedingt dabeihaben und nicht gegen neue eintauschen. Sein Vater hatte das »blöde Versehrtenheim« als ästhetische Wertminderung betrachtet. Mit der brennenden Zigarre zwischen den Lippen war er schließlich auf die Haushaltsleiter gestiegen und hatte als Schluß- und Höhepunkt die Spitze auf die Baumkrone gesetzt.

»Mußt du jetzt weg?« fragte Tristan. »Ich meine ...«

»Hartmann hat mich in seinen Fitneßclub eingeladen. Vor den Freßorgien an den Feiertagen tut mir ein bißchen Bewegung gut. Er wartet sicher schon im Büro.«

Das Schwimmbad ist ihr wohl inzwischen zu langweilig, dachte Tristan und sagte: »Ich meinte es nicht im privaten Sinne. Ich wollte noch zu einem weiteren Termin.«

»Brauchst du mich da wirklich?« fragte Claudia leicht gereizt.

Tristan schüttelte den Kopf. »Geh ruhig. Es ist nur ein Hintergrundgespräch, das ich führen möchte. Ich berichte dir dann morgen.«

Er hielt mit laufendem Motor vor dem Polizeipräsidium und fuhr, nachdem Claudia ausgestiegen war, auf dem Nordwall zurück bis zur Kreuzung Rheinstraße.

Größer kann ein Kontrast kaum sein als zwischen Schorrbergs Villa und dieser Form von menschlicher Käfighaltung, dachte Tristan und parkte den Wagen am Straßenrand. Sein Blick tastete über die erleuchteten Fenster des Hochhauses am Bleichpfad. Es war ihm ein Rätsel, warum die Krefelder diesem in den Himmel ragenden architektonischen Schrecknis den eher kuscheligen Spitznamen Mississippidampfer verliehen hatten.

Es löste ein Gefühl von Einsamkeit in ihm aus; man konnte allein sein wie ein Bauer auf einer Almhütte, aber das Gefühl tödlicher Einsamkeit stellte sich bei ihm nur in Verbindung mit einer großen Anzahl von Menschen ein. Tristan schloß den obersten Knopf seines Mantels, als er die Stufen zum Haupteingang hinaufstieg.

Er mußte dreimal klingeln, bis eine unsichere Frauenstimme im Lautsprecher zu hören war.

»Ja, bitte? Wer ist dort?«

»Tristan Lage von der Kriminalpolizei. Verzeihen Sie die Störung. Wir haben uns vorgestern im Präsidium gesehen. Ich würde mich gern noch ein wenig mit Ihnen unterhalten.«

Er hörte, wie sie atmete.

»Jetzt? Bei mir in der Wohnung? Hören Sie, ich komme gern ...«

»Es dauert nicht lange. Es sind nur ein, zwei Fragen.«

»Aber heute abend ... ich weiß nicht. Ich fühle mich nicht besonders.«

»Nur eine Minute bitte.«

»Wenn es unbedingt sein muß. Ich wohne im zweiundzwanzigsten Stock. Wenn Sie aus dem Auszug steigen, nach links und dann wieder nach links.«

Ihre Wohnung lag in der Mitte des Flurs, knapp sechzig Meter über dem Erdboden. Tristan, der unter Höhenangst litt, vermied einen Blick nach draußen; er fixierte die Spitze eines imaginären Blindenstocks vor sich.

Vor der Wohnungstür hörte er leise Schritte, Pantoffelschritte, dann spürte er einen Blick in den Spion, bevor die Sicherheitskette aus der Arretierung gelöst wurde.

»Stören Sie sich bitte nicht an der Unordnung, Herr Lage. Es ist mir sehr unangenehm. Sie dürfen nicht glauben, daß es bei mir immer so aussieht.«

Reinhild Schröter hängte Tristans Mantel an die Garderobe im Flur. Sie trug einen dunkelgrauen Bademantel. Sobald sie ihre Hände wieder frei hatte, zog sie den Gürtel enger und kontrollierte, ob das Kleidungsstück am Hals wirklich geschlossen war. Sie war nicht geschminkt, und ihre Haare waren nicht frisiert, sie fielen in Strähnen über ihre Schultern. Im Büro von Dr. Zoll war sie Tristan nicht unattraktiv erschienen, streng und diszipliniert wie eine Mathematiklehrerin, aber nicht unsinnlich oder verklemmt. Nun sah er einen Menschen, der um seinen inneren Halt gebracht schien.

Als Tristan hinter ihr ins Wohnzimmer ging, warf er einen Blick in die kleine Küche, deren Tür offenstand. Auf der Spüle stapelten sich mehrere Teller und Töpfe. Auf dem Linoleum vor der Heizung standen zwei Näpfe für Tierfutter.

Im Wohnzimmer wies Reinhild Schröter auf einen breiten dunkelbraunen Ledersessel. Tristan war erleichtert, daß er nicht aus dem Fenster schauen mußte. Er blickte auf ein großes Gemälde, das einen Wald in düsterer, nebelverhangener Stimmung im Stile Caspar David Friedrichs zeigte.

»Darf ich Ihnen etwas zu trinken anbieten, Herr Lage?«

Tristan schüttelte den Kopf. »Ich möchte Sie nicht länger stören als nötig. Ich hoffe, von Ihnen Näheres über das Verhältnis von Herrn Schorrberg zu Herrn Frotscheck zu erfahren.«

»Warum gerade von mir, Herr Lage?«

»Ich hatte bei unserem ersten Treffen den Eindruck, daß Sie Herrn Dr. Schorrberg nicht nur sehr lange kannten, sondern daß zwischen Ihnen auch ein Vertrauensverhältnis bestand.«

»Herr Dr. Schorrberg hat sich in jeder Sekunde auf meine Loyalität verlassen können. Aber das heißt nicht, daß er alles mit mir – oder überhaupt mit jemandem – besprochen hätte. Er hat nicht diesen Stil gepflegt, der mittlerweile in der Politik um sich greift, jede noch so unfertige Idee einem Journalisten zu stecken, damit sie ihren Rundgang durch die Medien antritt und eine öffentliche

Diskussion erzeugt, deren Meinungsbild dann wiederum für das tatsächliche Vorhaben genutzt wird.«

»Wulf Frotscheck als seinen Nachfolger aufzubauen wurde Dr. Schorrberg von der Mehrheit seiner Partei verübelt. Keiner scheint den Oberstadtdirektor zu mögen.«

»Sympathie war für Dr. Schorrberg kein Entscheidungskriterium. Es ging ihm ausschließlich um die Kompetenz.«

»Wie schätzen Sie selbst Herrn Frotscheck ein?«

»Ein klassischer Vertreter der McKinsey-Generation. Alle Examen in Rekordzeit und alle mit Auszeichnung. Skrupellos in dem, was er will, aber mit den besten Umgangsformen. Er glaubt sich allein aufgrund seines Intellekts legitimiert, die Welt zu beherrschen. Daß das Leben selbst irgendeine Legitimation verleihen könnte, kommt diesen Leuten nicht in den Sinn. Woher denn auch? Sie haben ja nichts in den Händen außer ihren Zertifikaten und ihren Auslandssemestern in Harvard oder in Zürich.«

»Bedeutete Dr. Schorrbergs Entscheidung zur erneuten Kandidatur den endgültigen Bruch zwischen den beiden?«

»Frotscheck hat Dr. Schorrbergs Macht nur ertragen, weil sie die Brücke war zu seiner eigenen. Als Dr. Schorrberg ihn von dieser Brücke stieß, indem er beschloß, noch einmal zu kandidieren, war Frotscheck völlig außer sich. In seiner Lebensplanung kommen Niederlagen nicht vor. Im Mittelalter hätte Frotscheck seinem politischen Ziehvater Gift ins Essen gemischt.«

Erst jetzt fiel Tristan auf, wie dunkel es in diesem Wohnzimmer war. Die Deckenbeleuchtung spendete nur spärliches Licht.

Tristan konnte nicht in Reinhild Schröters Gesicht lesen, und vermutlich wollte sie das auch nicht. Dürr und blaß saß sie ihm genau gegenüber, ein Bein über das andere geschlagen. Ein weißer Streifen ihres dünnen Unterschenkels wurde sichtbar.

»Dürfte ich kurz Ihr Bad benutzen?«

»Im Flur die erste Tür links. Bitte nehmen Sie das Gästehandtuch links vom Waschbecken.«

Tristan nickte und stand auf. Leise ging er an der bezeichneten Tür vorbei und öffnete vorsichtig die nächste; sie mußte ins Schlafzimmer führen. Er sah ein Doppelbett, dessen eine Seite unberührt aussah, wie frisch bezogen. Die andere war zerwühlt, eine Packung Taschentücher lag auf dem Nachttisch. Daneben eine silbern glänzende Tanne, vielleicht zwanzig Zentimeter hoch, auf einem schmalen runden Sockel.

Tristan ging ins Bad, betätigte die WC-Spülung und wusch sich die Hände. Als er ins Wohnzimmer zurückkam, saß Frau Schröter in unveränderter Position.

»Frau Schröter«, sagte Tristan langsam, nachdem er sich wieder im Ledersessel niedergelassen hatte, »ich bin nicht nur gekommen, um Sie nach Ihrer Meinung über Herrn Frotscheck zu befragen. Dazu hätte ich Sie auch in Ihrem Büro aufsuchen können.«

»Und welche Frage hat Sie hierher geführt, Herr Lage?«

»Wie lange Sie die Geliebte von Hasso Schorrberg waren.«

Selbst wenn es hellichter Tag gewesen wäre – Reinhild Schröter tat Tristan nicht den Gefallen, irgendeine Reaktion zu zeigen. Sie bewegte sich nicht, atmete nicht einmal heftiger. Lediglich ihre Stimme war noch flacher und tonloser.

»Wie kommen Sie … ich meine, in den ganzen Jahren gab es nie ein Gerücht.«

»In dem Waldstück, wenige Meter neben dem Wagen Dr. Schorrbergs, lag ein Anhänger auf dem Boden.«

»Ich verstehe. Hasso liebte Bäume. Er wußte alles über sie. Die Tanne war sein Lieblingsbaum.«

»Trafen Sie sich regelmäßig in dem Waldstück?«

»Er kam hierhin, wenn er mich wollte. Ich fuhr nur dann in den Wald, wenn ich allzu große Sehnsucht nach ihm hatte.«

»Wie am 13. Dezember?«

Sie schüttelte den Kopf. »Ich muß den Anhänger – wenn Sie darauf anspielen – bereits vorher verloren haben. Ich wäre sicher zu ihm gefahren, Hasso war sehr aufgewühlt in diesen Tagen. Aber ich wußte natürlich von dem Abendessen mit Frotscheck und mußte davon ausgehen, daß Frotscheck danach möglicherweise noch in die Niepkuhlen mitfuhr, um mit Hasso ungestört zu reden oder besser: zu streiten. Bäume haben bekanntlich keine Ohren.«

»Bitte?« Tristans Oberkörper spannte sich. Hatte Wulf Frotscheck nicht behauptet, niemals Hasso Schorrberg auf seinen Spaziergängen begleitet zu haben? »Habe ich Sie dahingehend richtig verstanden, Frau Schröter, daß Dr. Schorrberg sich manchmal gemeinsam mit dem Oberstadtdirektor dort aufhielt?«

»Selten. Wenn es um sehr wichtige Angelegenheiten ging, um Personalfragen beispielsweise. Hasso hatte natürlich kein Interesse daran, unseren Treffpunkt zu einer Art politischem Stammtisch zu machen. Warum interessiert sie das so, Herr Lage?«

Tristan machte eine abwehrende Handbewegung. »Reine Routine. Kehren wir zu Ihnen und Dr. Schorrberg zurück. Hat Dorothea Schorrberg nie etwas von Ihrer Liebesbeziehung geahnt?«

»Nein. Allerdings hat Hasso nur am Anfang unserer Beziehung über sie gesprochen. Sie führten keine schlechte Ehe, das sicher nicht. Ich hatte aber den Eindruck, daß er sich von seiner Frau nicht wirklich geliebt fühlte. Hasso hatte wohl zeitlebens das Gefühl, daß sie ihm etwas vorenthielt oder ihm einfach nicht geben konnte. Er war ein absoluter Mensch.« Sie machte eine kleine Pause und lächelte wieder, wie sie es vor wenigen Minuten getan hatte. »Und ich war absolut für ihn da, in jeder Facette dieses Wortes.«

»Hat er nie davon gesprochen, seine Frau zu verlassen? Vielleicht nach seiner politischen Karriere?«

Sie schloß die Augen und schüttelte stumm den Kopf.

»Warum wollte Hasso Schorrberg noch einmal kandidieren? Was hat ihn dazu bewogen, dieses aufreibende Leben noch einmal für eine Wahlperiode fortzusetzen? Er muß doch gewußt haben, daß er sich Wulf Frotscheck mit seiner Entscheidung zum Todfeind machte.«

Reinhild Schröter zuckte mit den Schultern. Ein Lächeln huschte über ihr Gesicht, aber es war ein bitteres, verzweifeltes Lächeln.

»Seltsamerweise«, sagte sie schließlich leise und wie zu sich selbst, »hat mich seine Entscheidung nicht überrascht, als er sie mir mitteilte. Das heißt, im Augenblick der Mitteilung war sie für mich überraschend, aber dann wurde mir bewußt, daß für einen Menschen wie Hasso der Rückzug aus der Politik die wirkliche Überraschung gewesen wäre. Schließlich hatte er alles, mich eingeschlossen, zu den Bedingungen, die er wollte. Ein Rücktritt hätte die Dinge aus dem Lot gebracht. Unterhalb dieser realen, greifbaren Ebene spürte ich bei Hasso eine sehr tiefe Angst vor dem Machtverlust und wohl auch vor dem Tod. Menschen wie er erleben den Verlust der Macht wohl physisch wie eine schwere Krankheit. Es mag sich absurd anhören, aber ich glaube, Hasso hatte das Gefühl, daß er, solange er Macht hatte, vor dem Tod gefeit war.«

Tristan fühlte die Trockenheit seines Mundes, wollte aber das Gespräch an diesem Punkt nicht unterbrechen, um seine Gastgeberin um ein Glas Wasser zu bitten.

»Wie haben Sie selbst seine Entscheidung aufgenommen?« fragte er. »Hatten Sie nicht gehofft, nach seiner Pensionierung mehr Zeit mit ihm verbringen zu können?«

»Er hatte es mir versprochen, ja. Aber, verzeihen Sie, hat das jetzt noch irgendeine Bedeutung?«

Tristan schwieg. Sein Blick schweifte durch das Wohnzimmer, das in einer bedrückend unpersönlichen Weise dem deutschen Standard entsprach: eine dunkelbraune, hohe Schrankwand mit einem Fernseher in der Mitte, ein Sideboard, eine Sitzgarnitur aus Leder. Was führte diese Frau für ein trauriges Leben, dachte er. Und war nicht irgendwann die Geduld jeder Frau erschöpft? Hatte sie es nicht ertragen, noch länger warten zu müssen?

»Ich frage mich, warum Sie mit den Drohbriefen ins Präsidium gekommen sind, Frau Schröter«, fragte Tristan. »Auch wenn darin keine direkte Verbindung zu Ihnen erwähnt wird, so mußten Sie doch damit rechnen, daß im Zuge der Nachforschungen Ihre Beziehung zu Dr. Schorrberg entdeckt werden könnte.«

»Ich brauche jetzt doch etwas zu trinken«, entgegnete sie und ging in die Küche. Er hörte, wie eine Flasche entkorkt wurde. Dann kehrte sie zurück mit einem Glas Rotwein für sich und einem Wasserglas, das bis zum Rand gefüllt war. Sie trank den Wein in mehreren tiefen Schlukken, als wäre es Fruchtsaft.

»Ich hatte Ihnen ja erzählt, daß es meine Kollegin war, die die Briefe gefunden hat. Sie ist sehr neugierig und hat mich mehrfach gefragt, was die Polizei gesagt habe. Da mußte ich mich wohl oder übel auf den Weg zu Ihnen machen.«

»Kann ich daraus schließen, daß Sie nicht gekommen wären, wenn nur Sie die Briefe gesehen hätten.«

Sie drehte das Glas in den Händen.

»Ich weiß nicht, was es mit diesen Briefen auf sich hat. Was auch immer geschehen ist vor fast vierzig Jahren, es ist nun einmal geschehen. Hasso ist tot, und gibt es nicht ein Recht auf Ruhe nach dem Tod? Warum sollte man noch in der Vergangenheit herumschnüffeln? Und warum, Herr Lage, hätte ich mich aus freien Stücken dieser Pein aussetzen sollen, mit Ihnen über Hasso reden zu müssen?«

»Frau Schröter«, setzte Tristan noch einmal an, »bleiben Sie bei Ihrer Aussage, daß Sie am Abend des 13. Dezember nicht zu Herrn Schorrberg in die Niepkuhlen gefahren sind?«

Sie zögerte, als wollte sie ihre Antwort noch einmal überdenken. »Ich wünschte, ich wäre es«, sagte sie leise. »Vermutlich hätte ich seinen Tod nicht verhindern können, aber das Wissen, daß er allein gestorben ist, belastet mich sehr. Später werde ich vielleicht Trost bei dem Gedanken empfinden, daß er an dem Ort gestorben ist, wo wir uns nahe waren.«

»Heißt das, Sie waren hier zu Hause und allein?«

Reinhild Schröter antwortete nicht. Sie schaute Tristan direkt in die Augen, und ihr müder, unendlich müder Blick gab Tristan zu verstehen, daß sie an jenem Abend, an dem Dr. Schorrberg starb, allein in ihrer Wohnung war und daß jener Abend so war wie die meisten Abende in ihrer Vergangenheit und wie alle in ihrer Zukunft sein würden.

13

Der Plastikgriff schnitt in die Haut. Tristan wechselte die Hand, trug den Koffer zwei, drei Querstraßen lang mit links und wechselte wieder. Das Musikgeschäft war am Ende der Hochstraße; er wollte sein Saxophon in den Weihnachtsferien der Musikschule überholen lassen. Einige Polster mußten ausgewechselt werden, sie schlossen nicht mehr ganz dicht, und das beeinträchtigte den Klang. Anfang Januar wollte er sich bei der Bigband der Musikschule vorstellen. Er fühlte sich noch nicht reif für ein kleineres Ensemble, wo er auch hätte improvisieren müssen. Aber neben einem Dutzend weiterer Saxophonisten, Trompeter, Posaunisten und Klarinettisten zu stehen und unisono einen leichten Chorsatz zu blasen, das müßte klappen, das war wie ein Sprung vom Einmeterbrett.

Der Instrumentenkoffer stieß eine Fußgängerin vor ihm wie eine Lanze in den verlängerten Rücken. Sie drehte sich um, fuchsteufelswild, weil sie offenbar eine dreiste Männerhand und keinen Saxophonkoffer erwartete hatte. Tristan entschuldigte sich, aber sie fixierte ihn, wortlos, mit mißtrauischem Blick, als halte sie diese Erklärung nur für die Variante einer plumpen Anmache.

Er stellte sich an ein beliebiges Schaufenster der Fußgängerzone, um der Frau einen gewissen Vorsprung zu geben, und blickte erschreckt auf Fotografien körperlicher Verstümmelungen. Oberarme, Rückenpartien, die Zone um den Bauchnabel – offenbar grün und blau geschlagen. Was war das, ein Büro von Amnesty International? Er trat einen Schritt zurück, las die auf die Scheibe gemalte Branchenbezeichnung und schaute nun genauer hin: Natürlich, es handelte sich um Tätowierungen, eine Auswahl der Verbrechen, die Nadeln und Farben an der menschlichen Haut verüben können.

Das kleine Ladenlokal war dunkel, fast düster. Tristan trat wieder näher an die Scheibe. Ein jüngerer Mann mit hüftlangen, zu einem Zopf gebunden Haaren und einem ärmellosen, tief ausgeschnittenen Unterhemd, das den Kosmos seiner tätowierten Schlangen, Tiger und Schwerter dem Blick freigab, saß an einem schmalen Tisch und blätterte in einem Ordner, in Gegenwart einer Kundin, die ihm gegenübersaß, mit dem Rücken zur Fußgängerzone. Die Frau war – Claudia Poschmann. Tristan zweifelte keine Sekunde: ihre weißblonden Haare, der Ledermantel, der über dem Stuhl hing, ihre kräftigen Schultern, die er – ob er wollte oder nicht – sehr erotisch fand.

Tristan war nur im ersten Moment perplex. In den vergangenen Tagen war ihm Claudia sehr flatterig erschienen. Ihre Augenlider zuckten mitunter, die Pupillen waren stark erweitert, und Tristan fragte sich, ob sie sich bei ihren durchtanzten Techno-Nächten vielleicht mit Drogen wachhielt. Sie wich ihm, Tristan, aus, verbiß sich in die Brandstiftungsserie, verbrachte also viel Zeit mit Hartmann und kopierte dessen Gesten und Sprachmarotten, begann wie er jeden dritten Satz mit »Logo«.

Tristan setzte mit schmerzenden Fingern seinen Weg fort. Ich unterschätze, wie jung sie ist, in welcher fast brutalen Weise neugierig, dachte er. Wie jung war er selbst? Er wußte zumindest immer deutlicher, auf welche Erfahrungen er verzichten konnte.

In dem Musikgeschäft auf der rechten Seite, wenige Schritte vor dem Südwall, stauten sich die Kunden, in der Mehrzahl Mütter mit oder ohne Kind, die eine Blockflöte, eine Gitarre oder Klaviernoten kaufen wollten. Tristan hatte extra die Mittagszeit gewählt, um dem Trubel zu entgehen. Falsch kalkuliert, nun mußte er über zehn Minuten warten, bis er sein Saxophon übergeben konnte.

Auf dem Rückweg mied er die Fußgängerzone. Er wollte Claudia nicht begegnen – er fühlte sich, als hätte er sie in einer zu privaten, geradezu intimen Situation überrascht. Er ging den Südwall hinauf und bog links in die Petersstraße. Trübe Erinnerungen krochen in ihm hoch: Vor einem Jahr hatten Beate und er sich getrennt, genauer gesagt am Vormittag des 24. Dezember. Sie hatten sich gestritten, nicht einmal über ein auf den ersten Blick wichtiges Thema, keines, das es wert gewesen wäre, die Feiertagsstimmung aufs Spiel zu setzen. Aber keiner von ihnen wollte einlenken, zäh und pedantisch hatte jeder auf seinem Standpunkt beharrt und zugelassen, daß der Streit sich durchfraß bis zu den Grundfesten ihrer Beziehung. Beate war weggefahren, gleichsam zwischen zwei Sätzen, und seitdem hatte es keinen Kontakt, keinen Brief, kein

Telefonat gegeben, und das hatte es ihm – das mußte er sich in diesen Tagen eingestehen – noch viel schwerer gemacht, die Beziehung endgültig als gescheitert zu betrachten, sie zu verplomben und in den Tiefen seines Unterbewußtseins zu versenken.

Als Tristan um kurz nach zwei sein Büro betrat, lag ein DIN-A4-Umschlag in seinem Postfach. Er kam vom Übersetzungsdienst. Die Kollegen in Hautmont hatten also rasch auf seine Anfrage reagiert.

Als er die letzten Zeilen las, spürte er plötzlich einen Hauch kalter Luft neben sich. Claudia. Sie stand, noch mit ihrem Ledermantel bekleidet, neben ihm. Tristan sah in ihre leuchtend grünen Augen, schaute dann aber irritiert zur Seite. Er dachte an das Tätowierstudio und fühlte sich wieder, als hätte er etwas über sie erfahren, das nicht für ihn bestimmt war.

»Hat Hautmont geantwortet?« Ihre Wangen waren von der Kälte gerötet, und ihr Atem roch leicht nach Nikotin. Sie öffnete den Mantel. Unwillkürlich überlegte Tristan, an welche Tätowierung Claudia gedacht hatte und für welchen Teil ihres Körpers.

»Die Angaben scheinen die Behauptungen der Drohbriefe zu bestätigen. Léon Carré war Fremdarbeiter in Krefeld, er galt seit dem Februar 45 als verschollen und wurde Ende der fünfziger Jahre offiziell für tot erklärt. Seine Mutter starb Anfang der siebziger Jahre, sein Bruder – du erinnerst dich, er war in deutsche Kriegsgefangenschaft geraten und wurde freigelassen, nachdem Léon sich als Zivilarbeiter gemeldet hatte – starb Ende der achtziger Jahre. Aber das wirklich Sensationelle kommt erst noch.«

»Schieß los.«

Tristan beugte sich etwas vor. Er hatte bemerkt, daß Hartmann ihn aufmerksam beobachtete, vermutlich, um ihre körperliche Distanz zueinander abzumessen. Tristan spürte eine gewisse Genugtuung; er nahm einen Bleistift und tippte auf die große Metallspange an Claudias Gürtel. Sie wich nicht zurück.

»Léon hat einen Sohn namens Raymond. Die Mutter ist eine gewisse Catherine Ferrand, sie ist im August dieses Jahres gestorben.«

»Oh. Dann war Léon verheiratet?«

Tristan schüttelte den Kopf.

»Raymond wurde Anfang August 1945 geboren. Das heißt, während eines Heimaturlaubs im Dezember 1944 müssen Léon und Catherine ...«

»*O là là*«, unterbrach sie ihn, hob die Augenbrauen und karikierte den Tonfall eines französischen Chansons: »L'amour, l'amour – isch liebe hier, isch liebe dort, isch liebe überall.«

»Raymond ist übrigens Verkaufsrepräsentant – für das Ausland.«

Sie pfiff leise durch die Zähne.

»Hör zu«, sagte sie, »ich muß wieder zu meiner Brandstiftung. Übermorgen fahre ich nach Dortmund, ich habe mir Urlaub genommen bis Anfang Januar. Sollen wir morgen mittag zusammen essen, ich meine, nur wir beide?«

»Hilfst du mir anschließend, ein Weihnachtsgeschenk für meine Eltern zu finden?« fragte Tristan, ermuntert durch ihren Vorschlag. »Und versuch bitte später noch einmal, Frotschecks Frau zu erreichen. Sie ist vielleicht schon zurück von ihrem Kurztrip. Weihnachten steht schließlich vor der Tür.«

Claudia richtete die Zeigefinger auf ihn – die verhaßte Hartmann-Geste – und ging zum Garderobenständer.

Tristan griff zum Telefon und wählte die Nummer des Stadtarchivs.

»Sascha? Ich muß dich um einen Gefallen bitten. Es könnte leider etwas aufwendig sein.«

»Aufwendig ist eine Dissertation, die nicht richtig vorankommt«, entgegnete er, »bisher waren die Handreichungen für dich in Minutenschnelle erledigt.«

»Werden eure Besucher eigentlich irgendwie erfaßt, ich meine, mit Namen und Adresse?«

»Es gibt ein dickes rotes Buch, in das sich die Besucher eintragen sollen. Das heißt, wir bitten sie um einen Eintrag, erklären ihnen, daß wir das aus rein statistischen Gründen machen, und die meisten kommen der Bitte auch gern nach.«

»Was sollen die Leute eintragen?«

»Name, Adresse, Geburtsdatum und den Grund des Besuchs, also zum Beispiel den Forschungsgegenstand.«

»Aber ihr laßt euch keinen Ausweis zeigen?«

Sascha lachte, und im Gegensatz zu seiner eigentümlich gebrochenen Stimme war sein Lachen laut und guttural.

»Natürlich nicht. Solange ich niemanden beim Stehlen erwische.«

»Hör zu. Kannst du überprüfen, ob ein gewisser Raymond Ferrand bei euch gewesen ist? Es wäre sinnvoll, die Einträge von Anfang Dezember bis zum Jahresbeginn zurückzuverfolgen.«

»Ferrand? F–e–zwei r–a–n–d? Steht das im Zusammenhang mit deinem Fremdarbeiter?«

»Ja. Der Name Ferrand sagt dir aber nichts, oder?«

»Hm. Wenn jemand nach Léon Carré geforscht hätte, hätte ich es sicher nicht vergessen. Die Karte aus dem Einwohnermeldeamt hatte ich definitiv zum ersten Mal in der Hand, als du bei mir warst. Aber ich habe natürlich auch mal Urlaub.«

»Berät Dr. Werner dann die Besucher?«

»Gott bewahre. Werner thront und publiziert. Es gibt noch einen Bibliothekar im Haus, der allerdings seit einem Monat auf einem Lehrgang ist.«

»Würde es sehr lange dauern, das rote Buch durchzublättern?«

»Wenn man das ganze Jahr kontrollieren muß, braucht man ein paar Stunden. Aber morgen kommt eine Hauptschülerin zu mir, im Rahmen eines sogenannten berufsvorbereitenden Praktikums, eine Art Schnupperkurs in der Realität, den die Kids heutzutage hinter sich bringen müssen. Meine Kandidatin ist so stinkfaul und desinteressiert, daß ich sie nur zum Zigarettendrehen einsetzen konnte. Sie wird es machen.«

»Sie soll generell darauf achten, ob jemand aus Hautmont gekommen ist. Vielleicht kam nicht Raymond Ferrand selbst, sondern jemand in seinem Auftrag.«

»Überfordere die Kleine nicht. Sie wird mir jeden Besucher aus Frankreich markieren, so viele geben uns schließlich nicht die Ehre. Morgen nachmittag melde ich mich wieder, Tristan.«

Nach dem Telefonat formulierte Tristan ein zweites Anschreiben an seine Kollegen in Hautmont. Er mußte mehr über Raymond Ferrand wissen. Daß er dienstlich viel im Ausland war, paßte zu den Drohbriefen. Die Grammatik- und Rechtschreibfehler darin schienen Tristan – dessen Schulfranzösisch seit zwei Jahrzehnten in einer Art Wachkoma lag – typisch zu sein für einen Franzosen, der die Sprache seines Nachbarlandes leidlich beherrschte. Wirkte das anonyme Schreiben dadurch nicht authentischer und bedrohlicher?

Warum aber erst jetzt diese Aktion? Hatte Raymond seine Mutter schonen wollen, indem er seinen Akt der Lynchjustiz erst nach ihrem Tod vollzog? Oder hatte er erst nach ihrem Tod zu forschen begonnen und – wie auch immer – die Wahrheit über das Schicksal seines Vaters herausgefunden?

Tristan lehnte sich zurück und schaute hinüber zu Claudia. Sie saß mit dem Rücken zu ihm und blätterte in den Einsatzlisten der Feuerwehrleute; er konnte beobachten, wie sich ihre Schulterblätter im Rhythmus ihres Atems hoben und senkten. Nach einer gewissen Zeit spürte er, daß sich sein eigener Atem verändert, genauer, verlangsamt hatte, um sich ihrem Rhythmus anzupassen, zwei Ruderer in einem Boot. O bitte nicht, dachte er und fühlte sich gleichzeitig schwindelig und ein wenig elend, du wirst dich doch nicht in sie verlieben!

Tristan schloß die Augen und schaute dann hinüber zu Hartmann, der – wie immer mit aufgekrempeltem Holzfällerhemd – an seinem Schreibtisch saß und einen Bericht des Labors studierte. Zwei Tage zuvor hatte sich Hartmann eine Glatze schneiden lassen und gleichzeitig das Rasieren eingestellt. Oben eine Billardkugel, unten eine pechschwarze Fußmatte, aber den Frauen gefiel es offenbar. Allen? Manchen? Einer bestimmten?

Menges' Schreibtisch war verwaist. Der Kollege hatte sich krank schreiben lassen, wie er das seit Jahren in der Woche vor Weihnachten praktizierte. Drei eigene erwachsene Kinder, ein knappes Dutzend Enkel, die Menges' Frau an möglichst allen Weihnachtstagen um den Tisch haben wollte. Da war viel zu besorgen und vorzubereiten, und so kurz vor der Pensionierung …

Tristan brachte das Formular in das Büro des Übersetzungsdienstes. Die Kollegin versprach, das Amtshilfegesuch noch am selben Tag nach Hautmont zu faxen. Als Tristan zurückkam, erwartete ihn Hartmann auf dem Flur. Mit einer Bewegung des Kopfes bedeutete er Tristan, daß er mit ihm reden wolle.

»Sag mal«, raunte Hartmann, »was machst du mit meiner Kleinen? Es war vereinbart, daß sie mir zuarbeitet. Um welchen Fall geht es bei dir eigentlich? Bei den allgemeinen Dienstbesprechungen sagst du keinen Ton, es gibt keine Akte darüber, und die Kleine sagt mir auch nichts.«

Tristan nickte bedeutungsschwer. Dann schaute er sich um, als wollte er sicher sein, daß niemand auf dem Gang ihn hören konnte.

»Kannst du ein Dienstgeheimnis der obersten Kategorie für dich behalten?« Er schob Hartmann einige Schritte weiter bis an das Ende des Flurs. »Hör zu«, fuhr er fort, mehr gehaucht als gesprochen, »wir haben einen Sonderauftrag von Zollsperre. Er muß Anfang des Jahres eine Abmagerungskur machen. Claudia und ich inspizieren alle Diätkliniken im Umkreis von fünfzig Kilometern. Jeden Tag Bärlauchsuppe oder Kraftmüsli mit Joghurt. Ich kann dir sagen, dieser Fall ist die absolute Hölle. Das kann man nur zu zweit durchstehen.«

Er klopfte Hartmann auf die Schulter und ging mit schnellen Schritten an seinen Schreibtisch zurück.

14

Am folgenden Tag klingelte Tristan um zehn Uhr an Schorrbergs Villa in der Hüttenallee. Das Kameraauge auf der Säule tastete sirrend nach ihm, dann sprang das Tor mit einem Ruck auf.

Tristan legte den Kopf in den Nacken. Der Himmel war blau und klar. Tristan wollte die Augen mit diesem Blau auftanken, denn die Weihnachtstage würden laut Wetterbericht grau und verregnet werden. Keine Schneeflocke würde vom Himmel fallen wie in nahezu jedem Jahr, trotzdem hoffte man darauf, gegen alle meteorologischen Konstanten. Vermutlich nur, weil der Weihnachtsoverkill in den Geschäften und in den Medien die Feiertage weiß anstreicht, dachte Tristan: In den Schaufensterauslagen liegt Kunstschnee auf Wollpullovern und Mützen, die Werbespots zeigen weiße Landschaften und Blockhütten, in denen Kinder mit leuchtenden Augen auf Gebirge von Geschenken blicken.

Der trockene Kies knirschte unter Tristans Füßen. Als er die weit geschwungene Steintreppe erreicht hatte, öffnete Dorothea Schorrberg die Tür.

»Ich dachte zuerst, Sie wären der Taxifahrer.«

Sie trug einen grauen, taillierten Mantel mit Pelzkragen und schwarze Stiefel. Als sie zur Seite trat, sah Tristan mehrere Koffer im Flur. Auf dem Tisch unter dem hohen Spiegel stand eine Handtasche, daneben lagen ein Reisepaß, eine Sonnenbrille, ein Scheckheft und ein Ticket.

»Sie verreisen, Frau Schorrberg?«

»Ich fliehe, Herr Lage. Vor den Anrufen, den Briefen, den Mitleidsbekundungen, den Anfragen von Zeitungen, vor dem grauen Wetter, vor der Einsamkeit in diesem kalten Palast und vor dem Bewußtsein, zum ersten Mal seit fünfunddreißig Jahren Weihnachten ohne meinen Mann verbringen zu müssen. Ich fliege zu meiner Tochter in die Staaten.«

»Aber Sie fliehen nicht vor mir, Frau Schorrberg?«

»Gibt es dazu einen Grund? Verzeihen Sie, ich möchte nicht unhöflich erscheinen, aber ich kann Ihnen keinen Kaffee mehr anbieten. Ich bin allein, und in wenigen Minuten wird das Taxi kommen.«

Tristan stand unmittelbar vor ihr in der Diele, in der es sehr kühl war; vermutlich war die Heizung schon abgestellt. Dorothea Schorrberg wirkte erschöpft und abgezehrt. Die Adern an ihrem Hals sprangen hervor, die Augen lagen tief in ihren Höhlen. Dorothea Schorrberg war stärker geschminkt als bei den früheren Begegnungen, aber das Make-up lag wie eine Maske auf ihrem Gesicht.

»Ich habe auf einen Anruf von Ihnen gewartet«, sagte Tristan, »auf ein Zeichen, unser Gespräch fortzusetzen.«

»Das Gespräch«, wiederholte sie leise, wie für sich selbst, »ja, es tut mir leid, daß ich es auf diese Weise beenden mußte. Aber ich habe gehofft … ich meine, für mich war es in gewissem Sinne abgeschlossen, in einem persönlichen Sinne, meine ich.«

»Sie meinen in der Erkenntnis, den – wie soll ich es formulieren – Mörder Ihres Geliebten geheiratet und mit ihm Ihr Leben geteilt zu haben?«

Sie ging an Tristan vorbei in die Küche, die links von der Diele lag. Sie ließ die Tür offen, nahm ein Glas und drehte den Wasserhahn auf. Während sie es in mehreren tiefen Schlucken austrank, schaute sie aus dem Küchenfenster auf das Tor, als hoffe sie, das Taxi möge endlich kommen.

»Ich habe in den letzten Tagen diese Zeit noch einmal durchlebt oder besser: durchleben müssen«, sagte sie, als sie in der Diele den Reisepaß, das Scheckheft und das Ticket in ihre Handtasche steckte. »Ich habe alles unternommen, um Léon wiederzufinden oder zumindest in Erfahrung zu bringen, warum er verschwand. Zwei Monate vor Kriegsende versuchten viele Zwangsarbeiter bereits, in ihre Heimat zurückzukehren, überwiegend in kleinen Gruppen. Es gab sicher auch Belgier und Franzosen darunter, aber Léon wäre niemals gegangen, ohne mit mir gesprochen zu haben. Gleichzeitig wußte ich, daß in dieser Endphase die Fremdarbeiter praktisch vogelfrei waren. Es gab Racheakte, Plünderungen und zunehmende Bandenkriminalität. Auch wenn es in aller Regel um Zwangsarbeiter aus dem Osten ging, hat die Gestapo in dieser Phase rücksichtslos durchgegriffen. Die Gestapo hat nicht länger die Betroffenen der Justiz überstellt, sie war selbst die Justiz.

Nach der Kapitulation habe ich Léons Familie geschrieben. Aber auch sie hatte nichts von ihm gehört. Er schien wie vom Erdboden verschluckt. Sie haben das Rote Kreuz, die Internationalen Suchdienste eingeschaltet, Léons Kameraden befragt – alles vergebens. Mein Gott, diese Unwissenheit war so grausam, und ich konnte mit niemandem darüber reden. Meine Eltern wußten von nichts. Sie hatten nie etwas geahnt, obwohl ich doch in Ihrem Haus wohnte. Anders als Hasso, der ein- oder zweimal in der Woche zu uns kam und kaum eine halbe Stunde blieb. Aber der Blick des Eifersüchtigen ist bekanntlich schärfer als der eines Adlers. Im Sommer 1945 wurde ich schwer krank; ich hatte wohl den Lebensmut verloren. Ich bekam eine Gehirnhautentzündung, und hätte Hasso nicht über persönliche Verbindungen Penicillin beschafft, wäre ich gestorben. Hasso. Er hatte mein Leben zerstört, und Monate später hat er es gerettet.«

Dorothea Schorrberg schloß die Augen, ihre rechte Hand tastete nach der Sonnebrille auf dem Tisch, aber sie widerstand dem Impuls, sie zu nehmen und aufzusetzen.

»Als Sie, Frau Schorrberg, den Drohbrief in der Aktentasche gefunden haben – haben Sie da nicht bereits eine Verbindung zu Léon Carré gezogen?« fragte Tristan.

Sie schüttelte langsam den Kopf und tupfte mit einem Taschentuch eine Träne von ihrer Wange. »Ich war um meinen Mann besorgt. Er war schließlich am Gericht beschäftigt. Ich dachte an ein Todesurteil wegen Wehrkraftzersetzung oder Fahnenflucht oder etwas in dieser Richtung, an dem er als Referendar beteiligt gewesen sein könnte.«

»Der Brief muß sie doch zumindest an Léon Carré erinnert haben«, insistierte Tristan.

»Vielleicht, ja, ganz tief in mir. Aber ich habe es verdrängt, ich habe es nicht in mein Bewußtsein gelassen, weil ich nicht gewußt hätte, wie ich mit dieser Tatsache hätte leben können.«

»Hat der Schreiber des Drohbriefes vielleicht Kontakt zu Ihnen aufgenommen? Es könnte zu seiner Strategie gehört haben, Sie über Ihren verstorbenen Mann aufzuklären, auch wenn er nicht zwangsläufig etwas von Ihrer Liebesbeziehung zu Léon Carré gewußt haben muß.«

Dorothea Schorrberg legte die Hand an die Stirn. Sie wurde so fahl im Gesicht, daß Tristan ein wenig erschrak.

»Nein. Nein. Ich habe Ihnen alles gesagt, Herr Lage. Ich habe weder Ihnen noch Herrn Zoll etwas verschwiegen.«

»Sie haben also keine Aussprache mit Ihrem Mann gesucht, Frau Schorrberg?«

Wieder schüttelte sie nur stumm den Kopf, als fehlte ihr die Kraft zu antworten. In diesem Moment ertönte die Klingel. Dorothea Schorrberg ging zur Tür, blickte kurz auf den kleinen Monitor neben der Gegensprechanlage und betätigte den Türöffner.

»Das Taxi«, sagte sie und schaute auf die Uhr. »Es tut mir leid, aber ich muß zum Düsseldorfer Flughafen. Der Wagen ist verspätet.«

»Sie haben meine Frage noch nicht beantwortet, Frau Schorrberg.«

Sie öffnete die Tür in dem Moment, als der Wagen vor der Treppe hielt. Der Fahrer, ein vielleicht dreißigjähriger Mann mit Pferdeschwanz in speckigen Jeans und Turnschuhen, stieg die Treppe herauf, nickte Frau Schorrberg und Tristan zu und trug zwei Koffer nach draußen.

»Ich werde vierzehn Tage, höchstens drei Wochen bei meiner Tochter bleiben. Für alle Fälle gebe ich Ihnen ihre

Adresse, Herr Lage.« Sie kramte in ihrer Handtasche und reichte Tristan eine Visitenkarte von Annette Schorrberg. Der Fahrer lud den dritten Koffer in den Wagen und setzte sich ans Steuer.

»Frau Schorrberg, ich frage Sie jetzt zum dritten Mal. Hatten Sie eine Aussprache mit Ihrem Mann? Vielleicht in seinem Waldstück?«

»Nein. Nein«, versicherte sie. »Ich habe Ihnen definitiv alles gesagt, was ich wußte. Bitte, Herr Lage, Sie müssen vor mir das Grundstück verlassen, wegen der Sicherheitsanlage.«

Tristan ging über den Kiesweg zurück. In seinem Rükken hörte er, wie die Haustür verschlossen wurde. Wenige Sekunden später war das Schlagen einer Autotür zu vernehmen. Das Taxi fuhr los und wendete vor den Garagen. Tristan ging durch das breite Tor, das sich langsam öffnete. Auf dem Bürgersteig blieb er stehen. Er wollte noch einen Blick in das Taxi werfen. Dorothea Schorrberg saß im Fond. Sie hatte ihre schwarze Sonnenbrille aufgesetzt und blickte starr geradeaus.

Als sie vor ihm über den Flur ging, fiel ihm wieder ein, daß sie in ihrer Schulzeit intensiv Volleyball gespielt hatte. Sie trug nur flache Schuhe und ging in einer Art, wie er es vor allem von Sportlerinnen kannte: Sie hob die Füße kaum über den Boden, schlurfte beinahe, das Gegenteil eines Laufsteg-Stakkatos.

Im Aufzug stellte sie sich dicht vor den Spiegel und zupfte an ihrem Pony. Sie hatte die Haare zu einem Pferdeschwanz zusammengebunden.

»Wohin gehen wir?«

»Zu einem kleinen, unscheinbaren Italiener, wenn du einverstanden bist«, sagte er. »Das Essen ist nicht wirklich gut, offen gestanden, aber ich mag die Atmosphäre dort. Die Mutter und die Oma stehen in der Küche, der Mann bedient und spielt den stolzen Besitzer, obwohl ich den Eindruck habe, daß er im Ernstfall gegen die weibliche Übermacht keine Chance hat. Die Kinder kommen lustlos aus der Schule, maulen herum und knallen die Tornister hinter die Theke. Als ob das Lokal nur die Verlängerung ihrer Privatwohnung wäre.«

Auf dem Bürgersteig hakte Claudia sich bei ihm ein, zum ersten Mal überhaupt, und obwohl sie annähernd gleich groß waren, brauchten sie eine Zeit, bis sie zu einem gemeinsamen Schritt fanden. Tristan spürte das Gewicht ihres Armes; Beate hatte sich nie untergehakt, es war ihr zu spießig. Seltsam, dachte Tristan, Beate wollte Kinder, eine Familie gründen, und warf ihm gleichzeitig eine gewisse Altväterlichkeit und Langeweile vor. Claudia tanzte nächtelang in Techno-Clubs und gab nun mit ihm das gesetzte Paar beim Bummeln.

Sie durchquerten den Schwanenmarkt, eine Art Miniatur-Mall amerikanischen Zuschnitts, voll überdacht, mit vor sich hinglucksenden Springbrunnen, Plastikpalmen und Cafés, die Straßencafés imitierten, indem sie Tische und Stühle vor das Lokal, direkt an den Strom der Passanten postierten. Es ist Weihnachten, sagten die Geschäfte hundertfach, und so schallte es auch aus den Lautsprechern. Es ist Frühling, sagte die künstliche Innentemperatur von vielleicht zwanzig Grad. Die Luft schien verbraucht, als pumpte das Klimatisierungssystem zu wenig Sauerstoff für diesen Ansturm von Menschen. Tristan ging äußerst selten in den Schwanenmarkt, ihm fehlte das Gefühl von Weite und einer gewissen architektonischen Lässigkeit. In seinen Augen war jeder Zentimeter penibel ausgenutzt, wabenartig eng lagen die Geschäfte nebeneinander. So wirkte das Ganze kleinkrämerisch-ängstlich statt mutig und großzügig.

Bald hatten sie wieder den Himmel über sich, die Pizzeria befand sich in der Wiedenhofstraße, sie hieß »Napoli«, und genauso standardisiert und einfallslos war auch die Speisekarte. Es waren nur drei Tische besetzt: ein Stammgast, ein schweigsamer, kleiner Italiener, der die auf rosafarbigem Papier gedruckte italienische Sportzeitung las, eine deutsche Familie mit einem kleinen Kind und zwei Schülerinnen, die einen Stapel CDs mitgebracht hatten. Tristan wählte einen Zweiertisch direkt vor der Küche. Er bestellte eine Pizza Margherita, Claudia einen großen Salat.

»Vorbeugend für Weihnachten«, erklärte sie. »Bei uns in der Familie wird an den Feiertagen wahnsinnig viel gegessen. Gut, daß ich mit Hartmann im Fitneßclub war. Von Zeit zu Zeit mache ich das ganz gern, aber in Hartmanns Club wird zuviel gebaggert. Die meisten gehen da nur zur Anmache hin, alle zwei Minuten quatscht dich da jemand an.«

Tristan spürte, wie er bei der Erwähnung seines Kollegen errötete. Er nahm einen Bierdeckel und zerlegte ihn in viele kleine Stücke, die er in den Aschenbecher legte. Dann fiel ihm ein, daß Claudia Raucherin war. Er klaubte die Schnipsel wieder heraus, und da ihm seine Geste so idiotisch erschien und ihr Tisch zu klein war, um sie irgendwo verschwinden zu lassen, steckte er sie in seine Manteltasche.

»Wie lange bleibst du zu Hause?«

»Über Neujahr. Ich habe mir Urlaub genommen. Den brauche ich auch, glaube ich.«

»Du willst immer noch nicht darüber reden, warum du aus Dortmund weg wolltest?«

Der Restaurantbesitzer kam mit ihrer Salatschüssel. Er

warf einen schnellen Blick durch die Durchreiche in die Küche. Als er sicher war, daß seine Frau ihn gerade nicht beobachtete, lächelte er Claudia mit einer tiefen Verbeugung an und wünschte der »bellissima Signorina« einen guten Appetit. Claudia nickte ihm nur flüchtig zu, stellte den Salat zur Seite und zündete sich eine Zigarette an.

»Mir ist ganz einfach etwas passiert, als ich es am allerwenigsten erwartet hatte. Es schien alles klar in meinem Leben, ich mag Dortmund, ich hatte den Job, den ich wollte, den Freund, an dem ich sehr hing, wir haben sogar schon von Kindern gesprochen. Ich fand es sehr beruhigend, so zu leben, meistens jedenfalls. Und dann ist etwas passiert, das alles aus dem Gleichgewicht gebracht hat, als erstes mich selbst, und das Gefühl von Sicherheit war plötzlich weg. Nein, genaugenommen war es so, daß mich die Sicherheit aggressiv gemacht hat.« Sie streifte Asche von ihrer Zigarette am Rand des Aschenbechers ab. »Meine Aggressivität kriegst du ja manchmal mit, Tristan. Vielleicht ist es auch nur eine Wut auf mich selbst.«

Im Dienst bemühte sich Claudia, Hochdeutsch zu sprechen. Aber je persönlicher ein Thema wurde, stellte Tristan fest, desto stärker setzte sich ihr Dialekt durch. Tristan mochte ihn eher als das Krefelder Platt, das er selbst nicht beherrschte und das auch seine Eltern nie sprachen. Er hörte es hin und wieder in Kneipen oder in Gesprächen mit älteren Einwohnern. Das »Kriewelsch« empfand Tristan als eher grob, mit einem harten, unmelodischen Klang. Vielleicht ging es dabei weniger um den Dialekt selbst als um den Menschen, der ihn sprach. Fand man diesen sympathisch, war das eigene Ohr dem Dialekt sicher viel eher geneigt.

»Aber du willst mir nicht sagen, was dich so aus der Bahn geworfen hat?«

»Hey, hey«, entgegnete sie und zog die Augenbrauen zusammen, »ich *hätte* es dir bereits gesagt, wenn ich darüber reden wollte, Herr Versteher. Frag mich lieber, was mir Frau Frotscheck heute am Telefon erzählt hat.«

»Entschuldige. Also, hat sie ihrem Mann ein Alibi gegeben?«

»Tja. Die Frage läßt sich so weder mit Ja noch mit Nein beantworten.«

»Wie bitte?«

»Also, sie hat noch einmal bestätigt, daß sie erst aufgewacht ist, als ihr Mann das elektrische Garagentor geöffnet hat, also circa eine halbe Stunde vor Mitternacht. Und während sie das sagt, höre ich ihren Mann und die Kinder im Hintergrund. Und ihr Mann hat ihr offenbar zugehört, denn plötzlich hat jemand die Muschel zugedeckt, und dann hatte er den Hörer in der Hand. Entweder hat er seine Frau und die Kinder weggeschickt, oder er ist zum Telefonieren in ein anderes Zimmer gegangen – jedenfalls waren keine Hintergrundgeräusche mehr zu hören.«

»Jetzt sag mir nicht, er hätte wieder die alte Nummer abgezogen, dieses Meine-Frau-will-mir-nur-schaden-Gewäsch.«

»Diesmal war es raffinierter«, entgegnete sie. »Er hat mir erklärt, er wäre tatsächlich direkt nach dem Abendessen nach Hause gefahren. Als er aber vor der Garage stand und das dunkle Haus gesehen hat, in dem kein Licht mehr brannte und in dem kein Laut zu hören war, hat ihn plötzlich die große Schwermut überfallen, wie er es formuliert hat. Er hat den Motor ausgeschaltet und saß über eine Stunde in seinem Wagen und hat über sein Leben und seine Familie und seine Ehekrise nachgedacht. Er hatte das Gefühl, zum ersten Mal seit vielen Jahren wirklich allein mit sich selbst zu sein. Es sei wie eine Katharsis gewesen, meinte er, sein Leben sei ihm völlig festgefahren erschienen, und gleichzeitig habe er in sich die Kraft gespürt, es wieder zum Guten wenden zu können. Und deshalb hat er eben erst über eine Stunde später den Wagen in die Garage gesetzt.«

Tristan pfiff durch die Zähne.

»Falls die Geschichte erfunden ist, ist sie wirklich verdammt raffiniert erfunden. Hast du ihn gefragt, ob ihn irgend jemand gesehen hat, ein Nachbar, der ebenfalls nach Hause kam, ein Spaziergänger?«

»Natürlich habe ich ihn gefragt, aber er kann sich an niemanden erinnern. Sie wohnen ziemlich abgelegen, außerdem hatte er alle Lichter seines Autos abgeschaltet. In der Dunkelheit hätte schon jemand sehr dicht am Wagen vorbeigehen müssen.«

Ein Klingeln aus der Küche ertönte. Wenige Augenblicke später brachte der Restaurantbesitzer die Pizza. Er stellte sie wortlos auf den Tisch, ohne Tristan anzuschauen, und erkundigte sich dafür um so ausführlicher, warum Claudia Poschmann den Salat noch nicht angerührt hatte. Ob er nicht gut sei, ob ihr eine Beilage fehle oder ob sich die *bellissima Signorina* nicht gut fühle?

Die Mozzarella auf Tristans Pizza war etwas verbrannt, und der Rand so hart, daß er ihn kaum mit dem Messer durchschneiden konnte. Aber der Teig war papierdünn, und das war für Tristan das entscheidende Kriterium. Er drängte Claudia, wenigstens einen schmalen Streifen zu probieren. Zweimal lehnte sie ab. Aber dann biß sie doch von dem Stück ab, das er ihr hinhielt.

»Frotscheck hat natürlich ein Motiv«, sagte Tristan. »Er hat außerdem gelogen, als er behauptete, den Ort nicht zu kennen, wo Schorrberg spazierenging. Vielleicht ist er nach dem Essen noch in die Niepkuhlen gefahren, wo zwei karriere- und machtsüchtige Männer einander ungestört die Wahrheit sagen beziehungsweise ihren Kampf um die Führung des Wolfsrudels austragen können, ganz unter sich, von Mann zu Mann.«

»Gut, Frotscheck hat gelogen, aber für eine bewußte taktische Lüge erscheint sie mir viel zu dilettantisch. Frotscheck muß doch wissen, daß er sich so letztlich nur selbst belastet. Ich nehme vielmehr an, er hat spontan gelogen, um weitere Fragen abzublocken. Sein Schorrberg-Trauma war schon heftig genug.«

»Und wäre ein ausreichendes Motiv für die Tat«, vervollständigte Tristan.

»Vergiß nicht, daß es daneben noch zwei Frauen gibt, die ein Motiv haben. Man kann davon ausgehen, daß Reinhild Schröter das Medikament kannte, das Hasso Schorrberg nehmen mußte.« Claudia grinste Tristan frech an. »Vielleicht war sie, wenn man an gewisse Situationen denkt, sogar vertrauter mit der Arznei als Dorothea Schorrberg.«

»Hat Reinhild Schröter wirklich ein klares Motiv?« fragte Tristan und antwortete selbst: »Sie lebte ausschließlich für Hasso Schorrberg und durch Hasso Schorrberg. Er war das einzige Licht in ihrem eintönigen, einsamen Leben. Folglich braucht es eine tiefe Kränkung, wenn sie den Sinn ihres Lebens und damit praktisch sich selbst tötet. Kann seine Entscheidung, noch fünf Jahre in der Politik bleiben zu wollen, sie so tief getroffen haben? Schorrberg hatte ihr, wie sie sagte, nie versprochen, seine Frau zu verlassen. Und hätte er als pensionierter Politiker, der weiterhin als Anwalt und Berater tätig sein wollte, wirklich so viel mehr Zeit für sie gehabt? Sie hätte ihre Stelle als Chefsekretärin nicht aufgeben können, also wäre es weiterhin bei wenigen heimlichen Treffen geblieben. So betrachtet, hätte sie so sogar etwas verloren, hätte er sich aus der Politik zurückgezogen, nämlich den Alltag mit ihm im Rathaus.«

»Und wenn Schorrberg ihr nun doch versprochen hat, sich von seiner Frau zu trennen?«

Tristan antwortete nicht sofort, weil Stimmen aus der Küche zu ihnen drangen, laute Stimmen, eines Mannes und einer Frau, die sich heftig stritten. Ein metallischer Gegenstand schepperte auf den Boden.

»Du bist zu blond und zu schön«, sagte Tristan leise.

»Ich weiß«, sagte sie noch leiser und beugte ihren Oberkörper nach vorn, bis ihr Gesicht nur noch wenige Zentimeter von Tristans Gesicht entfernt war. Dann nahm sie, ohne den Blick von Tristan zu lösen, ein Stück Pizzarand, das Tristan abgeschnitten hatte, von seinem Teller und knabberte mit spitzen Zähnen daran.

»Magst du nicht etwas von meinem Wein? Einen kleinen Schluck nur, ein paar Tropfen roten Wein auf deinen roten Lippen?«

»Du weißt doch, daß ich keinen Alkohol trinke. Willst du mich an meinem letzten Arbeitstag vor Weihnachten noch anmachen? Halt dich lieber an deine beiden Schorrberg-Witwen. Warum hätte Schorrberg also nicht seine schöne Lady aus dem Tiefkühlfach verlassen sollen?«

»Du wirst wieder zu persönlich«, mahnte Tristan. »Dorothea Schorrberg mag distanziert wirken, aber in meinen Augen ist sie absolut nicht kalt. Obwohl ich mir vorstellen kann, daß mit Léons Verschwinden damals etwas in ihr zerbrochen ist. Er war ihre erste und vielleicht einzige große Liebe. Manche Menschen können eben nur ein einziges Mal mit dieser Ausschließlichkeit und Bedingungslosigkeit lieben. Die hat Schorrberg jedenfalls bei Reinhild Schröter gefunden, aber ich denke nicht, daß er deshalb seine

Ehe zerstört und seine gesellschaftliche Position gefährdet hätte. Auf seine Art wird er beide Frauen geliebt haben.«

»Wenn es stimmt, was du über Dorothea Schorrberg gesagt hast, hat sie ein erstklassiges Motiv. Du glaubst schließlich selbst nicht, daß sie erst durch unser zweites Gespräch in ihrer Villa den Zusammenhang zwischen den Drohbriefen und Léons Verschwinden erkannt hat.«

»Richtig, aber warum ist sie mit dem Brief zum Polizeipräsidenten gegangen und hat nicht sofort die Aussprache mit ihrem Mann gesucht?«

»Um von sich selbst als Täterin abzulenken«, sagte Claudia Poschmann kühl.

Tristan zögerte. »Das klingt mir zu strategisch. Ich glaube ihr, wenn sie sagt, daß sie gehofft, daß sie geradezu das Schicksal angefleht hat, ihre Ahnungen mögen sich als falsch erweisen.«

»Es war in meinen Augen ein Fehler, sie ins Ausland fahren zu lassen. In Amerika hat schon so manch einer ein neues Leben angefangen. Ihre Tochter lebt seit Jahren dort.«

»Deiner Meinung nach hätte ich sie also auf der Stelle verhaften und beim Staatsanwalt die Einziehung ihres Personalausweises beantragen sollen wie bei einem Hooligan?«

Claudia nickte. »Es bestand Fluchtgefahr. Nur das zählt. Außerdem: Wer weiß, was deine schöne Präsidentenwitwe noch alles ausgeplaudert hätte, wenn sie Druck verspürt hätte. Bisher hat sie nur dann geredet, wenn sie reden mußte. Vielleicht liegt da noch viel mehr unter den schweren Teppichen in der Villa.«

Tristan hatte plötzlich einen seltsamen Geschmack im Mund. Er legte das Besteck zur Seite.

»Vielleicht habe ich einen Fehler gemacht. Aber ich bin weiterhin von ihrer Unschuld überzeugt.«

»Ich höre wieder Tristan, den Frauenversteher«, sagte Claudia Poschmann. »Die Frau, die du mal heiratest, kann sich glücklich schätzen. Ein Mann, der noch an die einmalige große Liebe glaubt. Ein Kenner der tiefen weiblichen Seele.«

»Jedenfalls scheinen *wir* als Paar nicht in Frage zu kommen. Anderenfalls hätte der Wirt hier kaum gewagt, dich so anzumachen. Vielleicht erscheine ich ihm zu alt für dich.«

»Ältere Männer sind attraktiver, als du denkst«, entgegnete Claudia Poschmann überraschend heftig. Sie wurde blaß, ihre Lippen zitterten, und sie schaute an Tristan vorbei an die Wand. Tristan war so überrascht von ihrer emotionalen Reaktion, daß er den Faden verlor und verstummte. Claudia zog mit der Gabel Kreise auf dem Boden der Salatschüssel.

»Müssen wir nicht langsam wieder ins Präsidium?« fragte sie schließlich.

»Wir können gehen, wenn du willst. Ich erinnere dich ungern daran, aber wir wollten noch nach einem Geschenk für meine Eltern Ausschau halten.«

Sie nickte. »Ich habe es dir schließlich versprochen.«

Als die Rechnung kam, bestand sie darauf, für sich selbst zu zahlen.

Auf dem Rückweg hakte sie sich nicht bei Tristan unter. Sie schwiegen, bis sie die Fußgängerzone erreicht hatten.

»Hast du denn gar keine Idee, was du deinen Eltern schenken willst? Welche Hobbys hat dein Vater zum Beispiel.«

»Recht haben«, sagte er spontan. »Er ist Lehrer, beziehungsweise er war es bis zu seiner Pensionierung vor ein paar Monaten. Seitdem liest er eigentlich nur und schreibt fast täglich Leserbriefe an diverse Zeitungen. Wenn sie abgedruckt werden, kopiert er sie und legt sie in einem Leitz-Ordner ab. ›Publikationen‹ steht auf dem Rücken.«

»Und deine Mutter?«

»Musik. Wagner vor allem. Dreimal darfst du raten, wie ich zu meinem Namen komme. Sie hat sogar mal zwei Semester Klavier und Gesang studiert. Bis sie meinen Vater kennengelernt hat. Das ist so eine Art Running Gag geworden für die beiden, schon seit meiner Kindheit: Meine Mutter behauptet, daß sie aus Liebe zu ihm auf ihre Karriere verzichtet hat, und mein Vater behauptet, daß er sie vor der Erkenntnis bewahrt hat, nicht genügend Talent für eine Karriere zu haben.«

Sie hob die Augenbrauen. »Entschuldige, aber das findest du lustig? So einem selbstgerechten Macho würde ich was anderes erzählen!«

Tristan schwieg verunsichert. So hatte er den Dialog nie verstanden. Eher als eine Neckerei, als Versuch, eine Balance herzustellen, indem möglichen Gefühlen von Reue und Verzicht die Grundlage entzogen wurde. Gab es wirklich keine Bitterkeit in der Aussage seiner Mutter, oder hatte er sie nur nie hören wollen?

Sie gingen in ein neueres Geschäft in der Fußgängerzone, das sich auf Geschenke spezialisiert hatte. Tristan war schon einmal allein dort gewesen und hatte es ratloser als zuvor wieder verlassen; in seinen Augen handelte es sich bei dem Angebot um überteuerte Waren, die durch ein funkelndes Äußeres ihre schlechte Qualität kaschieren wollten – nutzlose Produkte einer Überflußgesellschaft, in der der Beschenkte schon längst keine Wünsche mehr hat. Claudia schob sich quälend langsam vorwärts durch die Menge, schaute nach links und rechts, drehte sich um zu Tristan und zuckte resigniert mit den Schultern.

Schließlich landeten sie in einer Buchhandlung. Für seine Mutter kaufte Tristan eine Ausgabe der Briefe Richard Wagners, die gerade erst erschienen war, für seinen Vater den Roman eines deutschen Schriftstellers über eine Frau, die am Ende des Zweiten Weltkriegs einen Juden in ihrer Wohnung versteckt hielt und von einem Mitbürger verraten wurde. Tristan kannte den Autor nicht; er hatte dieses Buch auf gut Glück von einem Stapel genommen und den Klappentext gelesen, zunächst nur flüchtig und dann aufmerksam als eine Variante von Dorothea Schorrbergs und Léon Carrés Geschichte. Wie würde ich handeln, dachte Tristan, wäre ich das Kind des Versteckten, der – wie es im Klappentext stand – nach der Denunziation in ein KZ deportiert wurde, oder der Sohn derjenigen, die ihm Schutz bot und deswegen erschossen wurde? Würde ich den Denunzianten nach dem Krieg selbst richten, weil die Justiz ihn nicht verurteilen kann? Wäre meine Rache legitimiert, weil es in diesem Fall keine Brücke gibt zwischen Gerechtigkeit und Gesetzbuch? Wenn es nur die Wahl gäbe zwischen Selbstjustiz und Vergessen – was würde ich selbst tun?

In diesem Moment spürte er Claudias Hand an seinem Ellbogen, sie wollte raus an die Luft oder ihr drohe der Erstickungstod. Tristan ließ die Bücher als Geschenk verpacken; sie blieben damit ohne Widmung, aber er bezweifelte, daß er zu Hause überhaupt Geschenkpapier hatte.

Sie ließen sich vom Strom der Passanten treiben, bis Claudia abrupt vor dem Schaufenster eines Bekleidungsgeschäftes stehenblieb.

»Der Pullover da würde dir super stehen.« Sie hielt seinen Ellbogen umklammert, als fürchtete sie, er würde weglaufen.

»Der rechte, neben dem blauen Schal?«

»Quatsch. Genau vor dir, der von Missoni, mit den hunderttausend Farben.«

»Der soll mir stehen? Ich bin doch viel zu blaß dafür.« Sie schaute ihm direkt ins Gesicht.

»Du siehst doch okay aus. Aber du ziehst dich total langweilig an, dein Outfit ist so abwechslungsreich wie ein Schluck Wasser. Komm, wenn sie den Missoni in deiner Größe haben, zahle ich die Hälfte als mein Weihnachtsgeschenk.«

Bei dem Wort »okay« war er zusammengezuckt. Es klang freundlich, aber in einer vollkommen asexuellen, neutralen Weise, wie zur Beschreibung eines Regenschirms oder eines Paars Lederhandschuhe gedacht. Claudia schob ihn vor sich her in das Geschäft, in dem es vergleichsweise ruhig zuging. Ein älterer Verkäufer in einem gut sitzenden Anzug, aber billigen, ausgetretenen Schuhen stand mitten im Raum, leicht vorgebeugt, mit hinter dem Rücken verschränkten Armen und einem Blick, der sich im Nichts verlor. Claudia weckte ihn zum Leben, und tatsächlich, der Pullover war in Größe 48 vorrätig.

Die Kabinen befanden sich im hinteren Bereich des Geschäfts. Claudia lehnte sich an die Wand, während Tristan in der Kabine Mantel und Jackett auszog (ein blaues Wolljackett, der Verkäufer hatte damals behauptet, es sei genau seine Augenfarbe – und trotzdem war es also langweilig?). Er nahm den Missoni-Pullover, dessen Wolle sich sehr angenehm anfühlte, aber entweder war die Halsöffnung zu klein oder sein Kopf zu groß – es war plötzlich Nacht um Tristan. Er nahm die Hände zu Hilfe, fluchte leise, aber es half nichts, bis sich die Hände in wundersamer Weise verdoppelten, er spürte Claudias Finger an den seinen, spürte ihren Körper in der Kabine, roch ihr Parfüm, und in einer einzigen Bewegung, so schien es ihm, rutschte der Pullover auf seine Schultern, und ein kleiner, flinker Kolibri, ihre Zunge, flatterte in seinem Mund. Tristan hieß ihn willkommen, ihre Körper berührten sich nicht, aber ihre Zungen turtelten miteinander, unruhig und heftig flatterten sie hin und her, und als sie sich gerade etwas beruhigten und zu sich fanden und Tristan fühlte, wie er sich öffnete und weich und fließend wurde, schloß sie ihren Mund so abrupt, daß ein wenig Speichel im Winkel seiner Lippen nach außen drängte.

Er hielt die Augen geschlossen und sank mit dem Kopf leicht nach vorn, bis seine Stirn ihre linke Schulter berührte.

»Seit einem Jahr, weißt du«, flüsterte er, »mein Gott, es kommt mir vor wie eine Ewigkeit.«

Claudia wich zurück, in einer so heftigen Bewegung, daß er sich mit dem Arm an der Kabinenwand abstützen mußte, um nicht das Gleichgewicht zu verlieren.

»Mich interessieren deine Liebesgeschichten nicht. Laß mich damit in Ruhe! Mach doch keine große Sache aus dem Moment hier!«

»Was?« Tristan stützte sich noch immer an der Kabinenwand ab. Er fühlte sich, als wäre ihm der Boden unter den Füßen weggerissen worden.

»Wer gibt dir eigentlich das Recht, mit anderen Menschen so umzuspringen?« sagte er, ohne sie anzuschauen. »Mal bist du nett, und dann schlägst du ohne Vorwarnung zu. Nach einer Freundlichkeit kommt garantiert zwei Minuten später eine Feindseligkeit. Was willst du eigentlich? Ich weiß nicht, welche Probleme du hast, aber ich will nicht länger deinen Blitzableiter spielen. Andere Leute haben nämlich auch ihre Probleme. Du bist nicht der Nabel der Welt, auch wenn du dir das einbildest.«

Jetzt schaute Tristan sie an, aber sie blickte auf den

Boden. Er sah keine Regung in ihrem Gesicht. Sie stieß ein wenig Luft durch die Nase aus, zuckte kurz mit den Schultern, und dann war sie aus der Kabine verschwunden.

Tristan fühlte erst in diesem Moment, daß der Pullover ihn an den Ellbogen und am Kragen zwickte. Kein Wunder, er hatte ihn ja gar nicht richtig angezogen. Er schaute in den Spiegel und fühlte sich in dem Pullover fremd, wie verkleidet. Aus seinem Gesicht war jegliche Farbe verschwunden, eine graue Leinwand über einem jubilierenden Malkasten aus Wolle.

»Frohe Weihnachten«, sagte er zu dem Mann im Spiegel. Dann streckte er ihm die Zunge heraus.

Er stieg langsam die drei Treppen hinauf. Als er sein Büro betrat, saßen Claudia und Hartmann an ihren Schreibtischen und studierten Akten. Es war vollkommen still, eine Stille, die Tristan beinahe als schneidend und feindselig empfand. Er fürchtete, Claudia habe mit Hartmann geredet, vielleicht war sie mit feuchten Augen ins Büro zurückgekehrt, und Hartmann hatte zum ersten Mal in seinem Leben nicht auf Brüste und Hintern, sondern in das Gesicht einer Frau geschaut.

Die beiden blickten nicht hoch, und Tristan setzte sich wortlos auf seinen Stuhl. Der richtige Zeitpunkt, um mit der Jahresstatistik fortzufahren.

Er hatte die Excel-Tabelle gerade auf dem Bildschirm geöffnet, als das Telefon klingelte.

»Volltreffer«, sagte Sascha Küsters, »Raymond Ferrand aus Hautmont war im Oktober im Archiv, sogar an drei Tagen innerhalb einer Woche. Ich hatte zu dem Zeitpunkt tatsächlich Urlaub.«

Tristan atmete tief aus. Das war genau die Nachricht,

die er sich erhofft hatte. Nur Hartmanns Anwesenheit hinderte ihn daran, vor Freude mit der Faust auf den Tisch zu hauen.

»Hat er angegeben, was er gesucht hat?«

»In die entsprechende Rubrik hat er Familiengeschichte eingetragen.«

Alles paßte! Ferrand hatte also noch nichts über das Schicksal seines Vaters gewußt, als er zu recherchieren begann, folgerte Tristan. Irgendwie war die Tagebuch-Quelle aus dem Stadtarchiv in seine Hände geraten und hatte den Anstoß zu einem persönlichen Rachefeldzug gegeben.

»Steht dort, welche Akten oder Dokumente er einsehen wollte?«

»Nein. Wir vom Archiv tragen es manchmal ein, damit wir nicht wieder von vorn beginnen müssen, wenn jemand mehrmals mit demselben Anliegen kommt. Aber im Benutzerbuch steht nichts.«

»Könntest du deinen Kollegen mal fragen? Vielleicht erinnert er sich noch. Hast du eine Vorstellung, was Raymond Ferrand bei euch gefunden haben könnte außer der Karteikarte des Einwohnermeldeamtes?«

Sascha Küsters schwieg einen Moment. Tristan hörte, wie er an seiner Zigarette zog.

»Wie du weißt, sind die Primärakten, also die von Polizei, Gestapo, Justiz und dem Arbeitsamt, vernichtet worden. Es kann rein theoretisch natürlich eine Art Querverweis geben, vielleicht in einem Aufsatz oder in den persönlichen Erinnerungen von Zeitzeugen. Das Leben ist bekanntlich bunt, chaotisch und überwiegend sinnlos. Aber ich bilde mir ein, die wesentlichen Arbeiten zu dem Thema zu kennen. Spontan kommt mir leider keine Idee, wie man gezielt recherchieren könnte.«

»Gut. Ich wäre dir sehr dankbar, wenn du deinen Kollegen fragen könntest. Raymond Ferrand wird sicher nicht ohne professionelle Hilfe recherchiert haben. Vielleicht kann sich der Bibliothekar daran erinnern, was er Ferrand vorgelegt hat.«

Sascha Küsters versprach, den Kollegen, der in Köln seinen Lehrgang absolvierte, abends anzurufen. Dann erkundigte er sich nach Tristans Dienstzeiten während der Weihnachtstage – falls er seinen Kollegen nicht sofort erreichen würde. Tristan spürte eine Unruhe in Saschas Stimme und deutete sie als Angst vor der Einsamkeit der Feiertage. Ihm selbst ging es nicht anders, und er verspürte Lust, sich mit Sascha zu treffen. Nur wollte er das nicht in diesem Moment, mit Hartmann und Claudia in einem Raum, besprechen und bat Sascha lediglich, ihn unbedingt anzurufen, sobald er seinen Kollegen erreicht hätte.

Nach dem Telefonat ging Tristan zur Toilette. Bei seiner Rückkehr war Claudias Platz verwaist, ihr Mantel hing nicht mehr an der Garderobe.

»Ich soll dich schön von ihr grüßen und dir frohe Weihnachten wünschen«, sagte Hartmann, drückte seine muskulösen Schultern in den Stuhlrücken und setzte sein breitestes Siegerlächeln auf. »Sie wollte dem Berufsverkehr entgehen. Ab morgen hat sie ja schon Urlaub. Vielleicht ruft sie nach den Feiertagen mal an.«

Tristan gab keine Antwort – diese Genugtuung wollte er Hartmann nicht gönnen – und verbiß sich in seine Statistik. Als er wieder aus dem Fenster schaute, war es längst dunkel geworden; die gelbe Lichterkette tanzte in seinen Augen. Wenigstens hatte er die Geschenke für seine Eltern eingekauft.

Um kurz nach fünf verließ er das Büro. Auf der Treppe begegnete er dem schnaufenden Dr. Zoll. Der Polizeipräsident versagte sich in seinem Kampf gegen die Kalorien schon seit einiger Zeit den Aufzug. Er ging aber, die linke Hand starr am Geländer, so entsetzlich langsam, daß Tristan keinen Rhythmus fand und seine Beinmuskulatur sich verkrampfte. Dr. Zoll erkundigte sich nach dem Schorrberg-Fall, der in der offiziellen Statistik natürlich nicht auftauchte.

Bevor sie sich in der Tiefgarage trennten, fragte der Polizeipräsident unvermittelt: »Gibt es eigentlich irgendwelche Probleme mit dieser Claudia Poschmann aus Dortmund?«

Tristan zuckte innerlich zusammen. Er wurde von der paranoiden Vorstellung ergriffen, die Episode in der Umkleidekabine könnte sich, auf welche Weise auch immer, ihren Weg über Hartmann durch das ganze Polizeipräsidium gebahnt haben.

»Nein. Wieso? Hat sie mit Ihnen gesprochen?«

Dr. Zoll kramte in der Hosentasche nach dem Autoschlüssel und schüttelte den Kopf.

»Vergessen Sie's.«

Der Polizeipräsident schaute sich um, als befürchtete er, jemand hätte sich hinter einem Betonpfeiler versteckt und hörte ihm zu. Dann machte er einen Schritt auf Tristan zu.

»Machen Sie sich manchmal Vorwürfe, im Fall Hasso Schorrberg zu lange gewartet zu haben? Glauben Sie, Sie hätten die Tat verhindert, wenn Sie – auch gegen den Willen seiner Frau – mit Schorrberg selbst geredet hätten?«

Interessant, dachte Tristan, daß die Abwarte-Haltung plötzlich meine ureigene Entscheidung gewesen sein soll. Im *worst case*, wenn die Geschichte also doch noch publik werden sollte, wird mich Zollsperre eiskalt im Regen stehenlassen. Gut zu wissen.

»Ich glaube nicht, daß Schorrberg sich uns anvertraut

hätte. Selbst dann nicht, wenn er sich tatsächlich in Gefahr glaubte. Ich bin überzeugt, daß er die Sache auf seine Art gelöst hätte, notfalls auch mit einem Privatdetektiv. Er hätte alle Fäden in der Hand haben wollen.«

Tristan verschwieg, daß er sich tatsächlich schuldig gefühlt hatte. Er hatte sich vorgeworfen, die falsche Entscheidung getroffen zu haben, auch wenn dies vermutlich nichts an den Abläufen geändert hatte.

Dr. Zoll lächelte ihm aufmunternd zu.

»Hadern Sie nicht mit sich, Herr Lage. Sie wirkten auf mich sehr angegriffen in den letzten Tagen. Ich weiß, daß Sie sich eigene Fehler weniger leicht verzeihen als Ihre Kollegen. Das ehrt Sie, ist aber hier absolut nicht angebracht, wie immer der Fall sich auch entwickeln wird. Jetzt gönnen Sie sich einige ruhige Tage. Falls wir uns morgen nicht mehr sehen: Frohe Weihnachten, Herr Lage.«

Tristan ging langsamen Schrittes zu seinem Volvo.

Wie kam Zoll ausgerechnet an diesem Tag auf Claudia? Tristan zog die Augenbrauen zusammen, in seinem Schädel pochte es. Die Synapsen am Ende der Nervenbahnen kribbelten und würden, wenn er nichts unternähme, einen veritablen Kopfschmerz entstehen lassen. Glücklicherweise lag auf dem Rücksitz eine stets gepackte Sporttasche. Bahn um Bahn zu ziehen, sich müde zu schwimmen war seine Sofort-Therapie gegen Überforderung und Ratlosigkeit. Den Körper zu ermüden, damit der Geist keine bohrenden Fragen stellte nach Claudia und Beate, nach seinem Wunsch nach Heirat und Kindern und nach der Richtung, in der sein eigenes Leben unterwegs war.

15

Tristan erwachte mit einem diffusen Gefühl von Trauer. Sie lag wie ein Bodensatz in seinem Bewußtsein, vielleicht die Ablagerung eines Traumes, an den er sich nicht mehr erinnern konnte. Er ging schwankend in die Küche, schaltete die Kaffeemaschine an, trat zum Fenster, schaute hinunter in den Hof und kratzte sich unter dem Pyjama, während das Kaffeewasser gurgelte.

Er nahm Quark, Honig und Butter aus dem Kühlschrank und überlegte, was er für die Weihnachtstage würde einkaufen müssen. Die Trauer blieb. Während er die erste Tasse Kaffee trank – wie immer auf nüchternen Magen –, wurde die Trauer immer konkreter. Und dann bekam sie einen Namen. Ja, natürlich, am 24. Dezember vor einem Jahr hatten Beate und er sich getrennt. Obwohl sie damals die Wohnung und damit in gewissem Sinne auch ihn verlassen hatte, zog er diese neutrale Formulierung vor. Am Abend vorher hatten sie sich gestritten, weil Beate entgegen ihrer eigentlichen Planung über Weihnachten nicht bei ihm in Krefeld bleiben wollte. Tristan hatte Bereitschaft und sich dafür Silvester freigenommen, um mit Beate in Bonn, ihrem Wohnort, zu feiern. Der Streit hatte sich am Frühstückstisch neu entzündet, bis zu dem Punkt, daß Beate plötzlich das halb gegessene Brötchen weglegte, vom Tisch aufstand, kommentarlos ihre beiden Reisetaschen in den Flur stellte, in Höhe der offenen Küchentür, und, langsam und systematisch, ihre Kleidung, ihre Bücher und ihre Badezimmerutensilien einpackte. Als sie jene mit sentimentalen Erinnerungen besetzten Gegenstände holte, die eigentlich dauerhaft in seiner Wohnung blieben – Muscheln von ihrem ersten gemeinsamen Syltulaub, ihr Lieblingskuscheltier, ein Wecker in Form eines Herzens, der erst zwei Stunden nach der eingestellten Zeit klingelte –, sollte Tristan definitiv einsehen, daß es hier nicht mehr um einen Streit ging, sondern um Sein oder Nichtsein ihrer Beziehung.

Aber Tristan war sitzen geblieben, auch als sie im Flur ihren Rollkragenpullover auszog und im Unterhemd umständlich und mit geröteten Wangen nach einem anderen Kleidungsstück in der Tasche kramte. Minuten später hatte Beate wortlos die Wohnungstür hinter sich und ihrer dreijährigen Beziehung geschlossen.

Seitdem hatte es keinen Kontakt mehr gegeben, und die Tatsache, daß keiner von ihnen den ersten Schritt machte, entsprach in gewissem Sinne ihrer Beziehung. Rückblikkend analysierte Tristan, daß sie beide die ganze Zeit über akribisch darauf geachtet hatten, das Gleichgewicht aus Nehmen und Geben nicht zu verlieren. Alles wurde, diesem ungeschriebenen Gesetz gehorchend, perfekt ausbalanciert: Wer das Sommer- und wer das Winterurlaubsziel festlegte, wie oft er nach Bonn und sie nach Krefeld reiste, wer die Wochenendeinkäufe übernahm und wer die Rechnung im Restaurant zahlte – Beate bestand darauf, auch das Trinkgeld zu halbieren. Als sie die Pille absetzte, kaufte sie jede zweite Packung Kondome. So stimmte die Buchhaltung, und so zerbrach ihre Liebe.

Tristan öffnete den Kühlschrank und schrieb seinen Einkaufszettel. Vor einem Jahr hatte ein Hähnchen darin gelegen, das sie im Römertopf zubereiten wollten. Silvester mußte er es unberührt in den Abfall werfen. Hartmann hatte ihn danach überreden wollen, mit ihm auf die Pirsch zu gehen. Eine Frau vergißt du am leichtesten im Bett der nächsten, lautete sein Wahlspruch. Aber Tristan hatte sich eingeigelt, er konnte Beate nicht loslassen. Ihn quälte die Erkenntnis, daß sie sich in den drei gemeinsamen Jahren gar nicht wirklich kennengelernt hatten. Vielleicht, dachte er, soll man nicht versuchen, alles richtig zu machen. Die Liebe ist nicht das Ergebnis von tausend richtigen Schritten, sie ist viel eher das Gegenteil.

Es war halb elf, als Tristan mit zwei Einkaufstaschen die Treppe hinunterging. Aus der Wohnung unter ihm drang ein lautes, bei aller Vielstimmigkeit aber erstaunlich unaggressives Stimmengewirr. Eine türkische Familie lebte dort, drei Kinder und vier Erwachsene aus drei Generationen auf sechzig Quadratmetern, aber sie stritten sich seltener als die Kleinfamilie gegenüber, junge Doppelverdiener mit einer achtjährigen Tochter.

Auf dem Bürgersteig empfing Tristan ein beinahe frühlingshafter warmer Wind. Die Sonne schien aus einem wolkenlos blauen Himmel. Tristan ging zuerst zum Supermarkt, kaum dreihundert Meter entfernt Richtung Innenstadt, und kaufte Milch, etwas Aufschnitt (kein Hähnchenfleisch, er wollte sentimentalen Erinnerungen jeden möglichen Anlaß entziehen), Butter, Eier und Speck. Die Junggesellen-Grundausstattung. Auf dem Rückweg ging er in die kleine Bäckerei, die sich der Konkurrenz durch den Backshop im Supermarkt tapfer stellte – wahrscheinlich allein deshalb, weil dem Inhaber nur wenige Jahre zum Ruhestand fehlten. Tristan war ein seltener Kunde geworden; auf der einen Seite schmeckte ihm das Brot trotz des erheblich höheren Preises nicht besser als das vom Supermarkt, zum anderen überschüttete ihn die Frau des Bäckermeisters, seit sie von seinem Beruf erfahren hatte, mit ihren Beobachtungen und Verdächtigungen: Welcher Nachbar ständig falsch parkte, zu laute Musik hörte oder von seltsamen Leuten mit langen Haaren (»wie die Staatsterroristen früher, so heißen die doch, oder?«) Besuch bekam.

Aber an diesem Tag wünschte sie »unserem netten Herrn Kommissar« lediglich ein frohes Weihnachtsfest, und Tristan kaufte spontan zusätzlich zu seinem Mehrkornbrot eine Packung selbstgebackener Weihnachtsplätzchen.

Nach dem Mittagessen setzte er sich mit der Zeitung in den Ohrensessel im Wohnzimmer, nachdem er den Weihnachts-Sonderteil mit den sentimentalen Erzählungen und Gedichten ungelesen zum Altpapier gelegt hatte. Nach kurzer Zeit fielen ihm die Augen zu, es war, als drückte plötzlich das Gewicht des ganzen letzten Jahres auf seine Lider. Er fiel in eine Art Halbschlaf, aus den ihn, nach einer guten Stunde, die Vollbremsung eines Autos riß. Irritiert schaute er auf die Uhr. Bald würde er zu seinen Eltern fahren müssen. Er hätte jetzt gern, als eine Art akustischer Immunisierung gegen die weihnachtliche Süßlichkeit, Saxophon gespielt. Aber das Instrument würde er erst nach Weihnachten zurückbekommen. Tristan ging ins Schlafzimmer und zog den blauen, den Lieblingsanzug seiner Mutter an.

Im Hausflur fiel ihm ein, daß er noch nicht nach der Post geguckt hatte. Er sah einen hellblauen Umschlag in seinem Briefkasten. Sofort erkannte er die Schrift und zuckte zusammen. Beate. Es war eindeutig ihre großflächige, runde Malschrift, jeder Buchstabe ein Akt der Fürsorge. Vor dem »A« des Wortes »An«, also dem ersten Buchstaben auf dem Umschlag, hatte sie einen tiefen Bogen gezogen, als hätte sie zu einem großen Schwung angesetzt.

Tristan befühlte den Umschlag – darin befand sich vermutlich eine Karte, vielleicht eine witzige Weihnachtskarte mit einem Cartoon und einem harmlosen Gruß. Beate hatte früher gern Postkarten dieser Art verschickt, sie hatten immer mal wieder, versehen mit einer launigen Liebesbezeugung, in seinem Briefkasten gelegen. Nun füllten sie einen Schuhkarton, der in seinem Keller stand.

Tristan wollte den Brief erst am Abend, nach seiner Rückkehr, lesen und steckte ihn in seine Manteltasche.

Tristans Eltern waren wenige Monate nach der Pensionierung seines Vaters umgezogen. Sie hatten eine Dreizimmerwohnung am Rand der Innenstadt gegen eine Dreizimmerwohnung am Rand der Innenstadt getauscht, nur befand sich die Wohnung nun im Südwesten, am Hagerweg, ein paar Schritte von der Hochschule Niederrhein entfernt, in einer neuen Wohnanlage ganz aus rotem Backstein. Sie lag ruhig, die Einkaufsmöglichkeiten an der Markstraße waren in wenigen Fußminuten zu erreichen. Tristans Mutter war von der Wohnung, der kleineren Küche wegen, nicht begeistert, aber seinem Vater hatte das große Arbeitszimmer gefallen. Dort verbracht er seine Tage, schrieb essayistische Leserbriefe, die die Zeitungen – wenn sie sie abdruckten – um achtzig Prozent kürzten.

Seine Mutter öffnete die Tür. Sie trug ein blaues Wollkleid mit weißem Kragen, das an ihren rundlicher gewordenen Hüften spannte, die dreireihige Perlenkette für die festlichen Anlässe und darüber eine Küchenschürze. Ihre Wangen waren hitzerot. Sie ging sofort zurück in die Küche. Während Tristan den Mantel an die Garderobe hängte, bemerkte er den besonderen Geruch der Wohnung. Er erschien ihm mit jedem Jahr schwerer und bedrückender. Wenn er hereinkam, hatte er sofort das Bedürfnis nach frischer Luft.

Auf dem Küchentisch standen ein Strauß Blumen, eine geöffnete Flasche Sekt und zwei Gläser.

»Wir haben am Nachmittag angestoßen, dein Vater und ich«, sagte sie, »das machen wir doch immer am Heiligen Abend, und jedesmal bin ich nach einem Glas schon vollkommen beschwipst.«

Sie zwinkerte ihrem Sohn zu, und Tristan wurde bewußt, wie selten er bei seiner Mutter Ausgelassenheit und Lebensfreude sah. Er hielt die beiden Bücher und die Plätzchen in den Händen.

»Aber ich habe doch selbst gebacken«, sagte sie enttäuscht. »Ich backe doch jedes Jahr zu Weihnachten, mein Junge.«

Er hatte es vergessen.

»Es gab eine kleine Weihnachtsfeier im Präsidium«, log er, »und eine Kollegin hat jedem ein Päckchen geschenkt. Ich esse doch deine am liebsten. Vielleicht kannst du die hier jemandem mitbringen.«

Sie hob den Topf, in dem drei Rindsrouladen schmorten. Dazu würde es Salzkartoffeln und grüne Bohnen geben, zum Nachtisch selbstgemachtes Apfelkompott.

Sie legte den Deckel schräg auf den Rand, so daß etwas Dampf entweichen konnte.

»Es gibt selbstgemachtes Apfelkompott zum Nachtisch, es steht schon im Kühlschrank«, sagte sie, und plötzlich kippte ihr Tonfall, wurde dunkler und brüchiger. »Wir gehen doch nirgendwo hin, Junge. Dein Vater hatte mir so vieles versprochen für die Zeit nach seiner Pensionierung: Reisen, Wanderungen, ein Opernabonnement, er wollte sogar in meinem Kirchenchor mitsingen. Aber der Herr Studienrat hockt nur in seinem Büro und verteilt Noten an die Politiker. Es fehlt nur noch, daß er ihnen Strafarbeiten und Nachsitzen aufbrummt.«

Er legte eine Hand auf ihre Schulter.

»Laß ihm Zeit, Mutti. Wahrscheinlich ist das Ende des Arbeitslebens ein viel schwierigerer Prozeß, als wir beide uns das vorstellen.«

Ihre Augen wurden naß, ihr Blick stumpf und leblos. Dann gab sie sich innerlich einen Ruck und kniff ihn in die Wangen – eine Geste, die ihm schon als Kind weh getan hatte.

»Es ist so schön, daß du da bist, mein lieber Sohn. Und deine dumme Mutter hat nichts Besseres zu tun, als dich gerade heute abend mit ihren Problemen zu belästigen. Komm, geh zu Vati ins Wohnzimmer. Den Tisch habe ich schon gedeckt, und hier kannst du mir eh nicht helfen.«

Tristan hatte die beiden Bücher und die Plätzchen noch in den Händen. Mit dem linken Unterarm drückte er die Klinke nach unten, der Glaseinsatz in der Tür zitterte leicht.

Sein Vater erhob sich von der Couch. Er war etwas kleiner als sein Sohn, von sehr schlanker, beinahe drahtiger

Statur, sein Haar war dunkler und voller. Seit Tristan denken konnte, hatte er seinen Vater nie ohne Ziegenbart gesehen. Früher hatte der Bart ihm einen linksliberalen Touch verliehen, obwohl sein Vater nie SPD gewählt hatte; in den letzten Jahren erzeugte er in dem knochigen Gesicht den Ausdruck von Askese und pedantischer Strenge.

Die beiden Männer standen sich gegenüber, konnten sich aber, da Tristan die Geschenke nicht abgelegt hatte, weder umarmen noch die Hände schütteln. Tristan fiel auf, wie selten sie sich berührten. Seine Mutter nahm ihn immer in den Arm, sein Vater streckte einfach nur den Arm nach oben, als ob er jemanden auf der anderen Straßenseite grüßen würde.

Tristan legte die Geschenke unter den geschmückten Weihnachtsbaum am Fenster. Seine Eltern kauften jedes Jahr ein kleineres Exemplar. Dieser Baum konnte die Last des Lamettas, der Schlange aus Elektrokerzen, der glitzernden Sterne und Engel kaum tragen. Die Krippe, die Tristan als Kind mit seiner Mutter gebastelt hatte, stand auf dem Fensterbrett. Daneben ein mit Weihnachtsmotiven bemalter Holzteller, überreich gefüllt mit Nüssen, Apfelsinen und Süßigkeiten für Tristan. Obwohl er nichts davon aß oder mitnahm, wurde der Teller in jedem Jahr neu bestückt.

Sein Vater faltete die Zeitung zusammen und verließ das Zimmer. Sanfte Weihnachtsmusik erklang aus den Lautsprechern. Auf dem Klavier standen zwei Kerzenhalter auf Stickdecken. Vor dem Essen würde seine Mutter die Kerzen mit einem extra langen Streichholz anzünden. Seit der Pensionierung ihres Mannes gab sie kaum noch Klavierstunden. Obwohl Tristans Vater die meiste Zeit in seinem Arbeitszimmer saß, fühlte er sich durch den Besuch gestört, beschnitten in seiner Freiheit, jeden Raum zu jeder beliebigen Zeit nach seinem eigenen Gutdünken nutzen zu können. Tristans Mutter hatte sich gefügt, obgleich sie sehr gern unterrichtete.

Er schaute aus dem Fenster. Es hatte leicht zu regnen begonnen. Der Verkehr war fast völlig verebbt. Irgendwo in der Ferne ertönten Kirchenglocken. Tristan fühlte nach seinen Autoschlüsseln. Zwei, drei Stunden noch, dachte er.

»Wir wollen uns ja nur Kleinigkeiten schenken.«

Tristans Eltern standen plötzlich hinter ihm und hielten fünf Pakete in den Händen. Nacheinander packte Tristan ein Buch, einen Kriminalroman (er las niemals Krimis), zwei Krawatten, einen Gutschein von einem Sportgeschäft, eine Lederbrieftasche und zwei Karten für ein klassisches Konzert im Januar aus. Am Tag danach würde seine Mutter anrufen und möglichst diskret erkunden, ob er eine Frau eingeladen hatte.

Tristan umarmte seine Eltern und überreichte ihnen seine Präsente. Sein Vater zog die Augenbrauen hoch, als er den Klappentext des Buches las.

»Ich kenne den Autor nicht.« Der Tonfall klang leicht abschätzig, als bezweifelte er, daß ein Autor, den er nicht kannte, ein gutes Buch schreiben könnte.

»Mich würde sehr interessieren, was du von dem Roman hältst«, sagte Tristan. »Er beruht auf einer wahren Begebenheit.«

Seine Mutter entzündete die Kerzen auf dem Klavier und dämmte das Wohnzimmerlicht. Dann brachte sie auf einem Tablett das Abendessen.

Tristan wurde plötzlich bewußt, daß sein Vater im selben Jahr wie Dorothea Schorrberg geboren wurde, also 1927. Tristans Mutter war vier Jahre jünger. Hasso Schorrberg war Jahrgang 1920. Eigentlich eine geringe Differenz, und doch zog sie eine dramatische Linie, machte aus den Älteren die Tätergeneration und aus den Jüngeren die Schuldlosen, die Opfer eines barbarischen Systems.

Edgar Lage entkorkte eine Flasche Moselwein. Als er aufstand, um Tristans Glas zu füllen, schwang seine Krawatte wie ein Pendel über dem Tisch. In einer schnellen Bewegung verhinderte Tristans Mutter, daß sie in die Schüssel mit den Rouladen eintauchte. Tristan legte nur zwei Kartoffeln und wenige Bohnen auf seinen Teller; er wußte, daß er, um seine Mutter nicht zu kränken, zweimal würde nachnehmen müssen.

»Ich arbeite gerade an einem Fall, der in die Zeit des Kriegs zurückreicht«, sagte er langsam und machte eine kleine Pause. Erneut kam ihm der Gedanke, daß er früher nie mit seinen Eltern über diese Zeit geredet hatte, in der Befürchtung, die Position eines Anklägers einzunehmen. Nun diente ihm der Schorrberg-Fall als Vorwand, indem er seine Fragen nicht als Sohn, sondern als Kommissar stellte. »Er hat etwas mit den Fremdarbeitern von damals zu tun. Ich wollte euch nach euren persönlichen Erinnerungen fragen. Im gesamten Landkreis Kempen-Krefeld gab es zwischen zehn- und fünfzehntausend ausländische Arbeitskräfte, die in vierhundertfünfzig Lagern und Gruppenunterkünften untergebracht waren. Gegen Ende des Krieges war jeder fünfte Arbeiter ein Ausländer. Ich meine, jeder muß sie doch im Alltag wahrgenommen haben, auf ihrem Weg zur Arbeitsstelle oder in der Stadt, wenn sie nach Bombenangriffen den Schutt wegräumten oder Gleise für die Straßenbahn verlegten. Die Polen trugen ein Abzeichen, ein ›P‹, es war verwaltungstechnisch gewissermaßen die Übung für den Judenstern.«

Tristans Eltern schauten sich an. Sie hörten auf zu essen, und in der plötzlich eintretenden Stille am Tisch wirkte die Weihnachtsmusik aus dem Radio so laut, als säßen sie in einem Konzert.

»Ich war doch noch ein Kind, Tristan. Auf dem Schulweg sah ich manchmal Gruppen von Mädchen und Frauen, auf deren Mäntel ein ›P‹ oder ›Ost‹ genäht war. In der Schule hieß es, daß wir mit ihnen nicht reden und ihnen auf keinen Fall etwas zu essen geben dürften. Dabei hatten wir doch selbst kaum genug zum Überleben.«

Die Stimme von Tristans Mutter klang dünn, fast um Verzeihung bittend. Ihr Mann betupfte die Lippen mit der Stoffserviette.

»Laß nur, Hiltrud«, sagte Edgar Lage, legte die Hände neben den Teller und richtete sich kerzengrade auf. »Keiner greift dich an. Man muß den Problemkreis in seiner ganzen Komplexität erkennen, und das fällt den Nachgeborenen« – (er machte eine bedeutungsvolle Pause und neigte, Tristan anschauend, den Kopf ironisch zur Seite) – »vielleicht schwerer als uns. Es gab vom ersten Moment an widersprüchliche Impulse, die sich zu keiner Phase wirklich auflösten. Man wollte die Fremdarbeiter nicht, aber man brauchte sie, und man brauchte immer mehr von ihnen, solange der Krieg dauerte. Die Wirtschaft wäre ohne sie kollabiert. Aber die Hälfte von ihnen kam aus dem Osten, Untermenschen also gemäß der Nazi-Ideologie, Sklaven für die arische Herrenrasse. Gleichwohl mußte man sie verpflegen und gesund halten, denn sie hatten in Stahlwerken oder im Bergbau die schwersten Arbeiten zu verrichten.«

»Mir hat eine Freundin, die auf dem Land wohnte, erzählt, daß sie einen jungen Polen gehängt haben, weil er angeblich etwas mit einem deutschen Ladenmädchen hatte. Sie haben sogar extra einen Galgen gebaut, und alle Fremdarbeiter aus der Gegend mußten zugucken, zur Abschreckung. Schrecklich, wie im finstersten Mittelalter.«

»Das, meine liebe Hiltrud«, sagte Edgar Lage gönnerhaft, »meinte ich, als ich gerade von rassistischer Verachtung sprach. Reinhaltung des deutschen Blutes, Todesstrafe für Polen und Russen, Gefängnisstrafe oder KZ für eine deutsche Frau, die sich mit einem von ihnen einließ. Dennoch muß man bedenken, daß sich viele freiwillig meldeten. Die Zwangsarbeit hat vielen das Leben gerettet.«

»Wie bitte?« fragte Tristan, und nun legte er das Besteck neben den Teller.

»Hunderttausende russischer Kriegsgefangener sind in Lagern elendig verhungert. Rußland wurde überfallen, um die Ernährungsfrage dauerhaft zu lösen und sich Bodenschätze zu sichern. Die Einwohner waren eine Last. Hätte man die Männer und Frauen nicht als Arbeiter gebraucht – man hätte viel mehr systematisch in Kriegsgefangenenlagern, in Eisenbahnwaggons und auf dem freien Feld verhungern lassen. Außerdem gab es viele Ukrainer und Letten, die sich aus Haß auf Stalin freiwillig gemeldet haben.«

»Willst du damit sagen, daß die Fremdarbeiter hätten dankbar sein sollen, für einen Tyrannen arbeiten zu können, der ihr Land dem Erdboden gleichmachen wollte?«

»Man muß einfach nur berücksichtigen, daß schon vor dem Weltkrieg viele Polen als Saisonarbeiter in der deutschen Landwirtschaft tätig waren. Es bestanden oft langjährige, geradezu familiäre Beziehungen zwischen Polen und Deutschen. Als die Wehrmacht 1939 in Polen einfiel, herrschten dort Elend und Massenarbeitslosigkeit. Die Hälfte der Ostarbeiter waren Frauen, ihnen ging es als Dienstmädchen in begüterten deutschen Haushalten oder als Magd auf Bauernhöfen nicht zwangsläufig schlechter als in ihrem eigenen Land. Die Nationalsozialisten haben sogar durch Flugblätter dazu aufgerufen, die Polen nicht wie deutsche Mitbürger zu behandeln, sondern ihnen zu mißtrauen und sie als Feinde zu betrachten. Diese Flugblätter wurden doch nur deshalb verteilt, weil in den ländlichen Gebieten die Polen anders, also besser, behandelt wurden. Man muß alle diese Aspekte sehen.«

Tristan hatte nicht mitgezählt, wie oft sein Vater einen Satz mit »man muß« begonnen hatte. Gern hätte Tristan mehr von den Erinnerungen seiner Mutter gehört, aber sie würde in dieser Runde nichts mehr erzählen – zu sehr ließ sie sich von ihrem Mann verunsichern, der das unmittelbare Erleben geradezu zwanghaft dem Allgemeinen und Theoretischen unterordnete. Als Jugendlicher hatte Tristan es als angenehm empfunden, daß sein Vater nicht schrie, nicht tobte, sondern ihn mit Argumenten, mit ruhigem Abwägen des Für und Wider überzeugen wollte. Nun erschien ihm diese Strategie als Rückzug von den eigenen Gefühlen, als Ausweichen vor der Angreifbarkeit der eigenen Position.

»Keiner von euch beiden hat ein Wort über das Essen verloren«, sagte Tristans Mutter leise und verzagt in die Pause hinein. Edgar Lage lobte wortreich die Zartheit der Rouladen und die Bißfestigkeit des Gemüses, und Tristan verstand, daß damit sein Thema beerdigt war.

Er aß schweigend zu Ende. Als seine Mutter die Teller und Schüsseln auf das Tablett stapelte, in demonstrativer Lautstärke, schickte sie einen gleichzeitig fragenden und erbosten Blick zu ihrem Sohn: Mußt du gerade heute abend über dieses Thema reden und die schöne Stimmung kaputtmachen?

»Ich wollte eigentlich nur etwas von euren persönlichen

Eindrücken erfahren«, sagte Tristan als Antwort auf die Frage, die keine war, »ich wollte niemanden in die Position bringen, sich verteidigen zu müssen. Aber offensichtlich ist das schwer voneinander zu trennen.«

»Mein lieber Sohnemann«, sagte Edgar Lage und erhob sich von seinem Platz, »ich gebe mein Verhalten von damals weder dir noch irgend jemandem aus deiner Generation zur Beurteilung frei. Nicht, weil ich während des Krieges ein Pimpf war und noch zur Schule ging. Ich würde es auch nicht tun, wenn ich als Soldat an der Front gestanden hätte. Es ist leicht, lieber Tristan, am warmen Mittelmeer zu liegen und über die Sitten der Eskimos herzuziehen. Die Welt, in die du hineingeboren wurdest, läßt sich in nichts, aber auch gar nichts mit der vergleichen, in die deine Mutter und ich hineingeboren wurden. Vergiß das nicht.«

Tristans Vater ging in sein Arbeitszimmer, um eine Zigarre zu holen. Aber er blieb länger weg, als es erforderlich gewesen wäre, auch seine Mutter war noch nicht mit dem Nachtisch zurückgekehrt. Tristan saß allein im Wohnzimmer und fühlte sich wie ein Kind, das zur Strafe in sein Zimmer geschickt worden ist. Es war vollkommen still in der Wohnung. »Laßt uns froh und munter sein und uns recht von Herzen freu'n«, sang ein Kinderchor im Radio.

Raymond Ferrand – hatte er ein Gespräch gesucht mit Hasso Schorrberg? Er hatte Schorrberg offenbar nicht erpreßt, er hatte kein Geld gewollt, sondern vielleicht nur eine Entschuldigung, eine Bitte um Vergebung. Und war Raymond auf einen Panzer aus Selbstgerechtigkeit und Anmaßung gestoßen und hatte dann erst im Affekt getötet? Die Position meines Vaters, dachte Tristan, bedeutet ja in letzter Konsequenz nichts anderes, als diese Epoche insgesamt außerhalb jeglicher Beurteilung zu stellen. Und das konnte und wollte er nicht akzeptieren.

»So, jetzt versöhnen wir uns wieder«, flötete seine Mutter noch im Flur und stellte ein großes Schälchen mit Apfelkompott vor Tristan. Die Schlagsahne, mit einer Packung Sahnesteif verstärkt, gab es dazu. Als Kind hatte Tristan damit Hochhäuser auf dem festen Kompott gebaut. Eine Rauchwolke hing an der Türschwelle wie zur mahnenden Ankündigung. Dann kam sein Vater wieder ins Zimmer, schob Tristan wie in jedem Jahr seinen unberührten Nachtisch zu und holte die Flasche Cognac und drei Gläser aus dem Schrank.

Tristan aß seine Portion, ließ aber die seines Vaters stehen. Dann fragte er, ob er mal telefonieren dürfe.

Er schloß die Wohnzimmertür, nahm einen Notizzettel aus seiner Geldbörse und wählte die Nummer. Es dauerte lange, bis endlich abgehoben wurde.

»Ja? Hallo? Frohe Weihnachten einem jeden, der da spricht.«

Tristan hörte sofort, daß Sascha leicht betrunken war. Die gebrochene, staksende Stimme klang ungewohnt glatt, wie geölt.

»Hier ist Tristan. Entschuldige die Störung. Ich bin bei meinen Eltern, und ich fürchte, ich überlebe den Rest des Abends nicht.«

Sascha gluckste und kicherte.

»Also, hier sind wir schon zwei Könige, das heißt ein König und eine Königin, meine schöne Mitbewohnerin Linda, die gibt den Mohrenkönig, die ist nämlich Feministin. Wenn du kommst, sind wir drei. Außerdem haben wir keine Kinder. Paßt doch alles.«

»Ich danke dir, Sascha. In einer Viertelstunde bin ich bei euch.«

Seine Mutter erschien in der Diele und schloß die Tür hinter sich.

»Ich müßte schon wieder weg, Mutti. Es tut mir leid, wenn ich heute abend ... etwas gereizt war. In den letzten Tagen ist ziemlich viel passiert bei mir, entschuldige bitte.«

Er nahm seinen Mantel von der Garderobe. Seine Mutter stellte sich genau vor ihn und legte ihre Hände ganz leicht an seine Wangen.

»Das verstehe ich doch«, sagte sie und zwinkerte ihm zu. »Grüß sie unbekannterweise von mir. Und bring sie doch bald mal mit. Es wird ja auch langsam Zeit, daß du über Beate hinwegkommst.«

Tristan nickte flüchtig und öffnete die Haustür. Die Geschenke ließ er im Wohnzimmer, er wollte seinen Vater nicht sehen.

Die Straßen wirkten wie ausgestorben. Es war halb acht, Dunkelheit legte sich aus einem grauen Himmel über die Stadt. Tristan fuhr sehr langsam über den Frankenring und wurde von gleich drei Taxis überholt, die hintereinanderfuhren. Auf den Fensterbrettern einiger Häuser standen pygmäenhaft kleine künstliche Weihnachtsbäume mit bunten Elektrokerzen. Aus dem Shop einer Tankstelle kamen zwei Männer in Militärparkas und trugen einen Kasten Bier.

Am Bahnhof bog Tristan links ab in den Ostwall. Vor einigen Jahren war dort eine Geschäftspassage unter dem Bahnhofsvorplatz gebaut worden. Sie wurde jedoch von der Bevölkerung nicht angenommen, die Läden fielen wie Dominosteine nacheinander in die Pleite, die Fensterscheiben wurden nachts eingeschlagen und später durch mannshohe Bretterzäune ersetzt. Die Passage entwickelte sich zum Treffpunkt der Obdachlosen, Skinheads und Kleindealer.

Sascha wohnte am Stephansplatz, der von den Bomben des Zweiten Weltkrieges, die achtzig Prozent der Innenstadt in Schutt und Asche gelegt hatten, verschont geblieben war. In den noch nicht renovierten Altbauten – keine Badezimmer in den Wohnungen, eine Toilette pro Stockwerk auf dem Gang – hatten sich Mitte der siebziger Jahre die ersten WGs eingenistet. Während Tristan in Bonn studierte und als Untermieter bei einer alten Witwe untergebracht war, kämpften einige seiner ehemaligen Klassenkameraden dort mit den Regelungen des Küchendienstes und den sexuellen Freiräumen ihrer Beziehungskisten. Wäre das, rückblickend betrachtet, nicht vielleicht auch besser für ihn gewesen als die Isolationshaft seines Zimmers, die Fernsehgeräusche seiner halbtoten Vermieterin in den Ohren? Tristan fiel ein, was Sascha ihm während der Fahrt in die Stahlwerkssiedlung erzählt hatte: daß er und seine Mitbewohnerin kein Paar waren, aber manchmal morgens im selben Bett aufwachten.

Das Haus, in dem Sascha wohnte, war renoviert worden. Die weiße Fassade mit den Stuckverzierungen an den Fenstersockeln hob sich deutlich von der Umgebung ab. Die Klingelanlage aus Messing glitzerte. »Zweiter Stock rechts«, kam es aus dem Lautsprecher in der Mitte.

Die Wohnungstür war nur angelehnt. Tristan putzte sich die Schuhe ab und trat in den langen, schmalen Flur. Geradeaus lag die Wohnküche. Tristan blickte auf einen runden dunklen Holztisch, Sascha winkte ihn heran. Während Tristan den Mantel aufhängte, betrachtete er die Frau mit den kurzgeschnittenen schwarzen Haaren und den sehr großen silbernen Ohrringen.

»Tristan, das ist Linda Brauner. Wenn sie als überzeugte

Feministin nicht an mir herummäkelt, kümmert sie sich als Sozialpädagogin um schwererziehbare Jugendliche und hofft, daß sie deinen Kollegen nicht zu früh in die Hände fallen. Linda, das ist Tristan Lage, ein wahnsinnig lieber Mensch und Kommissar aus Zufall.«

Sascha Küsters schaute Tristan aus glasigen Augen an. Vor ihm stand ein Glas Rotwein, in der Küche roch es nach Glühwein. Sascha hatte ein Messer in der rechten Hand und schälte, sehr langsam und sehr vorsichtig, einen Apfel. In der Mitte des Tisches stand eine Glasschüssel mit bereits geschältem Obst, daneben eine hellblaue Keramikschale mit Apfelsinen, Bananen, Kiwis und Äpfeln.

»Hör nicht auf ihn. Er hat ein paar Gläser zuviel getrunken, wie immer an Weihnachten. Wenn du Obstsalat magst und mithelfen willst, nimm dir ein Messer aus der obersten Schublade dort.«

»Schade, schade«, sagte Sascha. Er trug einen Wollpullover und kein Hemd darunter. Tristan hatte den Eindruck, daß Sascha seit ihrem letzten Treffen noch magerer geworden war, obwohl das kaum möglich schien. »Ich dachte, ich rede besonders vernünftig, wenn ich betrunken bin. Stimmt es etwa nicht, Tristan? Das mit dem Kommissar aus Zufall? Ich glaube, daß wir uns im Grunde ziemlich ähnlich sind. Du interessierst dich für Menschen, für das, was sie hier und jetzt tun und warum sie es tun. Ein verkappter Psychologe und tief drinnen ein mitfühlender Philanthrop. Ich interessiere mich für das, was sie einmal getan haben und warum. Nur bin ich weniger nett.«

Tristan griff einen Apfel aus der Schale. Er saß zwischen Linda und Sascha, den Blick auf den alten zweiteiligen Küchenschrank gerichtet. Der Raum hatte kein Fenster, rechts oben in der Ecke war ein Ventilator angebracht. Tristan war aufgrund von Saschas Einschätzung einen Moment sprachlos.

»Mich hat schon immer die Kombination von Trunkenheit und Scharfsinn bei manchen Leuten fasziniert«, sagte er dann und schaute Sascha an. »Wenn ich ein Glas zuviel intus habe, werde ich im Kopf dumpf und schwerfällig. Übrigens ist meine Ex-Freundin ebenfalls Sozialpädagogin.«

»Wie lange seid ihr schon auseinander?« fragte Linda.

»Auf den Tag genau ein Jahr.«

Als Linda aufstand, um ein Glas aus dem Küchenschrank zu holen, sah Tristan, daß sie eine ähnliche Statur hatte wie Beate: gedrungen, mit kräftigen Beinen und vergleichsweise kleinen, spitzen Brüsten. Nur hatte Beate blonde, leicht gewellte Haare, die sie schulterlang trug. Und sie haßte große Ohrringe, wie sie überhaupt selten Schmuck trug.

»Hast du zufällig ein Foto von ihr dabei?« fragte Linda und stellte ein Glas dampfenden Glühwein vor Tristan auf den Tisch.

»Nein. Warum?«

»Nur so. Ist eine Art Macke von mir. Ich sehe ein Gesicht und habe sofort, ohne daß ich mich dagegen wehren könnte, einen Eindruck, ob dieser Mensch zu einem bestimmten anderen paßt oder nicht. Als ich ein Foto von Saschas großer Liebe …«

»Halt augenblicklich deine Klappe«, rief Sascha. Die Schärfe in seiner Stimme ließ Tristan zusammenzucken. Er hatte ihn noch nie so aggressiv erlebt.

»Reg dich ab«, entgegnete Linda und wandte sich Tristan zu. »Ich hoffe, du bist nicht so unfaßbar sentimental wie Sascha. Er hat vor über zwanzig Jahren die Liebe seines Lebens verloren, und seitdem winselt er nur. Die Frauen danach waren nur dazu da, ihm vorübergehend die eine große Wunde zu lecken. Kein sexueller Macho, aber der schlimmste emotionale Ausbeuter unter der Sonne.«

»Habe ich dir zuviel versprochen, als ich von ihrer Mäkelsucht sprach?« Sascha hatte die Fassung wiedergewonnen und bemühte sich um Entspannung. »Kommt, laßt uns endlich mal auf Weihnachten und auf uns drei anstoßen.«

Der selbst zubereitete Glühwein war süffig, aber keine Spur zu süß. Tristan dachte daran, was er bei seinen Eltern schon getrunken hatte, und beschloß, den Volvo stehenzulassen. Dreißig, maximal vierzig Minuten würde er für den Fußweg brauchen. Er hatte Lust, noch etwas trinken, er fühlte sich sehr wohl bei den beiden. Nicht zum ersten Mal wurde ihm bewußt, daß er eigentlich keinen Freundeskreis hatte. Nie hatte er sich so einsam gefühlt wie im letzten Jahr. Die Wochenendbeziehung mit Beate hatte ihn das Alleinsein nicht spüren lassen; er hatte Zeit für das Saxophon, las viel und ging gelegentlich mit Kollegen ins Kino. Aber Beates Weggang hatte sein soziales Gefüge aus dem Gleichgewicht gebracht.

»Bevor ich es vergesse«, sagte Sascha und spritzte den Obstsalat mit Maraschino ab, »ich habe unseren Bibliothekar gestern zu Hause angerufen. Er konnte sich vage an deinen Raymond Ferrand erinnern. Erinnern deshalb, weil Ferrand fließend deutsch sprach, wenn auch mit starkem Akzent, und vage deshalb, weil das Thema Familiengeschichte für uns Archivleute zum ganz normalen Alltag gehört. Wir bekommen zum Beispiel viele Briefe von Anwälten und Erbenermittlern, die nach Vorfahren und Nachkommen forschen. Mein Kollege hat ihm tatsächlich die Karteikarte des Einwohnermeldeamtes gezeigt. Und diverse Akten der Stadtverwaltung aus der Nachkriegszeit.

Außerdem hat Ferrand einige Aufsätze zum Thema Zweiter Weltkrieg gelesen und in einigen Biographien und Lebenserinnerungen geschmökert. Viele Publikationen stehen in unserem Lesesaal; da kann sich jeder frei bedienen, ohne uns zu fragen. Dein Franzmann jedenfalls kam an drei Tagen, las und verschwand wieder, so einfach und kommentarlos, wie er aufgetaucht ist. Nichts Ungewöhnliches also.«

Tristan nickte. Er hatte nicht erwartet, daß ihm die anonyme historische Quelle gleichsam auf dem Tablett serviert werden würde, allerdings bewies der dreimalige Besuch das fundierte Interesse Raymond Ferrands. Mehr würde er nur erfahren, wenn er persönlich mit Ferrand sprach.

»Es geht mich zwar nichts an«, fragte Sascha Küsters, »aber was treibt einen Kommissar aus deinem Ressort dazu, derart intensiv in der braunen Vergangenheit zu forschen?«

»Ich kann, das heißt, ich darf es dir nicht sagen. Aber wenn meine Ermittlungen in eine Sackgasse führen sollten, werde ich dich wieder brauchen und die Karten auf den Tisch legen.«

Während des Essens plauderten sie zu dritt unangestrengt über Gott und die Welt. Linda zog ihre Beine auf den Stuhl und umklammerte sie mit den Armen, das Kinn auf die Knie gestützt. Sie wirkte in diesem Moment auf Tristan so verletzlich wie eine kleine Katze; ihre anfängliche Burschikosität war mit einem Mal verschwunden. Drei Jahre zuvor hatte sie den Kontakt zu ihren Eltern radikal gekappt, weil sie »zwei zentnerschwere Bleikugeln auf dem langen Weg zu mir selbst sind«. Nur an Weihnachten und Geburtstagen falle sie in diesen »miesen sentimentalen Schacht«, erklärte sie und wischte sich die Tränen ab.

Sascha drehte sich eine Zigarette, und weil die Küche eine absolut rauchfreie Zone war, nahm er den Glühwein (sein fünftes oder sechstes Glas) und ging mit Tristan in sein Zimmer. Die Möblierung bestand im wesentlichen aus einem Gebirge aus Büchern, Akten und Papierstößen, das sich auf einem von vier Metallböcken gestützten, circa einen Meter tiefen Brett die gesamte Fensterseite entlangstreckte. In der Mitte standen ein Bürostuhl auf Rollen und ein Computer. Auf der linken Seite lag eine Matratze auf dem Parkettboden; ein Tisch mit drei Klappstühlen, ein rotes Sitzkissen, zwei Bücherregale und ein Kleiderschrank komplettierten die Einrichtung. Die Wände waren weiß gestrichen und bilderlos. Der Akademiker als Mönch, dachte Tristan.

»Was ist denn das?« fragte er und zeigte auf die Decke, an der ungefähr ein Dutzend massiver Metallhaken in regelmäßigen Abständen zueinander befestigt waren. »Da könnte man ja Schweine dranhängen und ausbluten lassen.«

»Der Vormieter hatte ein Faible für Mobilés aus Metall«, sagte Sascha und kniff die Augen einen Moment lang zu, als würde er von einer Müdigkeitswelle überrollt. »Er hat sie selbst im Keller zusammengeschweißt und hier aufgehängt.«

Tristan ging zu dem überdimensionalen Schreibtisch und versuchte, die Titel einiger Bücher zu lesen. Aber das Deckenlicht war zu schwach, und Tristan wollte nicht eigenmächtig eine der drei Schreibtischlampen anknipsen, die für die Beleuchtung der gesamten Strecke von Wand zu Wand erforderlich waren.

»Läuft es gut im Moment? Kannst du die Promotion rechtzeitig einreichen?«

Sascha setzte sich auf die Matratze, ließ sich stöhnend

zurückfallen und lehnte, mit gekrümmtem Rücken, die wenigen Haare wirr über den Kopf verteilt, an der Wand. Den Aschenbecher postierte er neben sich auf das Laken. Auf der linken Seite türmte sich die Bettdecke; er hatte das Bett an diesem Tag noch nicht gemacht.

»Ach Gott, die Promotion. Kein gutes Thema. Auch nicht an dem Tag, als einst die Hoffnung für die gequälte Menschheit geboren wurde. Erzähl mir lieber mehr von dir. Wo und wie du wohnst zum Beispiel.«

Wenige Minuten später öffnete Linda die Tür. Sie hatte einen schwarzen taillierten Blazer, ein tief ausgeschnittenes T-Shirt und hautenge Jeans angezogen und einen feuerroten Lippenstift aufgetragen. Tristan roch ihr herbes Parfüm.

»Ich gehe noch mal raus und werfe die Angel aus«, sagte sie und spitzte ihre Lippen mit Blick auf Sascha zu einem Kußmund. »Heute gibt es traditionell gute Fangquoten für entwurzelte Seelen wie unsereins.«

Sascha nickte und hob die Hand, aber Linda hatte die Tür bereits geschlossen.

»Seit einem Jahr probiert sie es auch mit Frauen«, sagte er, und die Worte schlichen langsam und kaum noch verständlich aus seinem Mund. »Schon ein komisches Gefühl, wenn ich manchmal morgens vor unserer Badezimmertür stehe und nicht weiß, ob da jetzt ein Mann oder eine Frau rauskommt. Nun ja, solange es kein Schäferhund ist.«

Er versuchte, sich eine Zigarette zu drehen, aber die Finger gehorchten ihm nicht mehr mit der nötigen Präzision; der Tabak fiel von beiden Enden auf die Decke. Schließlich schob er den Beutel einfach vom Laken hinunter auf das Parkett.

»Unsere Elterngeneration war vielleicht ein bißchen

starr in ihren Rollen, aber manchmal kommt es mir besser vor als das Chaos, das wir anrichten.«

Als wäre dieser Satz der Schlußakkord, kippte Sascha zur Seite. Sofort schloß er die Augen und streckte sich aus. Tristan nahm rasch den Aschenbecher vom Laken, kontrollierte, ob nichts mehr glimmte, und stellte ihn in sicherer Entfernung auf den Boden. Saschas Atem wurde gleichmäßiger und schwerer, er röchelte ein paarmal und deckte mit dem Oberarm die Augen ab.

Tristan beugte sich vor und sagte leise: »Schlaf einfach weiter. Ich ziehe die Haustür zu.«

Sascha versuchte mühsam, die Augen zu öffnen, jedoch vergebens. Ein Lächeln huschte plötzlich über sein Gesicht, als wäre er plötzlich wieder bei klarem Bewußtsein. Aber dann sank sein Kopf nach vorn. Er murmelte etwas, das wie »Danke, mein Freund, mein lieber Freund« klang, zu mehr reichte die Kraft nicht mehr.

Tristan nahm den Mantel vom Garderobenhaken und ging die Treppe hinunter. Die Haustür ließ sich von innen mit einem Summer öffnen. Glücklicherweise hatte der Regen nicht wieder eingesetzt. Aber es war kälter geworden, die Luft legte sich wie eine Schicht aus Eis um seinen Kopf. Er spürte schlagartig den Alkohol; zu Hause wollte er vor dem Schlafengehen noch ein Aspirin nehmen. Als er die Hände in die Manteltaschen vergrub, spürte er den Brief. Beates Brief – er hatte ihn in den letzten Stunden vollkommen vergessen.

16

Hartmann stellte sich im Aufzug vor den Spiegel und betrachtete seinen Bart. Er war noch dichter geworden, weil die pechschwarzen Haare sich zu kräuseln begannen, zu einer Hecke auswuchsen. Hartmanns rechter Zeigefinger strich über eine kleine Narbe an der rechten Wange, das Souvenir eines polnischen Zuhälters, mit dem Hartmann sich vor ein paar Jahren geprügelt hatte. Er spannte die Gesichtshaut und drehte den Kopf von links nach rechts und wieder zurück. Er befürchtet, der Bart könnte, wenn er das untere Ende der Narbe erreicht, auf den Betrachter so wirken, als diente er dazu, eine vermeintliche Verunstaltung zu verbergen, dachte Tristan. Also wird Hartmann seinen Bart oben herum begrenzen, damit die Narbe so sexy strahlt wie bisher.

»Claudia hat übrigens gestern angerufen«, sagte Hartmann, während sich die Aufzugtüren öffneten, »sie kommt morgen wieder. Es scheint ihr super zu gehen. Eine Frechheit, findest du nicht? Sie hat uns nicht einmal vermißt, sagt sie.«

Tristan ging vor Hartmann ins Büro und stellte das Aufnahmegerät auf den Schreibtisch. Die beiden kamen gerade aus dem Krankenhaus. Ein Mann, der in Scheidung lebte, hatte seine Frau grün und blau geschlagen und mit dem Messer attackiert, als sie am ersten Weihnachtstag die gemeinsamen Kinder eine Stunde vor der gerichtlich vereinbarten Zeit aus seiner Wohnung abholen wollte. Die Frau war mit den Kindern geflüchtet und hatte die Polizei gerufen. Als die Streife eintraf und der Mann nicht öffnete, brachen sie die Tür auf. Sie fanden den Mann in der Badewanne, mit geöffneten Pulsadern.

Aber er hatte überlebt. Weihnachten war die Hochsaison für Konflikte dieser Art. Je länger die Menschen in ihrem familiären Gefängnis blieben, desto höher wurde die Zahl der Gewaltdelikte.

Tristan schaute zu seinem Postfach hinüber: leer. Also noch keine Antwort aus Hautmont. Seine Stimmung sank augenblicklich um mehrere Grade. Er schaltete den PC ein, das Protokoll der Vernehmung im Krankenhaus schrieb er am besten sofort. Der Mann war nicht nur bis ins letzte Detail geständig gewesen, er wirkte so depressiv und entsetzt von sich selbst, daß er auch den Mord an J. F. Kennedy und den Handel mit waffenfähigem Uran gestanden hätte.

»Sie fehlt mir schon, unsere Claudia«, sagte Hartmann, die Hände hinter dem Kopf verschränkt, »auch wenn sie für meinen Geschmack ein bißchen sehr launisch ist. Findest du auch, oder?«

Tristan antwortete nicht. Aber das hatte Hartmann noch nie als Signal verstanden.

»Außerdem hat sie was gegen Machos. Sagt sie. Aber sie wäre nicht die erste, die Reden gegen unsereins schwingt, und wenn du sie erst einmal im Bett hast, nehmen sie keine feindlichen Worte mehr in den Mund, sondern etwas ganz anderes und haben viel Spaß damit.«

Hartmann wollte ihn provozieren, das wußte Tristan. Seinen Kollegen störte, oder besser, irritierte, daß Tristan nicht über Claudia oder über andere Frauen sprach. Da Menges wieder einmal krank geschrieben war, stand er auch nicht für Hartmanns Machtspielchen zur Verfügung. Hartmann fehlte die Reibung, er brauchte Widerstände. Tristan war mittlerweile der Meinung, daß sein Kollege einen Fall nicht in erster Linie verstehen und dann lösen wollte – für Hartmann war jeder Fall ein Widerstand, der gebrochen werden mußte.

Tristan veränderte seine Sitzposition ein wenig, so daß sein Kopf, von Hartmanns Platz aus gesehen, vom Bildschirm verdeckt wurde. Er tippte die Daten des tobenden Ehemannes in die Maske des Protokolls. Hartmann trommelte mit den Fingerknöcheln auf der Schreibtischplatte, dann griff er sich wohl oder übel einen Aktenordner.

Einige Minuten später stand ein knapp fünfzigjähriger Mann im Türrahmen. Mittelgroß, schlank, auffallend gut gekleidet: eleganter Trenchcoat, hellgrauer Anzug mit Weste, leuchtend rote Krawatte und ein Einstecktuch derselben Farbe. Leicht gewellte dunkle Haare, gepflegter kleiner Schnauzbart. Ein Mann, der teures Rasierwasser benutzte.

»Verzeihung«, sagte er mit unüberhörbarem französischem Akzent, »finde ich hier einen Kommissar Tristan Lage?«

Tristan zuckte zusammen. Er hatte nie ein Foto von Léon Carré gesehen, aber er zweifelte nicht den Bruchteil einer Sekunde daran, dessen Sohn vor sich zu haben.

»Der Pförtner hat mir diese Zimmernummer gegeben.«

Tristan erhob sich langsam. Die Szene schien ihm so irreal, daß er sich in einem Film glaubte.

»Sind Sie Raymond Ferrand?«

»Schon seit meiner Geburt«, sagte der Angesprochene und neigte, lächelnd und mit hochgezogenen Augenbrauen, den Kopf leicht zur Seite. Das Lächeln eines Mannes, der sofort eine positive, gelockerte Stimmung herstellen möchte. Das Lächeln eines im Außendienst Tätigen.

»Ich verstehe nicht ganz, wie Sie hierherkommen. Ich meine, warum Sie ...« Tristan stockte. Er schüttelte ungläubig den Kopf.

»Oh. Natürlich. Ein Freund von mir – wir spielen Karten zusammen – arbeitet bei der Polizei in Hautmont. Er hat mir gesagt, daß hier ein Kommissar etwas wissen wollte über mich. Und meinen Vater.«

Das ist wohl das Laisser-faire der französischen Kollegen, dachte Tristan. Er hatte zwar nicht geschrieben, daß Raymond Ferrand ein Verdächtiger war, aber natürlich vorausgesetzt, daß die Jungs in Hautmont seine Anfrage vertraulich behandeln würden.

»Ja, ich würde mich gern mit Ihnen unterhalten.« Tristans ausgestreckter Arm wies auf den Besuchertisch.

Raymonds Blick wanderte im Raum umher, über die alten Möbel, den ausgetretenen Teppich mit Kaffeeflekken, die Holzstühle am Besuchertisch, die so unbequem aussahen, wie sie tatsächlich waren, die fleckige Zwischenwand dahinter. Dann schaute er auf die Uhr und sagte: »Herr Kommissar, es ist gleich zwölf Uhr. Darf ich Sie irgendwo hier in der Nähe zum Mittagessen einladen?«

Laisser-faire und Savoir-vivre. Tristan lächelte. Warum eigentlich nicht?

»Ich darf Ihre Einladung nicht annehmen, Herr Ferrand, aber ich leiste Ihnen gern Gesellschaft.«

»Wo möchten Sie hingehen?«

Tristan knöpfte sich vor dem Präsidium den Mantel zu. Es war wieder kälter geworden in den letzten Tagen, eine nasse, unangenehme Kälte. Die Leuchtkerzen in den Bäumen waren ausgeschaltet, Weihnachten war Geschichte. Tristan schaute mißtrauisch in den Himmel, er hatte seinen Schirm im Büro gelassen. Aber noch regnete es nicht.

»Ich mag die rheinische Küche. Reibekuchen, Bratkartoffeln und Gemüse, mit fettem Speck gebraten. Es gibt diese kleinere Brauerei Gleumes in der Sternstraße. Ich wohne in Krefeld immer im Haus Uhlen, nur ein paar Minuten entfernt. Das ist sehr praktisch, für meinen Magen und für meinen Führerschein.«

Das Lokal war voll, die Luft stand vor Rauch. Die Kellner in weißen Hemden und grünen Westen trugen die Tabletts mit Biergläsern über den Köpfen und bewegten sich geschickt auf den schmalen Pfaden, die die dicht angeordneten Tische ihnen ließen. Ferrand hüstelte. Ein Nichtraucher wie ich, dachte Tristan und erspähte einen freien Tisch in der äußersten Ecke.

»Sie sprechen perfekt deutsch, Herr Ferrand«, sagte er dann und warf einen Blick auf die Schiefertafel an der Wand, auf der die Tagesgerichte mit Kreide notiert waren. Daneben hingen Zeichnungen von »Kriewelschen Originalen«, die am Tresen ihren Stammplatz hatten.

»Ich habe die Sprache schon immer gemocht. Später auch das Land, als ich hinfahren konnte, zuerst während der Schulzeit und dann im Beruf. Ich weiß nicht, aus welchem Grund. Keiner meiner Schulkameraden oder meiner Freunde hatte jemals Lust mitzufahren. Aber ich habe schon als Kind in deutschen Schulbüchern geblättert, stundenlang, ohne ein einziges Wort zu verstehen. Seltsam, nicht wahr?«

Nein, es ist nicht seltsam, dachte Tristan, aber er wollte noch nicht zur Sache kommen.

»Sie arbeiten im Außendienst?«

»Ja. Deutschland, Holland und Belgien. Ich vertrete eine französische Firma, die hochwertige Schreibutensilien herstellt. Unsere Kunden sind ausschließlich Fachgeschäfte. Ich reise gern, wissen Sie, ich habe keine Familie. Meine Mutter ist vor einem halben Jahr gestorben.«

»Ich weiß«, sagte Tristan.

Ferrand schaute ihn überrascht an. In diesem Moment kam der Kellner und stellte unaufgefordert zwei Gläser Altbier auf den Tisch. Ferrand bestellte eine rheinische Bratwurst mit Rotkohl; Tristan schloß sich ihm an. Sein Gesprächspartner war sehr schlank, das Hemd spannte kaum über dem Bauch. Raymond Ferrand hatte keine breiten Schultern, dennoch machte er einen sportlichen, gesunden Eindruck. Die Figur eines Joggers, dachte Tristan.

»Ich liebe dieses Bier«, sagte Raymond, »was ich allerdings bei Geschäftsessen in Belgien verschweigen muß. Je kleiner das Land, desto empfindlicher seine Einwohner.«

»Heißt das, die Deutschen sind unempfindlicher?«

»Sie waren es zumindest einmal, in einer bestimmten Epoche. Schauen Sie sich hier um: Angestellte, Rentner, Ehepaare, die eingekauft haben und sich bei einem Mittagessen entspannen. Das mag ich. Das Essen kommt in diesem von Hand betriebenen kleinen Aufzug aus der Küche. Wie auf einer alten Bimmelbahn, finde ich. Das Leben einfach laufen lassen, sich keinen Illusionen hingeben, nicht zuviel Ehrgeiz haben. Ehrgeiz macht böse.«

Tristan bemerkte, daß Raymond Ferrand zunehmend entspannter wirkte. Das geradezu spiegelnd Glatte seines ersten Auftretens, jene Lockerheit, die berufsbedingt zugleich etwas Forderndes hatte, war verschwunden. Er fühlte sich erkennbar nicht in der Defensive, und das irritierte Tristan.

»Sie kommen also regelmäßig in unsere Stadt?«

»Mehrmals im Jahr. Hier ist gewissermaßen mein Stützpunkt, um die Geschäfte in dieser Region zu besuchen. Danach fahre ich in der Regel nach Holland und Belgien weiter.«

»Aber Sie haben im Oktober nicht nur Ihre Geschäfte und die schönen Gastwirtschaften in dieser Stadt besucht.«

Ferrand schaute Tristan herausfordernd an. Seine braunen Augen schienen um einige Grade dunkler zu werden.

»Herr Kommissar, was soll diese Frage? Ich finde Ihren Tonfall sehr unangemessen. Er macht mich etwas … empfindlich.«

»Sie haben drei Nachmittage im Stadtarchiv verbracht.«

»Vielleicht kenne ich nicht alle Gesetze dieses Landes auswendig, aber ich hätte nicht gedacht, daß ich mich strafbar machen würde.«

Der Kellner stand plötzlich neben ihnen und stellte die beiden Teller ab. Raymond Ferrand hatte sein Bier in der Zwischenzeit ausgetrunken und nahm ein zweites vom Tablett, wobei er dem Kellner zuzwinkerte. Tristan hatte an seinem kaum mehr als genippt; ohne eine entsprechende Grundlage im Magen, die nun vor ihm stand, schmeckte ihm Bier nicht.

»Es sieht gut aus, finden Sie nicht?« fragte Ferrand. »Hier schieben sie nicht die fertigen Teller kurz in die Mikrowelle, so daß man sich die Zunge am Essen und die Finger am Teller verbrennt. *Bon appétit*, Herr Kommissar.«

Tristan brauchte Bedenkzeit. Er hatte einen Fehler gemacht, einen idiotischen Fehler, indem er das Gespräch übergangslos in ein Verhör verwandelte. Warum nur? Eine Flucht nach vorn, weil er sich selbst seiner Sache plötzlich nicht mehr sicher war?

»Verzeihen Sie, Herr Ferrand. Meine Frage war tatsächlich unangebracht.«

»D'accord.« Raymond Ferrand lächelte ihm zu.

Tristan entschloß sich, die Taktik zu wechseln.

»Sie haben mich vorhin überrascht angeschaut, als ich sagte, daß ich vom Tod ihrer Mutter wüßte.«

»In der Tat.«

»Nun, wir ermitteln in einem Fall, der – ohne daß wir die Zusammenhänge kennen – unter Umständen etwas mit Ihrem Vater zu tun hat. Gehe ich recht in der Annahme, daß Sie im Archiv etwas über Ihren Vater in Erfahrung bringen wollten? Genauer formuliert: daß Sie nach dem Tod Ihrer Mutter begonnen haben zu recherchieren?«

Raymond Ferrand öffnete den obersten Knopf seines Hemdes und lockerte den Knoten seiner Krawatte. Dann streifte er seine Armbanduhr ab, eine Uhr mit massivem vergoldetem Armband, die auf eine demonstrative Weise teuer aussah, und steckte sie in die Seitentasche seiner Anzugjacke. Als ob er Teile seiner Vertreter-Rüstung abstreifen wollte, nun, da es um einen sehr persönlichen und schmerzlichen Bereich seines Lebens ging.

»Meine Mutter hat nie viel über meinen Vater gesprochen. Er muß die Liebe ihres Lebens gewesen sein. Sie hatte zwar nach ihm noch Beziehungen zu Männern – sie hat es vor mir als Kind verbergen wollen, aber ich habe es gespürt, und außerdem gab es Nachbarinnen, die tuschelten, wenn ich im Hausflur an ihnen vorbeiging. Aber meine Mutter wollte nicht heiraten, obwohl es durchaus Bewerber gab.«

»Sie hat sich ganz Ihnen gewidmet?«

Ferrand nickte.

»Sie und ihre Eltern, also meine Großeltern. Die Geschwister meiner Mutter hatten alle Kinder, so daß ich nicht isoliert aufgewachsen bin. Wir waren im Grunde eine riesige Großfamilie.«

»Trotzdem, wenn Sie mir die persönliche Frage gestatten, haben Sie einen Vater vermutlich vermißt.«

Raymond Ferrand schob den Teller von sich. Er hatte in den letzten Minuten immer langsamer und teilnahmsloser gegessen, als ob das Gespräch ihn aus der Gegenwart herausgeführt hätte.

»Einmal kam mein bester Freund mit einer geschwollenen Wange in die Schule. Ich war in der zweiten Klasse der Grundschule. Er saß direkt neben mir. Er hat nichts gesagt, aber es war mir klar, daß sein Vater ihm ein paar Backpfeifen verpaßt hatte. Ich habe den ganzen Vormittag lang seine Backe angeschaut, ich wollte sie sogar berühren. Ich habe meinen Freund beneidet. Verstehen Sie das, Herr Kommissar? Vielleicht habe ich deshalb keine eigenen Kinder. Die Furcht, daß ich verunglücken und sie früh zu Waisen machen könnte, war immer mächtiger als der Wunsch, eine eigene Familie zu gründen.«

»Ich denke, ich verstehe Sie. Aber ich möchte noch weiter fragen: Ihr Vater ist doch in Hautmont aufgewachsen. Die Leute müssen Ihnen etwas über ihn erzählt haben. Welches Bild haben Sie sich von Ihrem Vater gemacht?«

Raymond lächelte plötzlich. Seine Augen wirkten lebendiger, er lehnte sich zurück und schüttelte den Kopf.

»Wissen Sie, das ist eine ganz eigene Geschichte. Als ich ein Kind war, hat man mir meinen Vater als tapferen Franzosen beschrieben, der für sein Vaterland gefallen war. Nicht als Soldat, er wurde von den Nazis verschleppt. Später erst hat das Bild Risse bekommen, zunächst feinere, dann immer größere. Also, mein Vater wurde nicht verschleppt. Er ist nach Deutschland gegangen, weil sie seiner Mutter die staatliche Unterstützung sperren wollten und die Nazis versprachen, seinen Bruder aus der Gefangenschaft zu entlassen. Aber mein Vater war kein, sagen wir, Deutschland-Hasser. Wenn Sie jetzt meine Landsleute fragen, waren alle Franzosen damals in der Résistance und in jedem Keller war eine jüdische Familie versteckt. Aber in Wahrheit hat mein Vater wohl im stillen gedacht: Die Deutschen werden die kommunistischen Russen wegputzen, dann werden sie sich im Osten die Bodenschätze und die Landwirtschaft unter den Nagel reißen und uns Franzosen wieder in Ruhe lassen. Ein ziemlich pragmatischer Standpunkt, aber ich fürchte, er war verbreiteter, als man es sich eingestehen will. Mein Vater war nicht für Hitler, aber er war sehr konservativ. Wissen Sie, er ist nach jedem Urlaub brav wieder an seinen Arbeitsplatz zurückgekehrt. Als sein Bruder aus der Kriegsgefangenschaft entlassen war, hätte er mit ihm und ihrer Mutter untertauchen können. Die Nazis hatten 1943 und danach doch überhaupt nicht die Mittel und nicht das Interesse, jedem abgetauchten Fremdarbeiter einen Suchtrupp hinterherzuschicken. Vermutlich ist die Wahrheit ganz einfach: Mein Vater wurde von seinem Arbeitgeber hier, den Stahlwerken, korrekt entlohnt, er konnte seine Familie unterstützen, er bekam ausreichend zu essen und hat sich vielleicht hier sicherer gefühlt als in Frankreich.«

Und es gab noch ein anderes Motiv, dachte Tristan, aber er sah, zumindest zu diesem Zeitpunkt, keinen Grund, dem Bild, das Raymond von seinem Vater hatte, einen weiteren Riß hinzuzufügen.

»Haben Sie darüber nie mit Ihrer Mutter gesprochen? Sie hätte doch Ihren Vater dazu bewegen müssen, nach Hautmont zurückzukehren.«

Ferrand nahm zu Tristans leiser Überraschung eine Pakkung Zigarillos aus der Seitentasche seines Anzugs, holte eines heraus, strich mit geradezu zarten Bewegungen von allen Seiten darüber und zündete es schließlich an. Dabei blies er den Rauch wie einen Pfeil aus seinem Mund, als wollte er verhindern, daß sich Tabakgeruch an seine Kleidung heftete.

»Meine Mutter hatte meinen Vater schon seit ihrer Schulzeit angehimmelt. Er galt als sehr gutaussehender Mann, sehr charmant. Ich weiß nicht einmal, wie lange die beiden eigentlich ein Paar gewesen sind. Vielleicht waren sie es nur in jenen Tagen im Dezember 1944. Dann wäre ich ...« – er lächelte gewinnend, und Tristan zweifelte keinen Augenblick, daß Raymond das Talent des Verführers geerbt hatte – »in gewissem Sinn das Ergebnis eines Urlaubsflirts. Jedenfalls hat meine Mutter die Erinnerungen an ihren Geliebten auf diese oberflächliche Ebene reduziert, ihr waren die tiefer gehenden Aspekte seiner Person nicht wichtig. Ich habe sie als Jugendlicher natürlich gefragt, ob sie es normal fand, daß ein Franzose in der Rüstungsindustrie des Landes arbeitete, das Frankreich überfallen hat. Warum er Stahlrohre für Panzer baute, die auf französische oder belgische oder russische Soldaten und Zivilisten gerichtet waren. Sie hat die Gespräche abgeblockt; es war zu schmerzhaft für sie, und so habe ich diese Fragen vergessen oder – sagen wir besser – verdrängt.«

»Bis zu ihrem Tod vor einem halben Jahr.«

Ferrand nickte und ließ das Zigarillo, das er nur halb geraucht hatte, im Aschenbecher ausglimmen.

»Ich war – wie Sie, Herr Kommissar, bereits ermittelt haben – im Stadtarchiv und habe nach Material gesucht. Meine Mutter hatte nach dem Krieg natürlich alles unternommen, um das Schicksal meines Vaters aufzuklären. Es gab sogar einen Briefwechsel mit einer deutschen Familie, bei der mein Vater gelegentlich im Garten aushalf. Nun, ich konnte nicht annehmen, fast vierzig Jahre nach seinem Verschwinden die Wahrheit herauszufinden. Aber ich wollte mehr über die Hintergründe erfahren. Wie konnte es passieren, daß sich ein so genannter Westarbeiter, der hier sogar behördlich gemeldet war und sich frei bewegen konnte, praktisch in Luft auflöste?«

»Und – haben Sie eine Antwort gefunden?«

Raymond Ferrand zuckte mit den Schultern.

»Ja und nein. Grundsätzlich unterstanden die Westarbeiter der ganz normalen Justiz wie die Deutschen. Das heißt, die Gestapo hat ermittelt und die Ergebnisse an die deutschen Gerichte weitergeleitet, während sie bei den Ostarbeitern auch das Strafmaß festlegen und die Strafe vollziehen durfte. Ich bin dabei auf ein schönes deutsches Wort gestoßen: ›Sonderbehandlung.‹ Haben Sie gewußt, Herr Kommissar, daß es ein Synonym ist für die Todesstrafe? Nur für diese Sonderbehandlung, die normalerweise in einem KZ vollstreckt wurde, mußte die Gestapo die Erlaubnis einholen. Im November 1944 fiel schließlich diese Grenze zwischen Ost- und Westarbeitern. Sie fiel in den immer chaotischer werdenden Zuständen. Fremdarbeiter, deren Fabriken und Unterkünfte zerbombt waren, irrten durch die Straßen. Sie durften in keine Bunker, in denen Deutsche saßen, also schlichen sie sich in Keller – in denen sie manchmal Lebensmittelvorräte fanden. Es gibt Berichte über standrechtliche Erschießungen an Ort und Stelle. Auch Berichte von Racheakten, sowohl von Fremdarbeitern an Deutschen als auch umgekehrt. Auf einem großen Landgut an der holländischen Grenze – das habe ich in einem Aufsatz gelesen – hat die Gestapo alle Fremdarbeiter zusammengetrieben und erschossen, weil die Bauern befürchteten, nach Kriegsende von ihnen aufgehängt zu werden. Also muß ich mich wohl damit zufriedengeben, daß im Februar 1945 ein falscher Schritt, eine falsche Bewegung oder die falsche Begleitung nachts auf den Straßen ausgereicht hatten, um an die Wand gestellt zu werden. Und selbst wenn es eine Aktennotiz gegeben hätte – alle einschlägigen Akten sind vernichtet worden.«

Tristan kniff die Augen zusammen. Der hohe Geräuschpegel des übervollen Lokals, der Rauch, das ständige Scharren der Holzstühle auf dem Boden erschöpften ihn, sein Kopf begann zu schmerzen. Er winkte dem Kellner und bestellte Kaffee für sich und seinen Gast.

»Sie haben also kein Dokument entdeckt, in dem der Name Ihres Vaters explizit genannt wird?«

Raymond Ferrand zuckte, als wäre er von einem Stromschlag getroffen worden. Er fixierte Tristan mit einem Blick, der jede Freundlichkeit und Nonchalance verloren hatte. Er sprach sehr leise.

»Herr Kommissar, wenn Sie etwas über meinen Vater wissen, dann verlange ich Auskunft. Ich habe ein Recht zu erfahren, was mit ihm passiert ist.«

Auf Tristans Kaffee hatte sich eine Haut gebildet. Er hatte zu lange in der Warmhaltekanne gestanden. Eigentlich hatte Tristan keinen Appetit mehr, ihn zu trinken, aber er würde dem Kopfschmerz einen Riegel vorschieben.

»Ich muß Sie um Geduld bitten, Herr Ferrand. Aber ich verspreche Ihnen ein zweites Gespräch, sobald die Ermittlungen es zulassen.«

Nach dem ersten Schluck ließ Raymond Ferrand den Kaffee stehen und legte seine Armbanduhr wieder um das Handgelenk. Er erklärte Tristan, daß er um fünfzehn Uhr einen Geschäftstermin habe und seine Präsentationsmappen aus der Pension holen müsse.

Tristan begleitete ihn. Er sog die kalte Luft tief ein, um einen klaren Kopf zu bekommen. Ferrand ging mit zügigen Schritten voraus, er war offensichtlich zu verärgert, um zu plaudern. Nach wenigen Minuten waren sie am Ziel. Raymond Ferrand legte eine Hand an die Eingangstür und drehte sich um.

»Herr Ferrand«, begann Tristan und schaute seinem Gegenüber direkt in die Augen, »wissen Sie zufällig noch, wo Sie am Montag abend, dem 13. Dezember dieses Jahres, waren?«

»*Quoi?* Was?« Ferrand streckte seinen Kopf nach vorn wie eine Schildkröte. Jegliche Farbe war aus seinem Gesicht gewichen. »Um wen oder was geht es hier eigentlich, Herr Kommissar? Um meinen Vater oder um mich? Warum schreiben Sie nach Hautmont und wollen Informationen über meine Familie? Um welche verdammte *affaire* handelt es sich hier eigentlich?«

Tristan schaute zur Seite.

»Ich kann Ihre Unruhe verstehen ...«

»Ich bin nicht unruhig, ich bin *furieux*, wütend. Was bilden Sie sich eigentlich ein? War mein Vater ein Verbrecher? Oder bin ich ein Verbrecher? *Merde*, verdammte Polizei.«

Ferrand hatte beinahe geschrien; eine ältere Dame mit einer Gehhilfe auf zwei Rädern, die gerade an den beiden vorbeigeschlichen war, blieb stehen und drehte sich um. Ihre Arme zitterten, als hätten Ferrands letzte Sätze die Luft in gewaltige Schwingungen versetzt.

»Wo ich gewesen bin, wollen Sie wissen«, fragte der Franzose, und seine Stimme hatte nichts von ihrer Gereiztheit eingebüßt, »am 10. Dezember?«

»Am 13. Dezember, einem Montag.«

Raymond Ferrand zuckte mit den Schultern. Er gewann seine Selbstbeherrschung wieder, aber seine Stimme blieb kalt und abweisend.

»Unterwegs. Hier oder in Holland. Vielleicht war ich mit einem Kunden zum Abendessen verabredet. Ich weiß es nicht genau. Ich muß in meinem Kalender nachschauen. Dann sage ich es Ihnen, obwohl ich nicht einmal weiß, ob ich es Ihnen überhaupt mitteilen muß.«

»Danke für Ihre Kooperation, Herr Ferrand.«

Raymond Ferrand drückte auf den Klingelknopf der Pension. Nach wenigen Sekunden öffnete sich die Tür. Als er schon mit einem Fuß in der Diele stand, hielt er plötzlich inne und drehte sich um. Tristan stand noch auf dem Bürgersteig, die Hände in den Manteltaschen vergraben. »Wissen Sie«, sagte Raymond Ferrand, und er sprach so leise, als richtete er seine Worte gar nicht an Tristan, »ich habe mich nie gefragt, was ich tun würde, wenn sich das Schicksal meines Vaters aufklären ließ. Nach meinen Besuchen im Stadtarchiv weiß ich zumindest eines: Hätte ihn irgendein Nazi auf dem Gewissen, irgendeine Gestapo-Ratte, und dieser Mörder würde heute noch leben – ich würde zu ihm gehen mit meinem Lederkoffer und ihm einen Punkt aus schwarzer Tinte auf die Stirn setzen. Sie verstehen mich, Herr Kommissar?«

Ohne eine Antwort abzuwarten, trat Raymond Ferrand in die Diele. Mit einem leisen Ächzen fiel die schwere Eingangstür ins Schloß.

Tristan hörte, wie sich Hartmann für eine Partie Squash verabredete. Der Telefonhörer pendelte locker zwischen Daumen und Zeigefinger. Dabei brachte er in den wenigen Sätzen viermal sein Lieblingswort »logo« unter. Logo, logo, logo, logo. Tristan betrachtete seinen Kollegen mit unverhohlener Abneigung.

Dabei wurde ihm bewußt, daß er in erster Linie sauer auf sich selbst war. Das Gespräch mit Ferrand war ihm völlig entglitten, er hatte sich in eine passive Rolle drängen lassen, hatte reagiert statt agiert. Tristan schob das Aufnahmegerät aus seinem Blickfeld, schloß das Formular auf dem Bildschirm und versuchte, die neue Konstellation im Fall Carré ruhig und sachlich zu erfassen: Es gab keinen Mordfall Schorrberg in der Öffentlichkeit. Kein Gerücht, keine Zweifel an seinem Herztod. Tristan hatte in seinen Schreiben nach Hautmont den Namen Schorrberg nie erwähnt. Es konnte, was das anging, also keine Indiskretion der französischen Polizei gegeben haben. Raymond Ferrand mußte davon ausgegangen sein, daß es sich um eine Routineangelegenheit handelte, vielleicht war er bei einer Geschwindigkeitskontrolle geblitzt worden, oder er wurde von irgend jemandem als Zeuge gebraucht – was auch immer. Dann wurde er von mir mit seinen Recherchen im Archiv konfrontiert, überlegte Tristan. Hatte Raymond dort nichts über seinen Vater und Schorrberg herausgefunden, dann war seine Reaktion verständlich. Wenn Raymond Ferrand allerdings der Täter war, dann hatte er die Flucht nach vorn ergriffen – und instinktiv erfaßt, daß ich so wenig gegen ihn in der Hand habe, daß ich mit ihm rheinische Bratwurst essen gehe, anstatt ihn in Handschellen abzuführen.

Tristan schloß die Augen. Er mußte die Strategie ändern. Wenn Raymond Ferrand ihn nicht zu dem geheimnisvollen Tagebucheintrag führte, mußte der Tagebucheintrag zu Raymond Ferrand führen. Oder zu einer anderen Person. Dazu brauchte er Saschas Hilfe, auch wenn er dadurch gezwungen war, mit ihm über die Verdächtigungen gegen Hasso Schorrberg zu sprechen. Aber Tristan glaubte fest, sich auf Sascha Küsters verlassen zu können.

In diesem Moment klingelte das Telefon.

»Hallo. Ich bin mittlerweile wieder aufgewacht.«

»Sascha! Du wirst es nicht glauben, aber ich habe gerade an dich gedacht. An dich und das Archiv, um genauer zu sein. Kann ich morgen mal reinkommen? So um halb zehn? Paßt es dir?«

»Einverstanden. Ich wollte mich aber noch bedanken für das Sandmännchen am Heiligen Abend. Hast du Lust, heute abend vorbeizukommen? Ich koche irgendwas und verspreche, weniger als fünfzehn Glas Bowle zu trinken.«

»Sehr gern. Gegen sechs?«

»Paßt.«

Tristan stellte das Aufnahmegerät wieder an und setzte die Kopfhörer auf.

Um kurz nach fünf schaltete Tristan den Computer ab. Als er seinen Mantel anzog und nach den Autoschlüsseln fingerte, fühlte er Beates Karte. Seltsam, er war sich gar nicht bewußt, sie eingesteckt zu haben. Am Morgen hatte sie noch in der Küche gelegen, mit der Schrift nach oben. Es stand nur ein einziger Satz darauf, keine Anrede und keine Unterschrift. *Recht behalten zu wollen ist der Tod der Liebe.*

Es klang wie ein Zitat, wie der Ausspruch eines Philosophen oder Schriftstellers. Wen meinte sie? Sich selbst? Ihn? Sie beide? Vermutlich letzteres, denn jeder hatte sich schließlich in diese merkwürdige, fast pubertäre Bockigkeit eingeschlossen. Vielleicht hatte sie es genauso empfunden und ihm deshalb geschrieben. Auch wenn diese Kurzmitteilung wieder ihm den Ball zuspielte, als ginge es wieder nur darum, wer den nächsten Schritt machte, wer das Visier abnahm und dadurch verletzbar wurde.

Andererseits – sie wußte schließlich nicht, ob er wieder in einer neuen Beziehung lebte und gar keine langatmigen Bekenntnisse und Analysen mehr von ihr wollte. Die Postkarte war ein kurzes, ein einmaliges Anklopfen, und er konnte die Tür aufmachen oder nicht.

Tristan stieg in den Aufzug und fuhr in die Tiefgarage. Bisher hatte er noch nicht geantwortet. Wegen Claudia? Nein, mittlerweile hielt er die Episode in der Umkleidekabine für einen Ausrutscher von ihrer Seite, eine ihrer exaltierten Reaktionen. Er glaubte nicht, daß sie ernsthaft an ihm interessiert war, daß sie sich überhaupt für irgendwen ernsthaft interessierte.

Man wird sehen, dachte er. Morgen ist sie wieder da, und in der einen oder anderen Weise wird es sich klären.

17

Tristan parkte den Wagen am Stephansdom und griff die Flasche Wein, die er unterwegs gekauft hatte. Er dachte auch an Blumen für Linda. Aber er wußte nicht einmal, ob sie zu Hause war. Außerdem hätte sie die Geste womöglich spießig und konfirmandenhaft gefunden.

Sascha öffnete in umgebundener Kochschürze die Wohnungstür.

»Ich habe einfach ein Stück Fleisch und verschiedene Gemüse in den Römertopf getan. Ich hoffe, es ist dir recht. Dazu gibt es Salzkartoffeln. Häng deinen Mantel an die Garderobe. Platz ist genug. Linda ist übrigens nicht da, sie ist mit ein paar Kollegen und Kolleginnen über Silvester verreist.«

»Schade«, entgegnete Tristan enttäuscht. Er hätte sie gern wiedergesehen.

»Ich komme gerade erst aus dem Archiv«, sagte Sascha Küsters und holte zwei Gläser aus dem Schrank. »Ich hatte ein Gespräch mit Werner, was meinen Festvertrag angeht. Wahrscheinlich kriege ich die Diss nämlich nicht zum vereinbarten Termin fertig.«

Tristan spürte eine tiefe Resignation in Sascha Küsters' Stimme.

»Fühlt er sich dir gegenüber nicht verpflichtet? Du recherchierst für ihn, beantwortest Anfragen, bereitest Ausstellungen vor – und das alles für das Gehalt eines Magazinverwalters. Er kann dich doch nicht als seinen Leibeigenen betrachten.«

»Werner kann alles, solange er die Rückendeckung in der Verwaltung hat. Er hat sich bei Schorrbergs Nachfolger bereits eingeschleimt. Die zusätzliche Stelle für einen Historiker wird eingerichtet, das ist sicher. Formal würde auch mein Magisterabschluß vollkommen genügen, aber Werner will meine Dissertation auf dem Schreibtisch liegen sehen. Anderenfalls zeigt sein Daumen nach unten.«

»Und – bekommst du eine Fristverlängerung?«

»Er hat sich noch nicht definitiv geäußert.«

Tristan entkorkte die Weinflasche und ließ sich vorsorglich ein zweites Glas für Mineralwasser geben. Sascha warf die Zwiebelschalen und die Paprikastrünke in den Bioabfall und deckte den Tisch.

»Geht es bei deinem Besuch morgen um diese Fremdarbeitergeschichte?«

»Sie wird leider immer komplizierter. Ich möchte dir eine Quelle zeigen, die eine zentrale Rolle spielt. Ihre Herkunft ist noch nicht geklärt, aber sie kann eigentlich nur aus eurem Archiv sein.«

Sascha Küsters wollte gerade etwas aus dem Kühlschrank nehmen. Er stand mit dem Rücken zu Tristan. Dennoch hatte dieser das Gefühl, daß die Äußerung Sascha stutzen ließ. Er schaute in den geöffneten Kühlschrank, regungslos, als wäre er in eine Art Sekunden-Dornröschenschlaf gefallen. Dann griff er nach einem Plastikbecher Crème fraîche.

»Je mehr ich über diese Thematik erfahre, desto verwirrter bin ich.«

»Diese Problematik ist nicht nur für dich verwirrend.«

Als Sascha das Fleisch in Scheiben schnitt, stand er unmittelbar neben Tristan. Der Tabakgeruch von Saschas Pullover und der Duft der Schweinelende vermischten sich. Sascha trug Jeans, und seine Hüftknochen stachen heraus wie zwei Brückenpfeiler.

»Die Materie ist sehr komplex, und das ist wohl der Grund, warum sie kein beliebtes Thema bei den Historikern ist. Außerdem fehlt ihr das, in Anführungszeichen, glamourös Spektakuläre. Ein KZ ist in sich schon ein Mahnmal des Bösen, eine geschlossene Architektur auf dem freien Feld, Stein für Stein sein eigenes Denkmal. Man kann mit dem ausgestreckten Finger darauf zeigen und hat automatisch recht; keine Empörung ist groß genug und jeder Aufschrei im Grunde zu leise. Die Fremdarbeiterproblematik ist in sich viel widersprüchlicher und gleichzeitig tiefer verwoben mit dem Alltag der Menschen und mit der Bürokratie des Dritten Reiches. Es gibt das Klischee der durchstrukturierten, hierarchisch-strengen, effektiven Nazi-Verwaltung. Ein Humbug! Positionen, Personen und Ämter konkurrierten vom ersten bis zum letzten Tag miteinander. Die übelsten Rassisten und Herrenmenschen-Ideologen trafen auf die Ökonomen, für die ein Fremdarbeiter zuerst einmal ein Arbeiter war, der um so dringender benötigt wurde, je länger der Krieg dauerte. Die deutschen Männer standen an der Front – wer sollte sonst die Kohle abbauen, den Kanonenstahl gießen und die Ernte von den Feldern holen? Das hat sogar Goebbels dazu veranlaßt, in einer Grundsatzrede zu einer humaneren Behandlung der Ostarbeiter aufzurufen. Natürlich meinte Goebbels mit humaner Behandlung nichts anderes als die Sicherung der physischen Arbeitskraft. Gleichzeitig gehörte der Anblick von Fremdarbeitern zur unmittelbaren Alltagswirklichkeit. Gegen Ende des Krieges war jeder fünfte Arbeiter ein Ausländer. Daß polnische Arbeiter nicht in die deutsche Messe und zum deutschen Friseur gehen durften, daß russische Fabrikarbeiter wegen Arbeitsbummelei im Keller ganz offiziell verprügelt wurden, daß sie auf der Straße bettelten, weil ihre Essensrationen nichts anderes waren als ein Hungertod auf Raten – das sah man, ob man wollte oder nicht. Die Standard-Entschuldigung ›Ich-habe-doch-nicht-gewußt-was-in-den-KZs-passierte‹ greift hier nicht. Die Unmenschlichkeit des Systems und die Wahrnehmung dieser Unmenschlichkeit waren ein und dasselbe.«

Tristan dachte an seine Eltern. An seine Mutter, die ihre Beobachtungen aus dieser Zeit mitteilte und jene Empfindungen mitschwingen ließ, die sie damals anfielen, und an den kalten Distanzierungsehrgeiz seines Vaters, für den offenbar eine Ansicht nur eine Ansicht war, wenn sie sich durch fünf Fußnoten wissenschaftlich legitimieren ließ.

»Hast du Geschichte studiert, weil dich der Nationalsozialismus so beschäftigt?«

»Ja und nein.« Sascha wollte Tristan Wein nachschenken, aber der hielt die Hand über das Glas. Der nächste Tag konnte ein entscheidender, vielleicht sogar *der* entscheidende Tag in seinen Ermittlungen werden, und er wollte fit und ausgeschlafen sein.

»Mein Vater war ein kleiner Postbeamter. Hitler-Wähler in der typischen Kombination aus Beamtenstolz, Vaterlandsliebe, unfaßbarer Naivität und nie eingestandenen intellektuellen Komplexen. Freiwillig zur Wehrmacht gemeldet, Rußlandfeldzug, Anfang 1944 schwere Verwundung und Amputation des linken Unterarms. Das letzte Jahr und die Nachkriegszeit irgendwie überlebt – das heißt, eigentlich hat er den ganzen Rest seines Lebens nur noch irgendwie überlebt. Mein Vater hat nie mit mir über den Krieg oder über Hitler gesprochen. Er hat sich – da bin ich völlig sicher – innerlich gekrümmt wie ein Wurm, er hat sich abgrundtief geschämt, ohne die Kraft zu haben, es zu artikulieren und es so vielleicht zu überwinden. Die Zeit hat ihm, der ein simpler Mitläufer war und persönlich keiner Fliege etwas zuleide tun konnte, das Rückgrat gebrochen. Und gleichzeitig gab es eine Generation derer, die sich wirklich schuldig gemacht haben, aus Ehrgeiz, Rassismus oder schlichter Menschenverachtung, und die nach dem Krieg mit der größten Selbstverständlichkeit die Zügel wieder an sich gerissen haben. KZ-Ärzte, die zu Klinikchefs ernannt wurden, Nazi-Juristen, die wieder an Hochschulen Recht und Gerechtigkeit lehrten. Nimm Globke, der die Nürnberger Rassengesetze kommentiert hatte und die unfaßbare Unverfrorenheit besaß, mit Adenauer in den fünfziger Jahren nach Israel zu reisen. Deshalb finde ich die Nachkriegszeit mittlerweile interessanter als den Nationalsozialismus selbst. Verstehst du, Tristan, es ist diese, sagen wir, Willkür der Scham, die mich so umtreibt. Warum hat sie die einen, wie meinen Vater, zerbrochen und die anderen völlig unberührt gelassen? Warum fühlte sie der Schuldlose und nicht der Schuldige?«

Wieder dachte Tristan an seinen Vater, er dachte daran, daß er seinen Vater nicht wirklich kannte, gleichsam nur vom Bauchnabel aufwärts. Lag das nicht daran, daß er fast nie von dieser Epoche erzählt hatte? Und wenn er es tat, dann im Tonfall eines Geschichtslehrers, der über den Untergang des Römischen Reiches berichtet, als hätte Hitler im vierten Jahrhundert nach Christi Geburt gelebt. Diese geradezu körperliche Distanz, die Tristan seinem Vater gegenüber verspürte – war sie nicht darin begründet, daß sein Vater niemals erzählte, was er damals erlebt und was ihn gepeinigt hatte?

»Vielleicht«, sagte Tristan, und er sprach so leise, mit gesenktem Kopf, als glaube er selbst nicht an seine Hypothese, »wollten sie nach dem Krieg etwas wiedergutmachen, das Land wieder aufbauen, das sie zerstört hatten?«

Sascha lächelte, aber es war ein Lächeln voller Bitterkeit.

»Fromm gedacht, mein Freund. Zu fromm in meinen Augen. Eher akzeptiere ich die These, daß es einfach Menschen gibt, die in die erste Reihe drängen, immer und überall. Für die die Flagge, unter der sie segeln, weit weniger wichtig ist als die Position, die sie in der Hierarchie auf Deck einnehmen.«

Sie spülten gemeinsam die Teller ab und setzten einen Espresso auf. Sascha nahm eine normale Tasse, da er das Koffein mit einem guten Schuß Grappa veredeln wollte. Tristan erwartete, daß sein Gastgeber den Espresso in seinem Zimmer trinken und dabei eine Zigarette rauchen wollte. Er stand auf und rückte den Stuhl an den Tisch.

»Du hast nicht zufällig Lust, mit dem Wagen rauszufahren? Es ist nicht allzu kalt draußen; nach dem langen Tag im Archiv und dem Essen will ich ein Stück Himmel über mir sehen«, schlug Sascha mit einer plötzlich vitalen, gutgelaunten Stimme vor.

Während Sascha den Müll in den Container im Innenhof brachte, stand Tristan auf dem Bürgersteig und schaute auf die Häuserzeile gegenüber. In der Dunkelheit wirkte sie wie ein ramponiertes Gebiß in einer Mundhöhle. Die Häuser ungleich hoch, mal zwei-, drei- oder vierstöckig, in der Mitte klaffte nach einem Totalabriß ein rechteckiger Krater; ein anderes war von einem Gerüst eingeklammert, weil das Dach gerade renoviert wurde. Nein, Krefeld war keine schöne Stadt; diese Art von majestätischer Gelassenheit und Weiträumigkeit des neunzehnten Jahrhunderts war porös geworden und zerfallen. Die Menschen und die Stadt erschienen Tristan antriebsarm und zu duldsam.

Er spürte eine Hand auf seiner Schulter. Als hätte Sascha seine Gedanken gelesen, sagte er: »Würde ich hier noch leben, wenn ich nicht diesen Job gefunden hätte? Gut zweihunderttausend Einwohner, das ist nicht klein und nicht wirklich groß. Das ist kein Dorf, das man nach dem Abitur mit dem ersten Zug verlassen möchte, aber auch keine Großstadt, die dich in den Bann schlägt. Und die Leute erwarten so wenig; sie denken im Grunde, daß es nur noch schlechter werden kann. Hier pulsiert nichts, die Leute haben mit dem Grau ihren Frieden gemacht, weil es immerhin bedeutet, daß es nicht schwarz ist. Sie versuchen, zufrieden zu sein, weil sie an Besseres gar nicht mehr zu glauben wagen.«

Tristan startete den Volvo. Er wußte nicht, wohin er fahren sollte, kehrte zunächst zurück auf den Ostwall und bog dann rechts ab in die Moerser Straße. Sascha schwieg und schaute aus dem Fenster. Sie ließen den Stadtwald rechts liegen. Der Verkehr ließ nach. Wenige Minuten später passierten sie den Feldweg, der zu Hasso Schorrbergs Waldstück führte.

»Bist du am Ende der Schulzeit auch regelmäßig nach Venlo gefahren, um Chinesisch zu essen und Shit zu kaufen?« fragte Sascha. »Es war sogar nah genug, um mit dem Mofa zu fahren. Ich habe immer ›Nasi Goreng Spezial‹ gegessen mit meinem Dealer, einem Molukken, der aussah wie Bob Marley. Ich war der Ansicht, mein Drogenkonsum wäre gleichzeitig ein Beitrag zur Befreiung unterdrückter Völker vom Joch des Kolonialismus.«

Mehrere Bundeswehrfahrzeuge kamen ihnen entgegen. Ein Jeep mit einem roten Warnlicht auf dem Dach, dahinter zwei Lkws mit röchelnden Motoren und am Ende wieder ein Jeep. Tristan mußte das Tempo drosseln und so weit rechts wie möglich fahren.

»Diese Gegend kam mir damals so unglaublich langweilig vor«, entgegnete Tristan, »diese kleinen Haufendörfer, die vereinzelten Bauernhöfe und die Weidezäune, die wie Zahnstocher in der Gegend standen. Wir haben immer die dazu passenden Viehherden gesucht, aber nur ein paar verlorene Kühe gesehen.«

»Stimmt«, sagte Sascha, »und ich dachte, es ist so unglaublich flach, vermittelt aber kein Gefühl von Weite, wie ich es mir zu der Zeit vorstellte, also wie die amerikanische Prärie. Dort ein kleiner Wald, ein Gemüsebeet oder Rapsfeld, etwas Vieh und die niedlichen Flußauen. Nicht gerade die wilde, ungebändigte Kraft der Natur. Oh weh. Mittlerweile mag ich die Gegend sogar. Sie ist beschaulich, bescheiden, hält ihre wirklich schönen Stellen eher versteckt. Haut dich nicht vom Hocker und fordert dich nicht wirklich heraus. Mittelmaß eben, wie das Leben meistens auch.«

Ohne daß sie es abgesprochen hätten, bog Tristan in

einen schmalen asphaltierten Weg ein, der zu einem Dorf in wenigen Kilometern Entfernung führte – er konnte den Namen auf dem Schild nicht entziffern, ein langes Wort, das auf -oven endete. Schließlich hielt er neben einem einzelnen Obstbaum. Geradeaus war schemenhaft die Kirchturmspitze zu erkennen. Tristan schaltete den Motor aus und griff zu einer Kassette: die Filmmusik zu »Fahrstuhl zum Schafott«. Vielleicht lag es an der Tatsache, daß sie an der Stelle vorbeigefahren waren, wo Hasso Schorrberg ermordet worden war – zum ersten Mal brachte Tristan die Musik in Verbindung zu einer Kriminalhandlung. Wurde im Film von Louis Malle nicht jemand für eine Tat verurteilt, die er gar nicht begangen hatte, und büßte dadurch für einen Mord, den er tatsächlich verübt hatte, der ihm aber nicht nachgewiesen werden konnte? Wäre Schorrberg von einem Dieb ermordet worden – eine Tat aus Zufall vielleicht, nicht einmal geplant, sondern aus den Umständen heraus geboren –, hätte er damit für jene Tat gebüßt, die Léon Carré das Leben gekostet hatte?

Die Musik von Miles Davis riß Tristan aus seinen Gedanken.

»Ich wußte gar nicht, daß du Jazz magst«, sagte Sascha. Er hatte drei Zigarettenblättchen verbunden, Tabak in die Mitte gelegt und zerbröselte gerade etwas Haschisch zwischen Daumen und Zeigefinger. Dann streute er es so sorgsam über den Tabak wie wenige Stunden zuvor die Gewürze über das Schweinefilet.

»Eine späte Liebe. Beate, meine frühere Freundin, hat mir ein Saxophon geschenkt. So kam ich allmählich mit dem Jazz in Berührung.«

Sascha öffnete das Fenster und zündete den Joint an. Dann kurbelte er seinen Sitz herunter und streckte sich aus. Tristan machte es ihm nach. Sascha zog einige Male tief am Joint, und die Rauchschwaden füllten, trotz des geöffneten Fensters, rasch den Innenraum. Die eindringende Luft war nicht sehr kalt, zumindest empfand es Tristan so. Er legte den Mantel enger um seinen Körper.

»Ich mag die Improvisation. Das heißt, ich spiele selbst nicht so gut, um improvisieren zu können; ich liebe den Grundgedanken. Nichts ist festgelegt, die Musik, die man jetzt gerade hört oder spielt, ist nur eine Möglichkeit, eine Variante. Gestern hat der Musiker vielleicht eine andere Melodielinie gewählt, hektischer, abgerissener und trauriger. Morgen wird sie wieder anders sein. Es zählt nur, was der Musiker in diesem Moment fühlt und ausdrücken möchte. Und ich glaube, daß nichts so sehr der Ewigkeit gleichkommt wie der Moment in seiner reinsten Form.«

Sascha ließ den Kopf zurückfallen, schloß die Augen und hielt Tristan den Joint hin. Tristan wußte nicht, wann er zuletzt an einem Joint gezogen hatte; vermutlich war es fast zwanzig Jahre her. Er hatte nicht viel gespürt damals, obwohl er so viel spüren *wollte*. Danach hatte es sich einfach nicht mehr ergeben, und er hatte es auch nicht vermißt. Nun hoffte er lediglich, daß er, der Nichtraucher seit vielen Jahren, nicht würde husten müssen.

»Manchmal wünschte ich mir«, sagte er und inhalierte vorsichtig, »daß meine Arbeit ähnlich wäre. Daß der Täter, den ich verhaften muß, nur eine Variante darstellt, daß es also ein anderer gewesen sein kann. Manchmal wünschte ich mir, ich könnte einen anderen verhaften an der Stelle des Täters, der eigentlich nur ein Opfer war, das sich wehrte. Oder ihn laufen lassen. Aber unser Strafgesetzbuch kennt keine Paragraphen für die Improvisation.«

Ein Grimmen war in seinem Magen zu spüren, der gegen das Nikotin revoltierte. Wie ein Gewicht legte es sich an die Magenwände. Aber Tristan fühlte sich nicht schlecht, er spürte eine leichte Wirkung in seinem Kopf, eine Welle nahm ihn mit, ließ ihn aber bald wieder fallen. Ein, zwei Züge noch. Kein Flug, sondern nur ein sanftes Anheben und wieder auf den Boden sinken. Mehr wollte er nicht.

Sascha rauchte zu Ende und warf den Stummel aus dem Fenster. Er lehnte sich wieder zurück und ließ sich treiben. Miles Davis spielte im Himmel. Sein Atem bewegte die Wolken. In irgendeiner Zeit, an irgendeinem Ort wurde ein Mann zum Schafott geführt.

18

Sie war so verändert, wie man sich in einer Woche nur verändern kann. Die Haare trug sie kurz, auf Kragenlänge, seitlich gescheitelt – eine seriöse Bankangestellte. Kein Make-up. Eine weiße Bluse, darüber ein schlichter blauer Pullover. Eine dunkelblaue Cordhose. Und ein Lächeln, das einen Januarhimmel im Handumdrehen in einen strahlenden Sommertag verwandeln konnte.

Tristan stand auf, um ihr die Hand zu geben, aber sie umarmte ihn, herzlich und unmißverständlich freundschaftlich. Er spürte einen Stich der Enttäuschung.

»Du siehst großartig aus, Claudia. Es muß etwas Wunderschönes für dich unter dem Weihnachtsbaum gelegen haben.«

Sie lächelte, diesmal ein Lächeln nach innen.

»Ich habe ein paar Dinge in meinem Leben geordnet. Das heißt, eigentlich nur eine Sache. Aber das erzähle ich dir später mal. Wie geht es euch so?«

»Gut. Gut.«

»Weihnachten gut überlebt?«

»Wie jedes Jahr.«

»Wo ist Menges?«

»Noch zwei Wochen krank geschrieben.«

»Überrascht mich kein bißchen.«

Dann beugte sie sich leicht vor und flüsterte, daß sie ein paar Takte mit Hartmann reden müsse. Er flüsterte, glücklich über diesen Hauch von Intimität, zurück, daß er sie gleich noch brauche, für einen Besuch im Archiv. Sie nickte, nahm ihre Tasse und ging die drei Schritte zu Tristans Kollegen. Der hatte vorher, während sie ihren Mantel aufhängte, bereits einen Besucherstuhl geholt und an seinen Schreibtisch postiert. Nun war er beleidigt, daß sie dennoch zuerst mit Tristan gesprochen hatte.

Tristan nahm die Kopie des Tagebucheintrags, der dem zweiten Drohbrief an Schorrberg beigefügt gewesen war, aus einem unbeschrifteten Schnellhefter im untersten Fach seines Schreibtisches. (Der Fall Schorrberg hatte bis zu diesem Tag ebensowenig eine Aktennummer wie einen Aktenordner.) Er hörte, wie sich Hartmann mit Claudia verabreden wollte, zunächst für diesen Tag oder den folgenden und schließlich für Silvester. Sie lehnte ab, höflich und bestimmt. Wenigstens zusammen in den Fitneßclub? Sie schüttelte den Kopf.

»Claudia, es tut mir leid, aber wir müssen wirklich los«, sagte Tristan etwas lauter als gewöhnlich.

Im Flur bedankte sie sich, indem sie kurz Tristans Oberarm drückte. Sie nahmen die Treppe zur Tiefgarage, und Tristan bemerkte, daß sie neben dem Make-up auch auf

Parfüm verzichtet hatte. Er schwieg, bis sie im Volvo saßen. Dann erzählte er, was sich im Fall Schorrberg in der letzten Woche ereignet hatte.

Sie hörte konzentriert zu, stellte dann aber keine Fragen. Statt dessen schaute sie aus dem Seitenfenster und redete über das Wetter in Dortmund, den Verkehr in Dortmund und über die Weihnachtsfeier der Polizei in Dortmund. Sie fuhren über die Nordstraße, vorbei an der Pension Uhlen, in der Raymond Ferrand regelmäßig Quartier nahm. Als sie in die Westparkstraße einbogen, begann es zu schneien. Strahlend weiße Flocken, die sich auf der Erde sofort in Regen auflösten. So schnell kann etwas vorbei sein, dachte Tristan und warf einen Seitenblick auf Claudia. Er fand einen Parkplatz unmittelbar vor dem Eingang zum Stadtarchiv.

Das Foyer hatte sich in der Zwischenzeit komplett in einen Ausstellungsraum verwandelt. Tristan las auf einem Plakat mit einer rot leuchtenden Straßenlaterne vor dunklem Hintergrund, daß die Vernissage Mitte Januar tatsächlich um Mitternacht stattfinden würde. Dr. Werner hatte also die Bedenken der Verwaltung zerstreuen können. Tristan und Claudia Poschmann gingen auf direktem Weg in das Aufsichtszimmer zwischen Lesesaal und Magazin.

»Gut gelandet, gut geschlafen, gut gefrühstückt?«

Über Sascha Küsters' Gesicht flog ein ironisches Lächeln. Er stand auf, gab zuerst Claudia die Hand und dann Tristan. Sein Blick war klar, sein Händedruck energischer, als man es bei einer so mageren Person vermutet hätte.

Tristan ließ die Anspielung auf den sehr bescheidenen Drogenflug vom Vortag unkommentiert. Er hatte schlecht geschlafen, seine Mundhöhle war wie ausgetrocknet. Er hatte Kopfschmerzen.

»Hast du eine Vorstellung, um welches Dokument es

sich hier handelt?« fragte er und reichte Sascha Küsters den Tagebucheintrag. »Befindet es sich in eurem Archiv?«

Sascha legte das Blatt vor sich hin. Es machte ihm offenbar keinerlei Mühe, die Schrift zu lesen. Dann fuhr er sich mit der rechten Hand über das Gesicht. Das Lederband am Handgelenk rutschte über den Rand des Pullovers. Sascha Küsters räusperte sich verlegen, sein Blick tastete die Wände des Zimmers ab, es schien, als würde er lieber nicht wissen, was er wußte, und lieber schweigen, als zu reden.

»Ich glaube, ich kenne diesen Text«, sagte er langsam und schaute noch cinmal auf dic Kopie, »nein, ich glaube es nicht nur, ich bin sogar sicher.«

Er machte eine Pause, und Claudia sagte ungeduldig: »Dann wäre es sehr freundlich, wenn Sie uns an Ihrem Wissen teilhaben ließen.«

Tristan schaute zu seiner Kollegin. Er dachte, daß sie Sascha Küsters nicht mochte, oder besser, daß sie eigentlich gar keine Beziehung zu ihm hatte. Jemand wie Sascha, ein verspäteter, wohl auch versponnener Intellektueller, der noch keinen Haken in die Realität geschlagen hat, mußte ihr einfach fremd sein, als Persönlichkeit und als Mann.

»Vor ungefähr sechs Wochen kam ein Mann mit einem Karton in unser Archiv. Er erzählte mir, daß er gerade den Haushalt seiner verstorbenen Mutter aufgelöst hat. Dabei hat er einige Sachen aus der Zeit des Zweiten Weltkrieges gefunden: Lebensmittelkarten, Flugblätter, Zeitungsartikel, eine Gasmaske und so weiter und eben eine Kladde, eine Art Tagebuch. Der Mann erzählte, daß er in Hamburg lebe und keinerlei Interesse an den Sachen habe. Wenn ihr mich fragt, war er ein blasiertes Yuppie-Arschloch; er wollte auf keinen Fall den Flieger nach Hause verpassen, und die persönlichen Erinnerungen seiner Mutter interessierten ihn keinen Deut. Aber er hat die Sachen zumindest nicht in den Müll geworfen. Er wollte auch keine Quittung von mir, gar nichts, er wollte einfach nur schnell wieder weg, und ich muß gestehen, daß ich seinen Namen vergessen habe. Jedenfalls habe ich in der Kladde geblättert – sie war in überraschend gutem Zustand –, und ich fand die Eintragungen sehr lesenswert. Die Frau hatte offenbar in der Verwaltung gearbeitet, als Sekretärin eines hohen Polizeibeamten, vielleicht sogar beim Polizeipräsidenten Dr. Emil Hürter selbst, einem hundertprozentigen Nazi und SS-Mitglied im Rang eines Standartenführers.«

Tristan krampfte die Hände in die Stuhllehne, er mußte sich beherrschen, um nicht aufzuspringen.

»Gut. Nur verstehe ich nicht, warum weder du noch dein Kollege, der Bibliothekar, sich erinnern konnten, Raymond Ferrand diese Kladde vorgelegt zu haben, als er sich über Fremdarbeiter in Krefeld informieren wollte.«

Sascha griff nach dem Päckchen Tabak und warf einen Kontrollblick in das Lesezimmer. Dort saß nur ein Rentner im Wintermantel und las die Tageszeitung. Die Wollhandschuhe und eine Fellmütze lagen auf dem Tisch.

»Das hat einen einfachen Grund«, sagte er. »Wir konnten uns nicht daran erinnern, weil wir ihm diese Kladde überhaupt nicht vorgelegt haben. Und wir haben sie ihm nicht vorgelegt, weil sie in unserem Archiv offiziell überhaupt nicht existiert.«

Er zündete die Zigarette an und grinste, weil ihm offenbar die Fassungslosigkeit in Tristans Gesicht ein diebisches Vergnügen bereitete.

»Deine Frage ist vollkommen berechtigt, Tristan. Normalerweise würde ich die Kladde zumindest anlesen, um mir einen Eindruck über ihren Inhalt zu verschaffen. Dann würde ich sie unter unseren Nachlässen und persönlichen Erinnerungen katalogisieren und mit Schlagworten versehen, damit ein Benutzer, der sich mit jener Zeit befaßt, dieses Dokument eines Zeitzeugen auch findet und nutzen kann. Es hätte nicht zwingend das Schlagwort Fremdarbeiter sein müssen, weil ich, wie gesagt, bestimmt nicht jede Zeile gelesen hätte, aber mit Sicherheit hätte es in den Themenkreis Kriegsende, Kapitulation, Einmarsch der Amerikaner et cetera gehört. Und deshalb hätte ich es im Normalfall auch jemandem wie Raymond Ferrand vorgelegt, wenn wir einmal das Problem der Sütterlinschrift ausklammern.«

»Und warum wurde diese Kladde nicht verzeichnet, wenn es doch der Normalfall ist?« fragte Claudia Poschmann.

»Weil Dr. Werner die Kladde hat«, antwortete Sascha und zog an seiner Zigarette. Es war totenstill in diesem Moment. Sascha Küsters schien gegen einen inneren Widerstand anzukämpfen, er wich Tristans und Claudias Blick aus. Aber als er endlich fortfuhr, sprach er, ohne zu stocken, als wäre der Widerstand einer großen Erleichterung gewichen. »Er kam zufällig an dem Tag, als die Kladde gebracht wurde, in dieses Zimmer, um mir wie üblich eine Arbeit aufzuhalsen, eine Recherche und einen auszuformulierenden Entwurf für einen längeren Artikel, unter dem dann nur sein Name stehen würde. *Business as usual* also. Der Karton stand noch auf dem Schreibtisch, er hat einen Blick auf die Sachen geworfen und in der Kladde geblättert. Er fand sie genauso interessant wie ich; er bekam einen ganz eigenartigen Gesichtsausdruck, den ich mittlerweile gut kenne: Er zieht die Augenbrauen hoch und die Luft durch die Nase, er schnüffelt regelrecht wie ein Trüffelschwein. Werner hat sich kurz nach dem Hintergrund erkundigt und dann gesagt: ›So, so. Ich schaue mir das bei Gelegenheit mal näher an. Sie kriegen es dann wieder zurück.‹ Schnüffel, Schnüffel. Und weg war er.«

»Heißt das, daß Sie die Kladde seitdem nicht wiederbekommen haben und sie also offiziell gar nicht im Bestand des Archivs geführt wird?« fragte Claudia und kramte in ihrer Manteltasche nach Zigaretten. Tristan konnte hören, wie sie die Packung antippte. Aber nach kurzem Zögern tauchte ihre Hand ohne den Fund wieder auf. Sie ist zu einem Bündel guter Vorsätze mutiert, dachte Tristan.

»Exakt das heißt es.«

Tristan atmete tief durch. Dr. Werner – hatte er nicht bei ihrem ersten Gespräch unvermittelt gefragt, ob die Recherchen mit dem Tod Schorrbergs zu tun hatten, obwohl der Name des Politikers vorher definitiv nicht gefallen war? Tristan hatte es nicht vergessen, und nun versuchte sein Gehirn in aller Eile einen neuen Schaltplan zu entwerfen, mit Dr. Falk Werner im Zentrum. Hatte der Archivdirektor ein Motiv? Würden alle Fäden bei ihm zusammenlaufen, oder blieben sie lose Enden?

»Bei unserem ersten Besuch hat sich Werner mit seiner engen Beziehung zu Dr. Schorrberg gebrüstet. Man hätte annehmen können, der Historiker Dr. Falk Werner sicherte seinem Vorgesetzten einen Logenplatz in der Geschichte dieses Landes, und zum Dank puschte der Oberbürgermeister die Karriere seines eloquenten Archivdirektors. Stimmt das aus deiner Sicht?«

Sascha Küsters drückte die Zigarette aus. Er schien seine Worte genau abzuwägen.

»Es war mal so. Aber in den letzten Jahren hat die Beziehung Risse bekommen, und nach der Wahl Ende August ging sie endgültig in die Brüche. Schorrberg hatte einen neuen Kulturdezernenten geholt, einen Theaterregisseur aus Köln. Künstlerisch nicht mehr die allererste Garde, wenn du mich fragst, aber ein Mann mit großem Einfluß und vielen Beziehungen. Man munkelt, daß Werner sich Hoffnungen auf diesen Job gemacht hatte, oder genauer: daß Schorrberg ihn mit der Aussicht auf dieses Amt jahrelang geködert hat. Falk Werner ist das Archiv zu eng, er fühlt sich zu Höherem berufen. Deshalb publiziert er ja wie verrückt und schleimt sich bei jedem Politiker und jedem Vorsitzenden irgendeines Kulturgremiums ein, der nicht bei drei auf den Bäumen ist. Und zeigt sich bei offiziellen Anlässen in der Öffentlichkeit mit einer Dame an seiner Seite, obwohl man auf hundert Meter Entfernung sofort merkt, daß er stockschwul ist.«

»Oh.« Tristan errötete. Er wandte den Kopf in Claudias Richtung, und ihrem Blick nach zu urteilen, war Tristan tatsächlich der einzige, dem dies nicht klar gewesen war.

»Ist er eigentlich gerade im Haus?«

»Ich denke schon.«

Tristan nahm die Kopie wieder an sich.

»Dann sollten wir jetzt einen Blick auf den schönen jungen Hintern auf dem Bild von David Hockney werfen«, sagte er und schüttelte über sich selbst den Kopf.

Tristan und Claudia Poschmann stiegen die Treppe hinauf. Im Gegensatz zu ihrem ersten Besuch war die Sekretärin anwesend, eine wenig attraktive, hagere Frau von vielleicht fünfzig Jahren.

»Haben Sie sich angemeldet?« fragte sie mißtrauisch nach einem schnellen Blick in den Kalender. »Herr Dr. Werner ist im Moment stark beschäftigt und muß bald zu einem Termin außer Hause.«

Die Zwischentür zu Werners Arbeitszimmer war offen.

Lautlos, als wäre er geschwebt, erschien Dr. Werner auf der Türschwelle. Er trug, wie bei Tristans erstem Besuch, ein hellblaues Jackett, aber an diesem Tag keine Krawatte, sondern eine Fliege. Tristan schaute auf Dr. Werners Schuhe: Sie sahen edel aus, auf Maß gearbeitet, als entsprächen sie dem Monatsgehalt des fast promovierten Magazinverwalters Sascha Küsters.

»Wann ist die Pressekonferenz im Rathaus?«

»In einer halben Stunde, Herr Doktor.«

Dr. Werner winkte Tristan und Claudia in sein Büro und schloß die Tür. Sie nahmen an dem schmalen Besuchertisch Platz. Tristan saß im Eck, zwischen Dr. Werner und Claudia. Schaute Tristan geradeaus, fiel sein Blick in direkter Linie auf das Bild von David Hockney. (Schöner Hintern, tatsächlich!)

Tristan legte die Kopie auf den Tisch.

»Kennen Sie dieses Dokument, Herr Dr. Werner?«

Der Angesprochene stand auf und holte die Lesebrille von seinem Schreibtisch. Dann beugte er sich über das Blatt und las, das heißt, er überflog die Zeilen in der raumgreifenden, wie gestochen wirkenden Sütterlin-Schrift.

»Nun verstehe ich, warum Sie sich bei Ihrem ersten Besuch nach den Akten der Justiz und der Polizei erkundigt haben.«

Dr. Werner klappte die Brille langsam zusammen und ließ sie in die Brusttasche seines Jacketts gleiten. Weder seine Stimme noch sein Gesichtsausdruck ließen irgendeine Form von emotionaler Reaktion erkennen. Kann es ein solches Maß an Kälte geben, dachte Tristan, oder verfügt er nur über eine extrem hohe Selbstkontrolle?

»Das ist keine Antwort auf meine Frage, Herr Dr. Werner.«

Der Angesprochene zuckte mit den Schultern.

»Ich weiß nicht, worum es sich hier handelt. Ist es aus einem Tagebuch? Ist es Teil eines Briefes? Eine Schreibübung in Sütterlin-Schrift? Ein kleines Spiel mit einer hier in Krefeld nicht unbedeutenden Person der Zeitgeschichte? Ich habe es jedenfalls nie gesehen.«

Claudia Poschmann ließ ihre Hände gleichzeitig auf den Tisch fallen, und tatsächlich zuckte der Archivleiter unter dem Geräusch zusammen.

»Ist es nicht so, daß Sie vor ein paar Wochen auf dem Schreibtisch Ihres Mitarbeiters Sascha Küsters eine Kladde fanden und an sich genommen haben, die die persönlichen Aufzeichnungen einer Bürgerin dieser Stadt enthält?«

»Ah. Ja. Sie haben recht, ich erinnere mich. Herr Küsters hatte diesen Nachlaß in einem Karton auf seinem Schreibtisch. Ich habe ein wenig geblättert in dieser Kladde …«

»Aus der diese Seite definitiv kopiert wurde«, warf Tristan ein.

»Definitiv. So, so«, sagte Dr. Werner und sah Tristan mißbilligend an. Er ließ sich nicht gern unterbrechen, zumindest nicht von einem einfachen Kriminalbeamten. »Mein Mitarbeiter hat durchaus die Wahrheit gesagt, wenn er behauptet, daß ich in seiner Anwesenheit in der Kladde geblättert habe. Aber er kann nicht wissen, daß ich jemals diesen Eintrag gelesen habe. Sie müssen wissen – nur so als Hintergrundinformation –, daß ich nicht laut lese, vor allem dann nicht, wenn sich andere Personen, die arbeiten, im Raum befinden. Laut lese ich nur Gedichte von Stefan George.«

»Herr Dr. Werner«, sagte Tristan, der merkte, daß ihm die Kontrolle über dieses Gespräch zu entgleiten drohte, »ich möchte Sie bitten, mir hier und jetzt diese Kladde auszuhändigen. Sie kann ja …« – Tristans Arm beschrieb einen Halbkreis vom Schreibtisch des Archivleiters bis zum Bücherregal an der gegenüberliegenden Wand – »nicht weit sein.«

Dr. Werner hüstelte, und eine Röte stieg in sein blasses Gesicht. Er schaute zweimal hintereinander auf seine Armbanduhr, und zum ersten Mal hatte Tristan das Gefühl, diese marmorhaft glatte und kalte Fassade durchbrechen zu können.

»Hm. Das ist der Punkt«, sagte Dr. Werner, »das wollte ich Ihnen vorhin schon sagen, aber es ist mir etwas peinlich. Die Kladde habe ich mit nach Hause genommen, um sie in Ruhe zu lesen. Ich habe ein großes Arbeitszimmer, und im Gegensatz zu meinem Büro hier sieht es dort sehr chaotisch aus. Wie Sie wissen, publiziere ich sehr viel, und das Material liegt in diversen Stapeln auf dem Teppich: Landkarten, alte Zeitungen, Bücher, Kopien von Fachartikeln, wie in einem Antiquariat eben. Nun, um es kurz zu machen, ich habe eine Zugehfrau, die es auch übernimmt, das Altpapier zu entsorgen. Manchmal reicht der Papierkorb, manchmal lege ich einen Zettel mit der entsprechenden Anweisung neben einen Stapel, und die Zugehfrau bringt ihn zum Altpapiercontainer. Ich weiß zu meinem großen Bedauern nicht, wie es passieren konnte, ich kann nur mutmaßen, daß sich die Kladde neben oder vielleicht sogar auf einem Stapel für den Container befand. Fakt ist, daß sie versehentlich entsorgt wurde. Sie ist … weg. Sie ist, leider Gottes, nun endgültig Geschichte geworden.«

Tristan spürte, wie sich in seinem Magen ein Klumpen aus Wut bildete und langsam in ihm hochkroch. Er glaubte Werner nicht, keine einzige Silbe, aber er würde es schwerlich beweisen können. Und ohne das Originaldokument blieb diese Kopie ohne Aussagekraft, sie war – wie hatte es Falk Werner gerade genannt? – die Schreibübung eines Sütterlin-Schülers, die geschmacklose, aus den Fingern gesogene Rufschädigung eines angesehenen Politikers.

»Ist es richtig, daß Dr. Schorrberg Sie jahrelang in ziemlich schäbiger Weise ausgenutzt hat?« fragte Tristan, der sich intuitiv entschieden hatte, sein Heil im Überraschungsangriff zu suchen. »Daß er sich von Ihnen Reden und Aufsätze schreiben ließ, daß Sie für ihn Tag und Nacht erreichbar waren, daß Sie sich von Dr. Schorrberg vollkommen instrumentalisieren ließen und er Ihnen als Lohn für die aufopfernde Mühe den Posten eines Kulturdezernenten versprochen hat? Und daß Sie bis ins Mark getroffen waren, als den Job ein anderer bekam, und Sie die Vorstellung nicht ertrugen, weiterhin Aktenstaub schlucken zu müssen? Und daß Sie, als Sie zufällig den Eintrag in der Kladde lasen, die Möglichkeit sahen, den allmächtigen, allgewaltigen Dr. Hasso Schorrberg zu erpressen, den Spieß umzudrehen und endlich einmal ihn nach Ihrer Pfeife tanzen zu lassen?«

Falk Werner hatte sich nicht gerührt, sein Körper war wie festgefroren, aber Tristan meinte in Werners Augen zu erkennen, daß er ins Schwarze getroffen hatte. Extrem ehrgeizige Menschen sind nirgends so verwundbar wie in ihrem Ehrgeiz, das wußte Tristan und hatte seinen Pfeil auf genau diesen Punkt gerichtet. Und getroffen. Werners Blick wandte sich nach innen, in die Nacht seines unerfüllten Willens.

In diesem Moment klopfte es einmal kurz an der Tür. Die Sekretärin kam herein, tippte auf ihre Armbanduhr und legte einen Notizzettel auf den Schreibtisch des Archivleiters.

»Der Oberbürgermeister hat angerufen. Er kommt doch zur Pressekonferenz und bittet Sie, einige historische Urkunden oder Stadtpläne mitzubringen. Ich habe die entsprechenden Zeiträume notiert, Herr Doktor.«

Es war, als hätten die Anwesenheit der Sekretärin und die anstehende Pressekonferenz den Archivleiter von sich selbst befreit und in die Wirklichkeit zurückgeholt.

»Herr Lage«, sagte Dr. Werner, und seine Stimme fand zurück zu ihrem blasierten Belehrungs-Tonfall, »Ihre tiefenpsychologische Motivforschung ist ebenso grobschlächtig wie ehrverletzend. Ich lehne es ab, sie zu kommentieren. Wir können unser Gespräch zu einem anderen Zeitpunkt fortsetzen – meine Sekretärin gibt Ihnen gern einen Termin –, denn ich habe, wie Sie mitbekommen haben, vor der Pressekonferenz noch ein paar Dinge zu erledigen.«

»Eine Frage noch«, sagte Claudia Poschmann, und ihre scharfe Stimme schnitt wie eine Sense durch die Luft, »wo waren Sie am Abend des 13. Dezember?«

Falk Werner, der sich gerade erhoben hatte und nun auf die beiden Kriminalbeamten hinabblickte, hielt inne. Er schaute Claudia Poschmann verblüfft an, geradezu ungläubig. Dann schien er zu überlegen, wie er auf diese Frage, die er als tiefen Affront auffaßte, reagieren sollte. Schließlich seufzte er und ging zu seinem Schreibtisch mit der Miene eines Mannes, der einem kleinen Kind doch lieber das Bonbon gibt, als minutenlang mit ihm zu streiten. Er blätterte in seinem Tischkalender, fand den entsprechenden Eintrag und wandte sich wieder Claudia Poschmann zu.

»Am 13. Dezember …«, sagte er und genoß jedes einzelne Wort, »habe ich in Gießen vor den Spitzenverbänden der Strafjuristen und der Polizei einen Vortrag gehalten über Kommunalarchive als Quellen polizeilicher Aufklärungsarbeit. Ich bin nach dem Abendessen mit Ihrem Vorgesetzten, Herrn Dr. Zoll, zurückgefahren. Gegen Mitternacht hat er mich vor meiner Wohnung abgesetzt.«

19

Tristan trat ans Fenster und schloß für einen Moment die Augen. Er war sehr müde. Normalerweise drang um diese Uhrzeit der Verkehrslärm bis hinauf in den fünften Stock, aber am Spätnachmittag des 31. Dezember waren nur wenige Autos unterwegs. Die Fahrgeräusche wickelten sich wie ein langes Band um Tristans Kopf. Er stellte sich vor, daß auch der Verkehr zur Besinnung kommen und das Jahr ruhig ausklingen lassen wollte. Wenn man selbst müde ist, dachte er, scheinen auch die Dinge eine Seele zu haben und sich nach Ruhe zu sehnen.

Monika, die Sekretärin des Polizeipräsidenten, hatte ihr Büro bereits verlassen. Auf ihrem Schreibtisch lagen zwei Kalender. Der eine, nur noch wenige Stunden gültig, war zugeklappt; der für das kommende Jahr lag aufgeschlagen am oberen Rand der Schreibunterlage. Für die erste Woche des Jahres hatte Monika bereits einige Termine eingetragen.

Die Verbindungstür wurde ruckartig aufgerissen, und Dr. Zoll sagte: »Kommen Sie, kommen Sie. Es ist schon viel zu spät.«

Claudia Poschmann betrat zuerst das Büro und ging auf den Ledersessel zu, in dem circa sechs Wochen zuvor Dorothea Schorrberg gesessen hatte. Tristan nahm ihr gegenüber Platz, Dr. Zoll setzte sich wie üblich an das Kopfende des Glastisches. Er deutete auf das Tablett mit einer Thermoskanne, kleinen Fruchtsaftflaschen und einer Metallschale mit Gebäck. Die Schale befand sich außerhalb der Reichweite Dr. Zolls. Das wird sich ändern, dachte Tristan und goß sich eine Tasse Kaffee ein.

»Ich wollte Sie kurz sprechen, weil ich die nächsten drei Wochen in Urlaub bin und uns Frau Poschmann danach nicht mehr zur Verfügung steht.«

Tristan, der gerade seinen ersten Schluck trinken wollte, setzte die Tasse abrupt ab. Er schaute seine Kollegin verdutzt an, aber sie lächelte nur und formte ein lautloses »Später« mit ihren Lippen.

Dr. Zoll schaute auf die Uhr und fuhr fort: »Herr Lage, wir haben uns ja gestern nur kurz unterhalten können. Ich habe Ihnen bestätigt, daß ich am Abend des 13. Dezember mit Herrn Werner von einer Tagung aus Gießen zurückgekommen bin. Meine Frau hat übrigens vermutet, ich käme direkt aus einem Bordell, so parfümiert hat mein Anzug gerochen. Sie, Herr Lage, haben mir vom Sohn des Fremdarbeiters berichtet, einem gewissen Raymond Ferrand, der mehrmals im Archiv nach Spuren seines Vaters gesucht hat, aber …«

»… für die Tatzeit ein einwandfreies Alibi vorweisen

kann. Gestern hat er mir per Fax die Quittung eines Restaurants in Venlo und den Namen des Mannes, mit dem er zu Abend gegessen hat, geschickt. Das habe ich telefonisch überprüft. Es ist absolut wasserdicht.«

»An welchem Punkt stehen wir jetzt, Herr Lage?«

Tristan räusperte sich. Er fürchtete, daß das, was er sagen konnte, eher dem Eingeständnis des Scheiterns gleichkam als der Entwicklung weiterer ernsthafter Hypothesen.

»Es ist rein theoretisch nicht auszuschließen, daß Dr. Werner zwar das Bedürfnis hatte, Dr. Schorrberg Schaden zuzufügen, aber nicht selbst Hand anlegen wollte. Er hätte also das Dokument anonym Raymond Ferrand zuspielen können, wenn wir annehmen, daß Werner von Ferrands Spurensuche überhaupt erfahren hat. Ich habe keinen Anhaltspunkt, daß die beiden sich im Archiv begegnet sind, aber Ferrand könnte vor seinen Besuchen einen Brief ans Archiv geschrieben und sein Anliegen geschildert haben. Doch da Ferrand selbst ein Alibi hat, hätte auch er den indirekten Weg wählen und einen Vollstrecker beauftragen müssen.«

»Warum dann vorab die Drohbriefe?« fragte Claudia. »Und wer sollte sie in dieser Konstruktion geschrieben haben? Ferrand, der sein perfektes Deutsch absichtlich verschlechterte, oder sein – wie du sagst – Vollstrecker? Nein, das überzeugt mich nicht.«

Tristan dachte an Ferrands Wutausbruch im Eingang der Pension, als er seine Bereitschaft zur Selbstjustiz offenbart hatte. Und genau das signalisierte Tristan, daß Raymond nichts von der Verbindung seines Vaters zu Schorrberg und von der Existenz der Tagebuchaufzeichnung wußte. Welcher Verdächtige serviert seine Motive und seine Tatbereitschaft der Polizei auf dem Präsentierteller?

»Ich habe mich auch gefragt, was passiert wäre, wenn ein Dritter, also weder Raymond Ferrand noch Dr. Werner, die Tagebuchnotiz entdeckt hätte«, fuhr Tristan fort. »Dieser Dritte hätte versuchen können, Schorrberg zu erpressen. Nach dem Muster: Geld, oder die Quelle landet bei der Presse. Aber wenn wir davon ausgehen, daß die uns zur Verfügung stehenden Drohbriefe vollständig sind, dann geht es um den Motivkreis der Rache, Bestrafung und der persönlichen Genugtuung.«

»Damit kehren wir zurück zu Schorrbergs Frau, seiner Geliebten und Wulf Frotscheck«, sagte Claudia Poschmann.

Der Polizeipräsident erhob sich unvermittelt und ging auf seinen Schreibtisch zu. Unterwegs stützte er sich auf die Lehne von Tristans Sessel und schnappte in einer einzigen raschen Bewegung drei oder vier Schokoladenplätzchen vom Teller. Dr. Zoll griff eine Reisetasche, die neben seinem Stuhl gestanden hatte, und stellte sie auf den Schreibtisch.

»Verzeihen Sie«, sagte er unsicher, »wir sollten unser Gespräch weiterführen. Aber wie Sie vielleicht wissen, kommt meine Frau aus Niederbayern, und wir verbringen Silvester traditionell bei Freunden, die hier in der Nähe wohnen, zufälligerweise gebürtigen Münchnern. Meine Frau wird mich in ein paar Minuten abholen. Nun ist es so, daß wir uns alle in bayerischer Tracht kleiden. Also, die anderen wollen, und ich muß. Bitte, lassen Sie sich nicht stören, ich muß mir nur kurz etwas anderes anziehen.«

Der Polizeipräsident holte eine bayerische Lederhose, weiße, knielange Strümpfe, einen Schuhkarton und ein Paar Hosenträger aus der Reisetasche. Dann ging er hinter seinem Schreibtisch in die Hocke und knöpfte seine Hose auf.

Claudia legte die linke Hand an die Schläfe, um ihr Sichtfeld entsprechend einzuengen, und schaute Tristan konsterniert an. Ihr Kollege zuckte hilflos mit den Schultern.

»Wir dürfen Frau Schorrberg nicht vergessen«, sagte sie und hatte erkennbare Mühe, den Faden wieder aufzunehmen, »sie verfügt in meinen Augen sowohl über ein Motiv für diese Tat als auch über das nötige medizinische Wissen.«

»Wie stellen Sie sich den Ablauf in diesem Fall konkret vor?« fragte Dr. Zoll. Mittlerweile hatte er das Jackett und das weiße Hemd ausgezogen. Er war so weit in die Hocke gegangen, daß nur sein Hals und sein Kopf über die Tischkante ragten, als wäre er eine Figur in einem Marionettentheater.

»Ich denke, sie hat geahnt, worauf die Drohbriefe anspielten. Vielleicht hat sie es, als sie zu uns kam, noch nicht wissen *wollen*, aus Selbstschutz, aber sie hat es geahnt. Und ihren Mann Tage später zur Rede gestellt. Ich vermute, es kam zu einer Art Aussprache zwischen ihnen in diesem Wald. Ihr Mann hatte sie ja nach dem Restaurantbesuch mit Frotscheck angerufen, um ihr zu sagen, daß er noch spazierengehen wolle. Sie kann also mit ihrem Wagen dorthin gefahren sein.«

Ein merkwürdiges ersticktes Stöhnen unterbrach sie. Dr. Zoll war ganz hinter seinem Schreibtisch verschwunden und bemühte sich, im Sitzen die Schuhe anzuziehen.

»Du hast doch ihren Zusammenbruch bei unserem zweiten Besuch miterlebt. Das war doch nicht gespielt.«

»Tristan, bei allem Respekt, du unterschätzt die schauspielerischen Fähigkeiten einer Frau. Du hast dich von der schönen Dorothea Schorrberg um den Finger wickeln lassen, ich wette, du hast nicht einmal ihr Alibi überprüft.

Vermutlich hast du ihr nur ergriffen nachgewinkt, als sie in den Flieger nach Amerika eingestiegen ist.«

Da war er wieder, ihr patziger Tonfall, zum ersten Mal nach ihrer Rückkehr. Sie machte sich keine Gedanken darüber, ob sie ihn vor seinem Vorgesetzten bloßstellte. Tristan spürte, wie er errötete.

»Ihrer Aussage nach hat sie in der fraglichen Zeit geschlafen. Ich kann überprüfen, ob eine Hausangestellte das bezeugen kann. Aber mein Instinkt ...«

Das Telefon unterbrach ihn. Die Art des Läutens ließ erkennen, daß es ein interner Anruf war. Der Arm Dr. Zolls schoß hervor und tastete nach dem Telefonhörer. Claudia und Tristan hörten, wie er versicherte, sofort, in drei Minuten, nein, in zwei, nein, in zwanzig Sekunden unten zu sein – offenbar wartete seine Frau beim Pförtner.

»Holen Sie die Überprüfung bitte nach, Herr Lage. Obwohl ich, bei aller Distanz zum sogenannten kriminalistischen Instinkt, durchaus Ihre Einschätzung teile.«

Dr. Zoll packte seinen Anzug in die Reisetasche. Endlich stand er, vollständig umgezogen, vor den beiden Kriminalbeamten: Bundschuhe mit Kordeln, weiße Kniestrümpfe mit farbigen Bändern (die in Ermangelung jeglicher Wadenmuskulatur bitter nötig waren), speckige Lederhose mit entsprechenden Hosenträgern und weißem Rüschenhemd. Die Beine streichholzdünn und fahl, mit bläulichen Adern durchzogen, der Bauch eine Kanonenkugel, gehalten von den überforderten schmalen Schultern, die die eines Kindes hätten sein können. Darüber der Kopf des sechzigjährigen Mannes mit einem Antlitz voller Scham.

Claudia und Tristan sprangen gleichzeitig auf und schauten, als hätten sie einen Außerirdischen erblickt.

»So leid es mir tut«, sagte Dr. Zoll, »wir müssen das Gespräch an diesem Punkt vorläufig beenden.«

Claudia schaffte es als erste zur Tür. Tristan öffnete den Mund, er hob seinen Arm, hielt aber mitten in der Bewegung inne. Er wollte sich, wie es der Form entsprach, verabschieden und dem Polizeipräsidenten ein gutes neues Jahr wünschen. Aber der Mann in dieser Verkleidung konnte einfach nicht sein Vorgesetzter sein. Mit einem verwirrten Kopfschütteln drehte Tristan sich um und verließ den Raum.

In ihrem Büro brannte kein Licht mehr. Hartmann war bereits ins neue Jahr ausgeflogen. Tristan schaltete die Kaffeemaschine aus und schob die Utensilien auf seinem Schreibtisch ein wenig hin und her – ein kümmerlicher Reflex, das Überbleibsel des Rituals, am Ende des Jahres den Schreibtisch Schublade für Schublade aufzuräumen und Bilanz zu ziehen.

Er wußte sehr wohl, warum er in diesem Jahr die Bilanz lieber ausfallen ließ. Die Klarsichtfolie mit den wenigen Dokumenten zum Fall Schorrberg legte Tristan in die Schublade zurück. Dann schaute er zu Claudia, die mit verschränkten Armen, den Mantel schon angezogen, an ihrem Arbeitstisch lehnte.

»Hast du Lust, irgendwo etwas zu essen?«

»Würde ich gern, aber meine Tante kocht extra für mich.«

»Verdiene ich wenigstens einen Abschiedskaffee?«

»Fahr mich nach Hause, Tristan. Im Auto kann ich dir alles erklären.«

Sie verließen das Büro und nahmen den Aufzug in die Tiefgarage. Tristans Volvo sprang sofort an, aber da war wieder das merkwürdige schleifende Geräusch, das sich in der nahezu leeren Garage so bedrohlich anhörte. Vielleicht der Keilriemen, Tristan mußte in den nächsten Tagen mal in die Werkstatt fahren.

Er fuhr auf der Kölner Straße in Richtung Fischeln. Claudia schwieg. Sie schaute aus dem Seitenfenster und drehte die ganze Zeit an einem schlichten Silberring an ihrer linken Hand. Tristan hatte ihn vor ihrem Weihnachtsurlaub nie an ihr gesehen.

Der Anblick versetzte ihm einen Stich. Als Claudia drei Tage zuvor wiedergekommen und ihm sofort, beim ersten Blick, klar geworden war, daß alles, was zwischen ihnen hätte sein können, nun nicht mehr möglich war, hatte er gleichzeitig eine gewisse Befreiung gespürt. Tristan konnte sie gehen lassen und gestand sich gleichzeitig ein, daß er mit seiner Beziehung zu Beate noch längst nicht im reinen war und daß diese Beziehung ein ungleich größeres Gewicht hatte.

Warum also dieser Stich, dachte er, wenn es nicht um Eifersucht geht, um Verlust und Konkurrenz unter Männern? Dann wurde ihm klar, daß er in Claudias Geste, in ihrem entrückten Blick aus dem Fenster, nur seine eigene Einsamkeit spürte, seine Sehnsucht nach einer Frau, der er einen Ring schenken könnte.

Es war kaum jemand unterwegs in diesen Stunden, in denen sich die Leute zu Hause umzogen, um später auszugehen, oder ihre eigene Party vorbereiteten. Eine fast geisterhafte Stille lag über den Straßen, nur gelegentlich explodierte irgendwo ein verfrühter, unsichtbarer Knallkörper.

»Eigentlich solltest du froh sein, daß du mich los bist. Vorhin bei Zollsperre bin ich wieder mal ziemlich vorlaut gewesen, oder?« fragte sie.

»Das hätte ich dir schon abgewöhnt.«

»Es ist nicht professionell.«

»Das kommt mit der Zeit. Man merkt dir sofort an, ob dir jemand sympathisch ist oder nicht. Bei Sascha Küsters zum Beispiel.«

»Er kommt mir so verbohrt vor. Und außerdem überheblich, auf eine versteckte Art. Bei Leuten wie Frotscheck merkt man sofort, daß sie studiert haben, um Karriere zu machen. Ein klarer Deal. Bei Sascha Küsters ist es anders. Er hängt wie eine Klette an seinem Nazithema, aber wozu das alles? Er bezeichnet den Mann, der die Hinterlassenschaften der Mutter im Archiv abgegeben hat, mal eben so als Arschloch. Wahrscheinlich hält er jeden für ein Arschloch, der keinen Flohmarktring und kein Lederbändchen trägt. Und was macht er selbst? Er sitzt in diesem komischen Verschlag im Archiv und räumt Akten weg. Toll. Ich weiß jedenfalls, daß es richtig für mich war, nicht zu studieren. Du triffst dich auch privat mit ihm, oder?«

Tristan nickte. »Ich bin mir gar nicht sicher, ob ich ihn wirklich mag. Das, was du verbohrt nennst, finde ich, ist das Interessante an ihm. Vielleicht, weil mir die Verbohrtheit als Student gefehlt hat und ich deshalb so früh das Studium geschmissen habe. Manchmal kommt es mir so vor, als wäre er eine Art Variante meines eigenes Lebens, verstehst du?«

»Sei froh, daß es mit dir nicht so gekommen ist. Ich mag mir Sascha Küsters in zehn Jahren nicht vorstellen. Dich schon.«

»Und wie?«

»Mit zwei, drei Kindern und einer netten Frau. Wärst du nicht solo, würdest du dir überhaupt keine Gedanken machen über Sascha Küsters mit seinen Schlabberpullovern. Tristan, du mußt vorn an der Ampel rechts und dann gleich wieder rechts in die Marienstraße.«

Die Wohnung ihrer Tante lag in einem größeren Wohnblock. Tristan hielt an der Straße, wenige Meter vor drei Müllcontainern.

»Darf ich rauchen?« fragte sie, als er den Motor ausschaltete.

Er nickte, sie öffnete das Fenster, steckte eine Zigarette an und nahm zwei tiefe Züge.

»Vielleicht sollte ich mich bei dir entschuldigen. Für mein loses Mundwerk, manchmal. Oder für das Knutschen in der Umkleidekabine.« Sie schaute ihn zum ersten Mal direkt an und lachte. »Hast du den Pullover eigentlich gekauft? Nein? Wäre andersrum irgendwie besser gewesen, denke ich. Also kein Kuß, aber dafür ein schickes Stück im Kleiderschrank.«

Sie nahm zwei Züge und warf die halbgerauchte Zigarette aus dem Fenster.

»Das kommt mir alles so vor, als wäre es schon vor Jahren passiert. Um es kurz zu machen, Tristan: Ich habe dir doch mal – ich glaube, es war nach unserem ersten Besuch bei Frau Schorrberg – von meiner Freundin erzählt, die sich in den Vater ihres Freundes verliebt und nach einigen chaotischen Wochen schließlich mit ihm, oder genauer, mit beiden Schluß gemacht hat.«

Sie machte eine Pause und spielte wieder mit dem Ring.

»Diese Freundin warst du?« fragte Tristan.

Sie nickte und wischte sich plötzlich über die Augen. Nach einem Moment fuhr sie fort, und ihre Stimme hatte wieder die gewohnte Festigkeit.

»Ich war ziemlich durcheinander. Ich habe abwechselnd mich gehaßt und dann die Männer und dann wieder mich. Ich wollte mir sogar ein Tattoo machen lassen, weil ich mir selbst weh tun wollte. Aber dann ist mir und meinem Ex-Freund klar geworden, daß wir uns immer noch unheimlich liebhaben. Ich habe ihm gesagt, da sei ein anderer gewesen und das sei vorbei und vergessen, und seit Weihnachten sind wir wieder zusammen und unheimlich glücklich.«

Als er die Worte »unheimlich glücklich« hörte, fühlte er sich plötzlich alt und müde. Herrgott, hatte er denn dieser kleinen Episode, diesem Ausrutscher, so viel Gewicht beigemessen?

»Du bist wirklich unheimlich nett, Tristan. Ich meine, du darfst jetzt nicht glauben, ich hätte in der Phase mit jedem rumgemacht.«

Er dachte an Hartmann und kam zu der Überzeugung, daß er mehr nicht wissen wollte. Zumindest nicht jetzt und hier. Hartmann würde irgendwann sowieso reden, das konnte Tristan gar nicht verhindern.

»Vergiß das alles, Claudia. Nur die Zukunft ist wichtig. Ich bin überzeugt, daß ihr eine tolle Zeit vor euch habt. Hast du dich nach Dortmund zurückversetzen lassen?«

Sie nickte, offenbar dankbar, daß er das Thema nicht weiter vertiefen wollte.

»Morgen hole ich meine persönlichen Sachen aus dem Büro.«

»Ich habe morgen frei.«

Eine Frau in einem verschlissenen Trainingsanzug mit einer brennenden Zigarette im Mund kam aus dem ersten Hochhaus auf der rechten Seite. Sie trug zwei Plastiktüten mit Abfällen in jeder Hand, ihre Sandalen klapperten auf den Steinplatten. Dann verschwand sie hinter der Ummauerung für die Container, und das häßliche Geräusch, mit dem eine schiefe Metallklappe langsam hochgeschoben wird, zerriß die Stille.

»Tristan, ich fürchte, Tantchen ist mit dem Abendessen fertig. Und mein Liebster wartet schon auf meinen Anruf.

Gestern abend haben wir vier Stunden lang telefoniert. Verrückt, das haben wir zuletzt mit fünfzehn getan, als wir uns gerade kennengelernt haben.«

Er nickte und reichte ihr die Hand. Sie schüttelte lächelnd den Kopf, beugte sich vor und küßte ihn. Sehr zart. Und vollkommen beiläufig.

20

Das Geräusch aus dem Motor des Volvo meldete sich wieder, als Tristan am 2. Januar zur Arbeit fuhr. Ein häßlicher hoher, sägender Ton, der in Tristan unangenehme Assoziationen weckte: Mann am Straßenrand, über einen offenen Motor gebeugt, aus dem graue Rauchwolken gen Himmel steigen.

Er hatte Silvester allein verbracht, in seiner Wohnung. Seine Mutter hatte zweimal angerufen und ihn eingeladen, mit flehender Stimme. Seit Weihnachten hatte Tristan sich nicht mehr bei seinen Eltern gemeldet, wobei es eigentlich nur sein Vater war, mit dem Tristan nicht hatte sprechen wollen. Das verunglückte Gespräch über die Fremdarbeiter hatte Tristan noch nicht verdaut. Er war weiterhin verärgert über die Position seines Vaters – und auch über sich selbst. Darüber, daß er ihn nicht schon früher befragt hatte. Daß er die Festung aus Selbstgerechtigkeit und institutionalisiert intellektueller Überlegenheit nicht viel früher attackiert hatte.

Das ist es wohl, was mich an Sascha interessiert, dessen Vater an seinem eigenen Verhalten innerlich zerbrochen war, dachte Tristan, während er den Friedrichsplatz umkurvte. Dieses Nicht-Loslassen, das ständige Aufwühlen des Bodens, so daß kein Gras darüber wachsen kann. Die Opposition nicht als vorübergehende Lebensphase, sondern als Lebenshaltung.

An der Einfahrt zur Tiefgarage nahm Tristan seinen Dienstausweis aus der Jackettasche. Sein Foto löste ein Gefühl von Fremdheit in ihm aus. Du hast nie eine wirkliche Sascha-Phase gehabt, sagte er dem Foto. Wenn er mal als Student zu einer Demonstration gegangen war, dann aus einem merkwürdigen Pflichtbewußtsein heraus, als wäre dies der Mindestbeitrag, den er zu leisten hatte. Er hätte niemals einen Stein in die Hand genommen. Tristan hatte sich vor allen Extremen geschützt, und nun empfand er das als ungenutzte Chance der Selbsterfahrung. Er hatte seine Orientierungslosigkeit nicht nach außen getragen. Er hatte ihrer Kraft, ihrer verzweifelten Dynamik mißtraut aus Angst, sie könnte ihn zu weit forttragen.

Als Tristan aus dem Wagen stieg, sah er Hartmann, der auf halbem Weg zum Aufzug stehengeblieben war.

»Dein Auto klingt aber gar nicht gut«, sagte er.

»Das ist nur der Neujahrsgruß eines Volvos an seinen Fahrer«, entgegnete Tristan. »Das ist in Schweden so. Die Elche röhren, und die Volvos pfeifen.«

»Ich kann dir eine gute Werkstatt empfehlen«, sagte Hartmann.

»Eine, wo du das Geld einfach auf den Tisch legst, weil

die Mappe mit den Rechnungsformularen gerade unauffindbar ist?«

»Logo.« Hartmann grinste und stieg vor Tristan in den Aufzug.

Schweigend gingen sie in ihr Büro. Tristan setzte die Kaffeemaschine in Betrieb, schaute in sein Postfach und beschäftigte sich anschließend mit der Jahresstatistik. In der Kategorie »Straftaten gegen das Leben« hatte Tristans Dienststelle in den letzten vier Jahren alle Fälle aufklären können. Und dieser Wert würde bleiben – weil der Fall Dr. Hasso Schorrberg nicht in der Statistik auftauchte.

Tristan schloß die Augen. Wie sollte er weiter vorgehen? Er konnte Wulf Frotscheck, Reinhild Schröter, Dorothea Schorrberg noch intensiver befragen. Ihnen allen konnte man ein Motiv unterstellen, und sie hatten kein Alibi. Raymond Ferrand hatte nach dem derzeitigen Stand der Ermittlungen keine Verbindung von Schorrberg zu dem mysteriösen Verschwinden seines Vaters ziehen können – wenn ihm Dr. Werner nicht das Kriegstagebuch zugespielt hatte. Aber Ferrand hatte ein Alibi, und diese Tat trug absolut nicht die Handschrift eines Auftragskillers. Sie trug die Handschrift einer Person, die Schorrberg gut gekannt hatte. Nein, Tristan zweifelte immer stärker daran, daß er den Täter oder die Täterin im Kreis dieser Verdächtigen finden würde. Er mußte bei seinen Untersuchungen eine Spur übersehen oder nicht richtig erkannt haben. Ein vermeintlich unbedeutendes Detail, eine Bemerkung, die jemand gemacht hatte – irgend etwas, das diesen Kreis möglicherweise durchbrechen und zum wahren Täter führen konnte. Aber was konnte dieses Etwas nur sein?

Am späten Nachmittag hatte Tristan die verflixte Statistik endlich abgeschlossen. Sie würde dem Polizeipräsidenten und den Politikern gefallen – im Städtevergleich konnte Krefeld in den meisten Rubriken eine höhere Aufklärungsquote verbuchen. Nur ein Tötungsfall liegt außerhalb der statistischen Erfassung, dachte Tristan bitter.

»Sie. Entschuldigen Sie.«

Eine kleine, dicke Frau mit einem seltsamen geschwungenen Hut starrte Tristan auffordernd an. Hinter ihr, verlegen zur Seite blickend, ein dünner Mann im Fischgrätmantel. Er hielt einen Hund an der Leine.

»Wir suchen Kommissar Maschahn.«

»Menges«, soufflierte der Mann im Fischgrätmantel leise. Die Frau drehte sich um und schaute ihren Gatten böse an.

»Kommissar Maschmann oder so ähnlich«, sagte sie, wieder zu Tristan gewandt.

»Liebes, er heißt Menges, nun glaub mir doch bitte. Nur dieses eine Mal«, bat der Mann leise.

Die Frau drehte sich wieder um und zischte: »Gib mir den Hund! Du gibst mir jetzt sofort die Hundeleine!«

»Sie meinen sicher Oberkommissar *Menges*«, sagte Tristan und deutete auf den verwaisten Schreibtisch. »Leider ist er diese und die nächste Woche krank geschrieben.«

Die Frau öffnete ihre Handtasche, und als sie einen Stapel Fotos herausholte, erinnerte sich Tristan wieder an sie.

»Wir haben Kommissar Maschahn damals Fotos gezeigt«, begann die Frau und suchte nach einem freien Platz auf Tristans Schreibtisch.

»Gnädige Frau«, sagte Tristan, erhob sich von seinem Stuhl und stellte sich genau vor die Frau, um sie am Ablegen der Fotos zu hindern, »ich erinnere mich. Aber diesen

Fall betreut nur mein Kollege, Oberkommissar *Menges*. Ich möchte Sie bitten, in vierzehn Tagen noch einmal ...«

»Es ist aber dringend«, unterbrach ihn die Frau. Sie schaute zu ihrem Dackel hinunter, der sich auf die Hinterpfoten gesetzt hatte.

»Dringend?«

»Wir haben neue Fotos gemacht. Der Mann, der Tierschänder, hat sein Aussehen verändert. Absichtlich. Er hat sich einen Bart wachsen lassen. Er denkt wohl, so würde er nicht mehr erkannt werden. Aber ich habe ihn fotografiert. Fotos sind wichtig, manchmal führen nur sie zum Täter.«

Die Frau hielt die Fotos hoch und legte ihre Hand vor Tristans Brust, als wollte sie ihn in seinen Stuhl zurückstoßen. Eine kleine, unverschämte Masse Mensch. Tristan atmete tief durch. Er schaute über die Frau hinweg auf ihren Mann, der aus fahlem Gesicht auf den Fußboden starrte. Dann schaute er auf den Dackel. Das Tier wedelte mit dem Schwanz und grinste. Ja, es schien Tristan, als würde es ihn frech angrinsen.

»Ich bedaure«, sagte Tristan, »aber ich habe eine dringende Besprechung. Ich kann nur wiederholen, daß für diese äußerst wichtigen, anspruchsvollen Fälle mein erfahrener Kollege zuständig ist. Ich habe nur mit Bagatelldelikten zu tun: Vergewaltigung, Mord, Totschlag und schwere Körperverletzung an Zweibeinern. Sie entschuldigen mich jetzt bitte.«

Er verließ das Zimmer und ging in die Kantine. Dort aß er ein kaltes Schnitzel und einen Salat, das würde ihm das Kochen zu Hause ersparen. Dazu trank er ein alkoholfreies Bier. Als Tristan nach fünfzehn Minuten in sein Büro zurückkam, ließ Hartmann die Zeitung sinken und schüttelte den Kopf.

»Sie wollen sich beim Polizeipräsidenten beschweren«, informierte er Tristan. »Du hast ein seltsames Talent, Tristan Lage, im falschen Moment impulsiv zu reagieren.«

Tristan antwortete nicht. Er schaltete den Computer aus und legte die Aktenordner zurück ins Regal.

»Sieh an«, sagte Hartmann und pfiff durch die Zähne, »die Tochter von Schorrberg scheint genauso ehrgeizig zu sein wie ihr Vater, wenn auch auf anderem Gebiet. Sie hat in Amerika einen Preis für die beste wissenschaftliche Arbeit des Jahres bekommen. Hier ist ein Foto von der Preisverleihung. In der schwarzen Robe sieht sie zwar eher aus wie eine Pfarrerin, aber sie muß trotzdem eine gutes Fahrgestell haben.«

Wie ein Blitz durchzuckte es Tristan. Er fühlte, daß er in diesem Moment verstanden hatte; er konnte es noch nicht konkretisieren, aber intuitiv, auf einer Ebene außerhalb seines Verstandes, hatte er alles, hatte er den Fall Schorrberg verstanden und gelöst.

Er stand auf und ging zu Hartmanns Schreibtisch. Der Kollege hielt ihm die Zeitung so hin, daß Tristan das Foto gut sehen konnte.

»Tristan, Junge«, sagte Hartmann nach wenigen Sekunden, »was ist mit dir? Du siehst so käsig aus. Ist dir übel? Sag doch was!«

Tristan starrte auf das Foto, das in seinem Kopf zu einem sehr langen und sehr traurigen Film wurde.

»Ich bin ein kompletter Idiot«, sagte er tonlos. In langsamen Bewegungen schlich er zu seinem Schreibtisch zurück. Er setzte sich. Dann schüttelte er den Kopf und lächelte. Die dicke, aufdringliche, dumme Frau, dachte er. *Fotos sind wichtig, manchmal führen nur sie zum Täter,* waren das nicht ihre Worte gewesen?

Die Haustür stand offen, weil ein junges Mädchen gerade sein Fahrrad aus dem Innenhof holte. Sie summte eine Melodie, die Tristan in den letzten Tagen oft im Radio gehört hatte. Er schaute dem Mädchen nach, das ihm keinerlei Beachtung schenkte. Dann schloß er die Haustür und ging die Treppe hinauf in den zweiten Stock. In dem Moment, als er auf die Klingel drücken wollte, öffnete sich die Wohnungstür.

»Tristan? Du?«

Sascha Küsters stand in einem Jogginganzug im Hausflur. Der Anzug war so weit geschnitten, daß er die Konturen von Saschas Körper vollkommen verschluckte. Es sah bizarr aus, als wären der schmale Hals und der Kopf abgetrennt und auf ein unpassendes Kleidungsstück montiert worden.

»Du hast Glück. Ich wollte gerade laufen gehen. Wenn der Schornstein so heftig raucht wie bei mir, sollte man ab und zu die Lungen durchlüften. Ich radle immer zum Stadtpark und laufe da ein paar Runden. Vor ein paar Jahren noch bin ich viermal die Woche gejoggt, ich war richtig fit. Willst du nicht mal mitkommen? Du könntest deine Dienstwaffe mitnehmen und während des Laufens übungshalber ein paar Leute erschießen.«

»Wie praktisch. Ich habe beides schon zu lange nicht mehr gemacht«, entgegnete Tristan.

»Was ist? Willst du jetzt reinkommen oder nicht?«

»Sascha«, sagte Tristan leise, »kannst du mir vielleicht einen Geldschein wechseln?«

Sascha Küsters legte den Kopf schräg.

»*Was? Was* soll ich? Du kommst extra zu mir, um Geld zu wechseln?«

»Sascha, zeig mir bitte dein Portemonnaie.«

Der Angesprochene ging zur Garderobe und betastete

seine Lederjacke. Dann nahm er seine Geldbörse aus der Innentasche. Tristan schloß die Wohnungstür hinter sich.

»Würdest du das Portemonnaie bitte öffnen!« sagte er.

Sascha Küsters klappte es auf. Auf der linken Seite, dem Bereich für Dokumente und Kreditkarten, steckte das Foto einer jungen Frau, die vor einem geöffneten Zelt lag und eine Scheibe Knäckebrot aß. Sascha blickte Tristan an, nur für den Bruchteil einer Sekunde, und ließ die Hand kraftlos sinken.

»Jetzt weißt du es endlich.«

Tristan legte ihm die Hand auf die Schulter.

»Können wir uns in deinem Zimmer unterhalten?«

Sascha nickte, ging in die Hocke und zog die Laufschuhe aus, alles mit sehr langsamen Bewegungen. Er legte die Schnürsenkel ins Innere der Schuhe und stellte sie akkurat nebeneinander, die Spitzen an die Wand, als wäre ihm in diesem Moment bewußt geworden, daß er sie für sehr lange Zeit nicht mehr anziehen würde.

Tristan sah auf der Schlüsselablage unter dem Dielenspiegel ein Päckchen Tabak liegen und wollte es mit in das Zimmer nehmen, aber Sascha sagte: »Nein, ich will nicht rauchen. Ich rauche erst seit ein paar Wochen so viel. Jetzt brauche ich es nicht mehr.«

Sascha ging voraus und setzte sich auf den Bürostuhl vor seinem Schreibtisch. Tristan wollte die Tür hinter sich schließen, aber Sascha schüttelte den Kopf. »Linda ist noch in Urlaub. Ich kann jetzt keinen geschlossenen Raum ertragen. Ich könnte nicht atmen.«

Tristan warf einen Blick auf die unheimlichen Fleischerhaken an der Decke, auf den chaotischen, überladenen Schreibtisch mit den drei Lampen, die im Halbdunkel wirkten wie bizarre Fabelwesen mit langem, gekrümmtem Hals.

»Du warst mit Annette Schorrberg befreundet?« fragte er, aber es klang wie eine Feststellung.

Sascha lächelte bitter. »Wenn du es mit diesem Allerweltsbegriff bezeichnen willst, bitte. Sie hat wie ich in Düsseldorf studiert. Ich war in einem höheren Semester. Annette ist drei Jahre jünger als ich, aber sie hatte ihr komplettes Grundstudium in nur zwei Semestern absolviert. Sie ist ungeheuer intelligent und zielstrebig, in diesem Sinne hat sie wahrscheinlich die komplette DNA ihres Vaters geerbt. In einem Hauptseminar haben wir uns schließlich getroffen. Wir saßen zufällig nebeneinander, danach sind wir nicht ganz zufällig zusammen in die Mensa gegangen und haben absolut nicht zufällig den Rest des Tages zusammen verbracht und diese Nacht und die nächste und die übernächste und den Tag darauf und die nächste Nacht und wieder den nächsten Tag. Nenn es Magie, nenn es Gnade, nenn es Bestimmung – wie auch immer. Es gab vom ersten Moment an diese Gewißheit, zusammenzugehören, unteilbar zu sein über alle Unterschiede und Gegensätze hinweg. Diese unendliche Gelassenheit, die nur Liebe schenken kann. Es war nicht einfach nur Verliebtsein, es war so, als hätten wir diese Phase übersprungen. Wir haben uns oft nur angeschaut, nur in die Augen geschaut, ohne uns zu berühren, ohne etwas zu sagen. In manchen Augenblicken dachte ich, ich zerspringe, ich halte es einfach nicht aus, soviel Leben in mir zu fühlen.«

»Aber da gab es Annettes Vater.«

»Oh ja. Ihr Vater. Ihr Riesen-Vater. Ihr Juristen-Vater. Ihr Bürgermeister-Vater. Überlebensgroß und allmächtig. Annette hat damals zu Hause gewohnt. Hasso Schorrberg und ich sind uns also einige Male begegnet. Fast überflüssig zu sagen, daß er mich vom ersten Moment an abgelehnt hat. Ich war die komprimierte Version all dessen, was er haßte: lange Haare, Mitarbeit in Antifa-Gruppen und im Studentenparlament, Organisator von Demonstrationen, meine Unterschrift stand unter geschätzten hundertfünfzig Flugblättern. Er unterstellte mir weder fehlende Intelligenz noch fehlenden Ehrgeiz – er sah nur, daß mein Ehrgeiz mich in eine radikal andere Richtung trieb, und fürchtete, ich könnte Annette infizieren. Gleichzeitig war Schorrberg viel zu klug, um nicht zu sehen, daß Druck nur Gegendruck erzeugen und jeder offene Versuch, unsere Liebesbeziehung zu zerstören, sie nur stärken würde. Er wählte einen anderen Weg – er spendierte Annette ein Jahr in Princeton. Ein Jahr, dachten Annette und ich, das ist keine Zeit für uns, ein Wimpernschlag, wir werden unser ganzes Leben zusammen verbringen, dein Vater wird sehen, das macht uns nur noch stärker. Fahr, sagte ich ihr, nutz diese Chance, ich will, daß du fährst, dein Vater soll mir nicht nachsagen können, ich hätte dir aus egoistischen Motiven die Karriere verbaut.«

»Aber es ging schief, nicht wahr?«

Sascha schloß die Augen. Es war zu spüren, daß er an dem wohl dunkelsten Punkt angelangt war, an dem sich Schmerz und Scham über das eigene Versagen mischten.

»Ich habe weiter in Düsseldorf studiert, sogar intensiver als je zuvor, um mich abzulenken. An manchen Abenden bin ich mit meinen Kommilitonen weggegangen, natürlich, wie vorher auch. Es war ein Mädchen darunter, die wie ich aus Krefeld kam. Sie hat Politologie studiert und Geschichte im Nebenfach, wir kannten uns flüchtig aus einigen Seminaren. Ich hatte schon gemerkt, daß sie meine Nähe suchte; politisch tickte sie wie ich und war sehr lokker drauf, was Männer anging. Annette war schon einige

Monate weg, aber ich hatte mich im Griff, wenn du verstehst, was ich meine. Ich wollte es einfach nicht. An einem Samstagabend fühlte ich mich besonders einsam und ausgepumpt vom Lernen; ich wollte nur Musik hören, einen Joint rauchen, etwas trinken. Wenn ich in dieser, sagen wir, gefährdeten Stimmung war, ging ich bewußt in eine Kneipe, wo meine Kommilitonen normalerweise nicht hingingen. Aber genau an dem Abend war das Mädchen in genau dieser Kneipe, und am nächsten Morgen liegt dieses Mädchen mit mir im Bett. Tristan, ich schwöre dir, ich konnte mich nicht erinnern, ob überhaupt etwas gelaufen ist, ob ich physisch dazu überhaupt in der Lage gewesen wäre. Ich war betrunken und bekifft.«

»Okay. Aber wie kommt diese – Verzeihung – triviale Episode, dieser Ausrutscher nach Princeton.«

Sascha lächelte.

»Ein paar Tage später rief Annette mich an, abends, das erste Mal überhaupt. Ich war völlig perplex, wir schrieben uns jeden Tag, aber Telefongespräche waren einfach zu teuer; es wäre mir auch zu schmerzhaft gewesen, ihre Stimme zu hören und sie nicht sehen und berühren zu können. Sie hat geheult und gefragt, was da los war. Ich war viel zu überrascht, um zu leugnen. Außerdem war ich der Meinung, daß eine Lüge in diesem Fall viel schlimmer gewesen wäre, als über diese idiotische Eskapade in Ruhe zu reden und sie dann für immer zu vergessen. Ich habe versucht, Annette zu trösten, aber sie war selbst in einer unglaublich labilen Verfassung, voller Heimweh. Sie war völlig am Boden; ich redete und redete, aber sie brach weg; ich spürte es über die Tausende Kilometer, als ob sie in eine Gletscherspalte fallen würde; ich habe nicht aufgehört zu reden, als ob meine Liebesschwüre ein Seil knüpfen könnten, an dem sie sich hätte festhalten können.«

»Ich verstehe immer noch nicht, wie sie überhaupt davon erfahren hat.«

»Mein Gott, es war Hasso Schorrberg. Ihr Vater. Dieses Mädchen jobbte, wie es der Teufel namens Zufall wollte, in seinem Büro in der Stadtverwaltung. Sie hat mich in den Tagen danach mehrfach angerufen, von der Arbeit aus. Sie wollte mich treffen, sagte, sie hätte sich in mich verliebt, aber ich habe alles abgelehnt, auch ein Gespräch in der Mensa. Ich wollte sie nicht mehr sehen. Vermutlich hat Schorrberg durch die Anrufe etwas erfahren – die waren ziemlich heftig, muß ich zugeben. Vielleicht hat sie ihm beim Mittagessen davon erzählt, ohne die Hintergründe zu kennen. Ich weiß es nicht, ich weiß nur, daß er in Princeton angerufen hat. Ich habe Annette danach Briefe geschrieben, habe versucht anzurufen, habe Telegramme geschickt – umsonst. Die Briefe kamen zurück mit dem Vermerk ›Annahme verweigert‹. Am Telefon ließ sie sich verleugnen. Aus. Vorbei. Annette blieb in Amerika. Ich habe sie nie mehr wiedergesehen.«

Sie schwiegen. Von der Straße drangen Verkehrsgeräusche herein. Das Zimmer lag zur Südseite, es war später Nachmittag; die Vorhänge filterten das schwächer werdende Tageslicht. Die Gebirgskette aus Bücherstapeln und Kopien auf dem Schreibtisch wandelte sich zu einer Schattenlandschaft.

»Bist du nie auf die Idee kommen, in dic Staaten zu fliegen? Zu ihr zu fahren und sie zu zwingen, sich mit eurer Beziehung auseinanderzusetzen? Und zu kapieren, daß das eigentlich Schmierige in dieser Geschichte nicht dein alkoholbedingter Blackout war, sondern die feige Intrige ihres Vaters?«

Sascha Küsters schaute Tristan in die Augen, aber nur einen Moment lang, dann fiel sein Kopf leicht nach vorn, und Tristan schien es, als fiele in dieser Bewegung Saschas Oberkörper in sich zusammen, als hätte jemand das Skelett entfernt.

»Ich bin kein Kämpfer«, sagte Sascha leise, »vielleicht bin ich im Kern wie mein Vater, der stumm an seiner winzig kleinen Nazivergangenheit zerbrochen ist. Vielleicht habe ich mich ja nur deshalb so intensiv mit dieser Epoche beschäftigt, weil ich anders werden wollte als er. Ich wollte mich empören über die wahren Schuldigen, ich wollte Wut empfinden und diese Wut nicht in mich hineinfressen wie mein Vater, sondern sie hinausschreien.«

»Ja. Das verstehe ich. Deshalb schreibst du schließlich deine Dissertation. Wenn du sie beendet hast …«

»Nein. Nein.« Sascha schüttelte resigniert den Kopf, ohne Tristan anzuschauen. »Ich schaffe die Arbeit nicht. Seit mehr als einem halben Jahr arbeite ich nicht mehr daran, es ist vorbei. Ich habe nicht die Kraft, eine Schneise in das Material zu schlagen und endlich mit dem Schreiben anzufangen. Das ist eben der springende Punkt, Tristan. Ich habe nicht die Kraft, nicht die Stimme. Ich kann nicht schreien. Ich kann es einfach nicht.«

Tristan hatte Durst. Seine Kehle war so trocken, als hätte er die ganze Zeit geredet. Aber er wollte das Gespräch nicht an diesem Punkt unterbrechen.

»Und als du im Herbst zufällig diese Kladde in die Hände bekamst …«

»Wußte ich schon, daß meine Zukunft nicht stattfinden würde. Keine Diss, keine Stelle im Archiv und auch nicht anderswo. Ich habe den Eintrag in der Kladde gefunden, und er hat die Gespenster meiner Vergangenheit geweckt, meinen Haß auf Schorrberg, meine Wut darüber, wie jemand so skrupellos sein kann, einen Unschuldigen ans Messer zu liefern, nur um eine Frau zu besitzen, wie jemand ohne Buße und ohne Scham nach dem Krieg die Fäden an sich reißt und mit welcher Kälte er die glückliche Beziehung seiner Tochter zerstört. Als ich in der Kladde las, fühlte ich, als wäre ich ein zweiter Léon Carré.«

»Du hast diesen Drohbrief entworfen …«

»Es war bizarr. Ja, ich habe die Briefe geschrieben, ich habe zweimal in seinem Büro angerufen, mit verstellter Stimme, und habe mich mit ihm im Wald verabredet. Das war ich, und gleichzeitig war ich es auch nicht. Es war ernst und gleichzeitig ein Spiel wie Räuber und Gendarm. Ich habe mich selbst nicht wiedererkannt, und gleichzeitig hatte ich in manchen Momenten das Gefühl, so intensiv ich selbst zu sein wie selten zuvor. Vielleicht muß man sich erst aufgegeben haben, um so etwas zu erleben.«

»Hast du dir nie überlegt, daß du damit eine ähnliche Strategie wählst wie Hasso Schorrberg und dich auf dieselbe moralische Stufe stellst?«

Sascha lachte auf.

»Das hast du aber fromm formuliert, Herr Kommissar. Nein, das habe ich mich nicht gefragt. Ich wollte nur rufen ›Wer hat Angst vorm Schwarzen Mann?‹ und wieder abtauchen. Ich wollte ihn nicht töten. Ich wußte eigentlich gar nicht so genau, was ich von ihm wollte, als ich zu dem Waldstück fuhr. Ich dachte, okay, das ist nun der nächste Schritt in dem Spiel, daß du ihn zu einem Treffen aufforderst. Komischerweise habe ich nie daran gedacht, ihn um Geld zu erpressen. Am Telefon war Schorrberg hart wie Granit, wie es eben seine Art war, gleichzeitig hat er gewußt, daß ich wirklich etwas in der Hand hatte gegen ihn. Etwas, das ihn zwar nicht juristisch, aber politisch hätte vernichten können. Also war er zu einem Treffen bereit. Meine Güte, ich bin mit dem Fahrrad hingefahren und habe gefroren wie ein Schneider. Er kam viel zu spät, selbst bei dieser Gelegenheit mußte er also seine Macht und Überlegenheit demonstrieren. Er parkte an der vereinbarten Stelle, ich stand frierend hinter einem Baum, eine Pudelmütze über das Gesicht gezogen. Dann stieg ich in sein Auto und …« – Sascha legte in diesem Moment den Kopf nach hinten und lachte, aber es war ein bellendes, verzweifeltes Lachen – »… nahm mir die Mütze vom Kopf. Ungeheuer professionell, nicht wahr? Es begann schon damit, daß ich mich auf den Beifahrersitz setzte, anstatt direkt hinter ihn, wie ich es mir vorgenommen hatte, damit er mich nicht sehen konnte. Aber vielleicht bin ich zu gut erzogen, oder ich war so erleichtert, endlich aus dieser Scheißkälte in das warme Auto zu kommen. Jedenfalls zog ich mir die Mütze herunter, und Schorrberg erkannte mich sofort, auf der Stelle. Dann tat er etwas Seltsames. Er schaute mich an, fixierte mich ruhig mit seinem gefürchteten eiskalten Blick, und dann legte er seine rechte Hand an meine Wange, geradezu zärtlich, wie einem Kind, das gerade hingefallen ist und sich das Knie aufgeschlagen hat. Und sagte: ›*Du arme kleine Sau.*‹ Ganz ruhig, als würde er die Uhrzeit durchgeben. Cool, von oben herab, mit diesem Ton von geradezu majestätischer Unangreifbarkeit, der mich wahnsinnig macht. Und dann stellte sich heraus, daß er genau über mich Bescheid wußte: über meinen mies bezahlten Job als Magazinverwalter, meine verzweifelten Promotionsanstrengungen, meine unbezahlte Mehrarbeit für Werner. Schorrberg wußte es bis ins Detail und genoß es. Er beutete Werner aus, Werner beutete mich aus, und ich war ganz unten in der Kette. Da, wo ich laut Schorrberg auch hingehöre. Er sagte, daß ich ein Versager sei, wie meine ganze Generation eigentlich nur aus Versagern bestehe. Die Papas beschimpfen, das könnt ihr, meinte Schorrberg, aber ihr habt alle nicht den Mumm, uns aus dem Weg zu räumen, ihr seid intellektuelle Klugscheißer, die noch in Windeln pissen, bis sie vierzig sind. Niemals hätte er zugelassen, daß Annette und ich … und da stoppte Schorrberg plötzlich und schluckte, als bekäme er keine Luft mehr. Ich hatte bis zu diesem Moment keinen Ton gesagt. Ich schämte mich wegen meiner lächerlichen Unprofessionalität und auch deswegen, daß Schorrberg blitzschnell das Ruder herumgerissen hatte und mich wie einen dummen Buben behandelte. Ich war reaktionsunfähig, wie gelähmt, und wäre es wohl auch geblieben, hätte er Annette aus dem Spiel gelassen. Mir wurde buchstäblich schwarz vor Augen, als er ihren Namen aussprach, und gleichzeitig wurde mir fast schlecht vor Wut. Schorrberg nahm jedenfalls das Medikament aus der Anzugtasche; es war eine kleine, dunkle Flasche. Er hielt sie über seinen geöffneten Mund, er nahm ein, zwei Tropfen. Ich umklammerte seine Hand, die die Flasche hielt, und schüttelte sie, bis wieder Tropfen herausfielen. Ich hörte nicht auf, Schorrberg stöhnte nur einmal kurz, dann wurde sein Arm kraftlos, es war ein Gefühl, als würde sein Körper unter mir weggleiten. Erstaunlicherweise hat er sich nicht gewehrt. In den letzten Wochen dachte ich manchmal, er hat vielleicht einen Herzanfall erlitten, einen ganz normalen klassischen Herzinfarkt, und war im Grunde schon tot, als ich ihn mit dem Medikament fütterte. Sein Mund blieb geöffnet wie auch seine Augen. Ich schaute auf meine Hand, als gehörte sie gar nicht zu meinem Körper. Ich trug immer noch die viel zu dünnen Lederhandschuhe. Wie in einem Automatismus habe ich den Verschluß wieder auf die Flasche gedreht, die Flasche in die Verpackung getan und die wieder zurück in die Anzugtasche. Dann bin ich aus dem Wagen gestiegen und zu meinem Fahrrad gegangen.«

Sascha lächelte. Sein Körper entspannte sich, er atmete tief aus, als wiche ein heftiger Druck von ihm. Er streckte die Arme aus und rollte den Kopf im Nacken.

»Das war er also, mein erster Mord«, sagte Sascha beinahe heiter. »Irgendwie Pech, daß Schorrberg in seiner Herzattacke noch die Kraft hatte, die Medizin aus der Tasche zu holen. Andernfalls wäre ich einfach nur Zeuge seines Todes geworden, und, bei Licht besehen, könnte mir die Vorstellung beinahe Spaß machen. Ich wäre nach Hause gefahren, es hätte keine Ermittlungen gegeben, und du wärst nie ins Stadtarchiv gekommen.«

Eine Pause entstand. Es war in diesem Moment vollkommen still, selbst von der Straße drangen keine Geräusche ins Zimmer.

»Hast du nicht auch Durst?« fragte Sascha unvermittelt. »Meine Kehle fühlt sich an wie die Wüste Gobi.«

»Ein Glas Leitungswasser bitte«, sagte Tristan. Sascha war bereits im Flur. Tristan hörte, wie der Wasserhahn auf- und wieder zugedreht und wie eine Flasche entkorkt wurde. Augenblicke später kam Sascha wieder ins Zimmer zurück und reichte Tristan ein Glas.

»Ich genehmige mir einen kräftigen Cognac«, sagte Sascha. Sein Wasserglas war mehr als bis zur Hälfte gefüllt. »Seit zwei Wochen lebe ich nur von Zigaretten und Wein. Ich habe keine Nacht mehr geschlafen.«

Er nahm einen tiefen Schluck und setzte sich dann auf die Matratze, den Rücken an die Wand gelehnt. Er schloß die Augen, legte den Kopf zurück und trank erneut.

»Komisch, daß ich ausgerechnet heute wieder mit dem Laufen anfangen wollte. Dabei habe ich keine Ahnung, ob ich es überhaupt mit dem Fahrrad zum Stadtpark geschafft hätte. Ich habe außer einem Brötchen heute morgen nichts gegessen.«

»Dann solltest du vielleicht einen Kaffee trinken statt Alkohol«, sagte Tristan.

»Sei nicht so schrecklich dienstbeflissen, Tristan. Ich bin jetzt einfach nur müde. Unglaublich müde. Und gleichzeitig wahnsinnig erleichtert. Du kannst dir nicht vorstellen, welchen Druck ich mit mir herumgetragen habe.«

»Sascha, warum hast du mir eigentlich bei den Ermittlungen so bereitwillig geholfen? Hast du nicht geahnt, daß sie mich irgendwann zu dir führen würden?«

Sascha Küsters nickte.

»Ja, warum? Ich hätte die Einwohnermeldekarte von Léon Carré einfach verschwinden lassen können, spätestens dann, als du zum ersten Mal mit deiner Assistentin ins Archiv kamst. In diesem Moment war mir klar, daß einer der Drohbriefe zu euch gelangt sein mußte oder daß Schorrberg irgendwem davon erzählt hatte. In gewissem Sinne habe ich selbst die Brücke gebaut, die dich zu mir geführt hat. Ohne die Hinweise auf Carrés zweiten Wohnsitz bei Dorothea Schorrbergs Eltern wären deine Untersuchungen im Sande verlaufen. Ja, warum habe ich diese Karte nicht verschwinden lassen?«

Er nahm einen weiteren Schluck und behielt den Cognac eine Weile im Mund. Dann lächelte er Tristan an.

»Sicher nicht aus Lust auf ein Katz-und-Maus-Spiel mit dir. Vielleicht war es Reue. Und die Erkenntnis, daß ich meinen eigenen Problemen nicht davonlaufen kann, indem ich ein hassenswertes Exemplar unserer Vätergeneration attackiere und um die Ecke bringe. Es gab tief in mir drin so etwas wie den Wunsch, noch einmal neu anzufangen. Ich hätte mich, denke ich, nicht freiwillig gestellt, aber ich dachte, wenn es die Polizei herausfindet, dann ist es eben so, und das muß ich annehmen. Außerdem, Tristan, so absurd es klingt: Ich habe dich vom ersten Moment an sehr gemocht. Diese Ermittlungen waren auch eine Möglichkeit, eine Nähe zu dir aufzubauen. Eine ganz besondere Art von Nähe, das gebe ich zu. Als wir zusammen den Joint geraucht haben, stand ich kurz davor, dir alles zu erzählen. Ich glaube, die Freundschaft zu dir ist das einzige, was mir für die Zukunft bleibt.«

Die letzten Worte hatte Sascha immer langsamer ausgesprochen. Er streckte den Arm aus, als wollte er Tristan die Hand geben, aber der Arm fiel kraftlos auf den Teppich. Sascha Küsters schüttelte den Kopf und lächelte über diese verunglückte Geste, dann streckte er sich auf dem Bett aus. Tristan sah, wie seine Augen zufielen. Dann hörte er nur noch Saschas tiefen, gleichmäßigen Atem.

21

Auch nach vier Bahnen fühlte er sich noch nicht mit dem Wasser vertraut. Vielleicht lag es daran, daß er noch nie so früh am Morgen die Eingangsschranke passiert hatte. In der Dusche lauter unbekannte Gesichter; Angestellte, vermutete er, die vor ihrem Bürotag etwas für die Gesundheit tun wollten. Sie unterhielten sich über das Fernsehprogramm des Vortages und über die politischen Herausforderungen der Zukunft. Selbst den Bademeister hatte Tristan noch nie gesehen. Der dickliche Mann um die fünfzig mit dem breiten Schnauzer saß in seinem Quader aus Glas zwischen dem Fünfzig-Meter-Becken und dem Warmwasserbecken für die Kleinen, blätterte in der Zeitung und trank Kaffee aus der Thermoskanne. Um diese Zeit ertrank man offenbar besser nicht.

Tristan schlug am Beckenrand an, holte Atem, drehte sich nach links und stieß sich mit den Füßen ab. Versuchte, seinen Rhythmus zu finden, um klarer zu denken, um seine Gedanken in geordnete Bahnen lenken zu können. Das Schwimmbad ist meine Kathedrale, dachte er; wenn andere sich auf eine Kirchenbank setzen, um zu sich zu finden, wenigstens für eine halbe Stunde, gehe ich ins Wasser. Eine schaurig-schöne Formulierung: ins Wasser gehen.

Zehn Stunden zuvor hatte er den schlafenden Sascha Küsters in dessen Wohnung zurückgelassen. Er hatte einige Minuten im Zimmer gewartet, während Saschas Atem immer gleichmäßiger und tiefer wurde – ein Schlaf der Erlösung nach drei Wochen Schlaflosigkeit. Dann hatte Tristan die beiden Gläser in die Küche gebracht und die Wohnung verlassen.

Er brauchte fünfundfünfzig Armzüge bis zum Anschlag auf der Seite der Startblöcke und des Sprungturms. Noch hatte er den Rhythmus nicht gefunden, fühlte sich fremd im Wasser. Er wußte, was er nach dem Schwimmbad zu tun hatte, aber er spielte ein Spiel: Er nannte die Bahn zur Bademeisterkabine hin die »Ich-lasse-Sascha-laufen-Bahn« und die vom Bademeister weg die »Ich-verhafte-Sascha-Bahn«. Auf dieser befand er sich gerade. Ich bin Polizist, dachte er, ich bin ein Instrument der Rechtsprechung, ich habe zu finden, nicht zu urteilen. Ich habe jemanden zu finden, der etwas getan hat, was strafrechtlich zu verfolgen ist. Ich habe keinen Schuldigen zu finden, sondern einen Täter. Ob der Täter ein Schuldiger ist, entscheiden andere an einem anderen Ort. Ich bin ein Arm der Justiz, nicht ihr Kopf, ich bin der Apportierhund der Rechtsprechung, nicht ihr Gehirn. Außerdem: Sascha könnte glimpflich davonkommen mit einem gewieften

Verteidiger, der einen Mord in einen Totschlag und einen Totschlag in einen versuchten Akt der Hilfeleistung verzaubert: Als Dr. Schorrberg einen Herzinfarkt erlitt, wollte der Angeklagte ihm helfen. Natürlich mußte Herr Küsters denken, daß die Tropfen ihn noch retten konnten. Herr Küsters wollte ihn doch nur zur Rede stellen, nicht mehr und nicht weniger. Danach ein tiefer Schock, Verwirrung, Scham. Kein Täter, nur ein Verirrter, ein Verzweifelter, Hohes Gericht.

Nach der Wende mit einer frischen Ladung Sauerstoff in den Lungen die Gegenrichtung. Hatte Schorrberg es nicht verdient, gerichtet zu werden? Er hat, um eine Frau zu besitzen, ihren Geliebten feige der Ermordung ausgeliefert. Er hat für diese Tat niemals gesühnt, und kein Gericht hätte ihn mangels eindeutiger Beweise dafür verurteilen können. Sascha Küsters hatte keinen Tötungsvorsatz, als er zu Schorrberg in den Wald fuhr, er wollte ihn moralisch richten, nicht physisch. Eine bizarre, tragische Dramaturgie hatte erst eine Situation geschaffen, in der aus einer Arznei ein Tötungsmittel werden konnte. Schorrberg selbst hatte durch seinen Zynismus, seine Kälte und seine verbalen Demütigungen die Situation geschaffen, die zu einer Affekthandlung geführt hatte.

Wem wäre überhaupt mit einem Prozeß gedient? dachte Tristan auf der übernächsten Bahn. Schorrbergs Vergangenheit und sein Familienleben würden ans Licht der Öffentlichkeit gezerrt. Annette Schorrberg lebte in den USA und war geschützt in einer relativen Anonymität, aber Dorothea Schorrberg war und blieb eine öffentliche Person über Krefelds Grenzen hinaus. Wie würde sie mit der Tatsache umgehen, daß sich das Drama ihres Lebens in eine öffentliche Soap-opera verwandelte? Welche Strafe hatte Sascha Küsters eigentlich verdient, und konnte diese Strafe die Folgen rechtfertigen, die ein Prozeß für Dorothea und Annette Schorrberg zeitigen würde?

Tristan schwamm einen Kilometer, sein Standard, aber seine Arme ermüdeten an diesem Tag viel schneller, die letzte, die Kampf-Bahn mit dem Brennen in den Oberschenkeln und den Bleigewichten an den Schultern, war über zweihundert Meter lang. Er kletterte auf der Seite des Bademeisterhäuschens aus dem Wasser, keuchend, mit tief hängenden Schultern.

Es war frühlingshaft warm, mindestens zehn Grad, schätzte er. Der Geruch von Erde lag in der Luft, ein Geruch, der nicht zu den kahlen Bäumen passen wollte. Tristan warf die Sporttasche in den Kofferraum und fuhr los. Von der Cracauer Straße bog er links ab in die Philadelphiastraße. Dann mußte er überlegen, wie er am besten von dieser Richtung, von Norden, zu Saschas Wohnung kam. Er blieb auf der rechten Spur, bog ab in die Dreikönigenstraße. An der nächsten Kreuzung sah er den Stephansdom. Er mußte das Tempo verlangsamen, weil ein Auto mit laufendem Motor in der zweiten Reihe stand. Ein Mann mit einer Brötchentüte sprang auf den Bürgersteig, machte ein Handzeichen des Dankes in Tristans Richtung und stieg in sein Auto. Warum eigentlich nicht? dachte Tristan und mußte lächeln. Frische Brötchen für den Mörder, das hörte sich an wie der Titel eines zweitklassigen Krimis.

Als er gerade auf die Klingel drücken wollte, sprang die Haustür auf, und ein Junge kam heraus, warf sich im Weitergehen den Schultornister über die Schultern. Tristan ging Treppe hinauf.

Nach dem zweiten Klingeln hörte er Schritte, genauer, ein Schlurfen in Hauspantoffeln. Die Sicherheitskette wurde eingerastet, dann ging die Tür einen Spaltbreit auf.

»Was? Wie spät ist es? Robbie?«

Tristan hielt verlegen die Brötchentüte hoch, als wäre sie ein Sesam-öffne-dich.

»Guten Morgen, Linda. Ich bin es, Tristan. Entschuldige, wenn ich dich geweckt habe.«

»Was? Wer?«

Sie rieb sich die Augen, blinzelte wieder. Die Tür fiel ins Schloß, die Sicherheitskette klimperte.

»Entschuldige. Ohne meine Kontaktlinsen und direkt nach dem Aufstehen erkenne ich niemanden.«

Sie stand dicht vor ihm, er spürte den Geruch von Schlaf und Bett.

»Bist du diese Nacht aus dem Urlaub zurückgekommen?«

Sie gähnte und kniff die Augen zu. »Um drei. Willst du zu Sascha? Wahrscheinlich schläft er noch. Ich bin direkt ins Bett gefallen.«

Zwei Reisetaschen und ein paar Skischuhe standen an der Garderobe. Eine Daunenjacke war auf den Boden gerutscht.

»Darf ich mal?« fragte sie und öffnete die Tüte in Tristans Hand. »Die riechen gut. Zu gut, um wieder schlafen zu gehen. Du weckst Sascha, ich mache Kaffee.«

Tristan ging an der Küche vorbei und klopfte vorsichtig an Saschas Tür. Dann lauter. Dann rief er Saschas Namen.

Als er schließlich die Tür öffnete, sah er zuerst Saschas Füße. Sie hingen circa einen Meter über dem Fußboden. Daneben der umgekippte Klappstuhl. An einem der mächtigen Metallhaken an der Decke war eine Kordel befestigt. Hinter Tristan schrie Linda auf.

Anmerkungen des Autors

Handlung und Personen dieses Romans sind rein fiktiv. Ähnlichkeiten mit realen Personen sind nicht beabsichtigt und wären rein zufällig.

Bei den Recherchen über Fremdarbeiter im nationalsozialistischen Deutschland erwies sich Ulrich Herberts Standardwerk: »Fremdarbeiter. Politik und Praxis des ›Ausländer‹-Einsatzes in der Kriegswirtschaft des Dritten Reiches« (1986) als hervorragende Quelle. Für die konkreten Verhältnisse in Krefeld hat Aurel Billstein Pionierarbeit geleistet.

PIPER ORIGINAL

Marina Heib

Weißes Licht

Kriminalroman. 288 Seiten. Klappenbroschur

Der Körper lag sorgsam aufgebahrt auf einem Bett aus Reisig und Stroh. Bedeckt mit einem weißen Laken. Es gab kaum noch Spuren, seit Tagen regnete es. Christian Beyer, Leiter der Ermittlungsgruppe, trat unter den Plastikbaldachin, um den toten Jungen genauer anzusehen: das vierte Opfer, das vierte tote Kind. Wut stieg in ihm hoch, denn sie hatten nicht viel mehr als die kryptischen Psalmen des Mörders. Die Medien nannten ihn nur den »Bestatter«. Beyer und seine Leute mußten ihn kriegen, bevor es ein fünftes Opfer gab. »Weißes Licht«, Marina Heibs erster psychologischer Kriminalroman, geht unter die Haut und wird niemanden kalt lassen.

04/1057/01/R

Christa Bernuth

Innere Sicherheit

Kriminalroman. 416 Seiten. Gebunden

So etwas passiert. Leute ertrinken und werden angeschwemmt. Aber nicht jetzt, nicht im November, denkt Martin Beck. Die Ostseeluft ist kalt und schwer von Feuchtigkeit, und seine Intuition sagt ihm, daß etwas nicht stimmt mit dieser Toten. War es wirklich versuchte Republikflucht, wie seine Vorgesetzten ihm nahelegen wollen? Dann wird das Projektil in Hanna Schöns Hinterkopf gefunden: ein Westkaliber. Und Martin Beck begreift augenblicklich, daß sein Fall damit eine neue Dimension gewonnen hat. – Es sind die letzten Jahre des Kalten Krieges, ein scheinbar alltäglicher Mordfall an der Ostseeküste der DDR und ein linientreuer Polizist, der nachdenklich wird: Wer war Hanna Schön? Warum mußte sie sterben? Und welche Rolle spielt dabei der Staat, an den Martin Beck noch immer glauben will?

01/1559/01/L